ars vivendi®

LOTTE KINSKOFER

ZUM STERBEN ZU VIEL

KRIMINALROMAN

ars vivendi

Originalausgabe

2. Auflage Oktober 2021
1. Auflage April 2021
© 2021 by ars vivendi verlag
GmbH & Co. KG, Bauhof 1,
90556 Cadolzburg
Alle Rechte vorbehalten
www.arsvivendi.com

Lektorat: Tanja Böhm
Umschlaggestaltung: Philipp Starke Gestaltung, Hamburg
Druck: CPI buchbücher.de GmbH, Birkach
Gedruckt auf holzfreiem Werkdruckpapier
der Papierfabrik Arctic Paper

Printed in Germany

ISBN 978-3-7472-0233-3

ZUM STERBEN ZU VIEL

I

Carus von Waldfels schwang gut gelaunt seinen Spazierstock. Es war ein Tag genau nach seinem Geschmack gewesen. Er war spät aufgestanden, hatte ausgiebig gefrühstückt, dann zwei Stunden an seinem neuesten Werk geschrieben. Er hätte den Tag bei einem Cognac ausklingen lassen und aus dem Fenster seines hell erleuchteten Hauses in der Apfelallee hinüber zum Nachbarn schauen können, aber er zügelte seine vorhandene Neugier, ob sich der Herr Anwalt immer noch in seinem Arbeitszimmer aufhielt oder bereits in den Salon zur Frau Gemahlin gegangen war. Er hatte nämlich noch etwas vor, genau genommen zwei Termine, der eine eher Pflicht und der andere hoffentlich die Kür.

Gekleidet hatte er sich passend zum ersten Termin, dem Treffen mit bayerisch-national gesinnten Abgeordneten. Nicht zu elegant, da er keinen Neid schüren wollte: den eher konservativ-gediegenen Anzug, dazu einen Mantel aus einem kräftigen Stoff und einen volkstümlich anmutenden Hut. Vielleicht war es etwas unpassend für seinen anschließenden Termin, aber wer zugleich braver Bürger und Bohemien sein wollte, der konnte nur einem der beiden Ansprüche wirklich genügen. Außerdem mochte er sich mit dem Publikum dieses sogenannten Atelierfestes in Schwabing nicht zu sehr gemeinmachen. Sollten die anderen Gäste ruhig merken, dass er das Amüsement schätzte, aber normalerweise in besseren Kreisen verkehrte.

Von Waldfels fröstelte etwas, denn es war eher kühl für Mitte April. Aber er hatte beschlossen, zu Fuß zum Bahnhof zu gehen, um noch etwas frische Luft zu schnappen. So bog er, zufrieden pfeifend, von der Apfelallee in die Langwieder Straße ein und dachte über sein Tagwerk nach.

Heimatverse sollten es werden. Gedichte, wie die Leute sie mochten, gerade in dieser herzlosen, unübersichtlichen Zeit, wo der Krieg vielen noch in den Knochen steckte, manchen sogar im wahrsten Sinn des Wortes, auch wenn er schon vier Jahre vorbei war. Gedichte, die Wärme gaben, das Gefühl von Geborgenheit in einer Welt, in der Geld immer weiter an Wert verlor und fremde Nationen über Deutschland und Bayern bestimmten. Der Verleger hatte ihn um Heimatverse gebeten. »Nix Politisches«, hatte er gesagt. »Vor allem nix Linkes. Die Wörter ›Arbeiter‹, ›Lohn‹, ›Hunger‹ und ›Krieg‹ will ich nicht lesen.«

Er hatte sich eine Liste gemacht mit Begriffen, die passend waren: Heimat, Erde, Himmel, Mädl, Bursch, Vaterhaus, Muttersprache, Edelweiß, Tanne. So was eben. Und dann hatte er angefangen zu dichten.

Besonders stolz war er auf den Vers: »An der Wand hängt dem Vater sei Gwand ...«

Ja, das würde zur melancholischen Stimmung der armen, einfachen Leute passen. Und davon gab es schließlich genug. Nicht nur draußen auf dem Land, auch in München und hier, in Pasing, vor den Toren der großen Stadt.

Bewusst hatte er sich auf der Suche nach einem Haus für die kleine, aufstrebende Stadt entschieden. Das Haus in Neu-Pasing in der von August Exter geplanten zweiten Villenkolonie hatte er kurz nach der Fertigstellung vor gut zwanzig Jahren erworben. Und obwohl er ein Zugezogener war, wurde er als Heimatschriftsteller in Pasing geschätzt, respektiert und höflich gegrüßt. Die Menschen kannten einander, es gab viele alteingesessene Familien, Traditionsbetriebe und Bauern. Man hatte seinen eigenen Marienplatz, da brauchte man die Münchner nicht dafür. Er war einer von denen, die nicht mitten in München leben wollten, aber gerne ab und an hineinfuhren wegen des großstädtischen Flairs. Selbst dort kamen »Heimat« und »Erde« gut an, sogar in den höheren Kreisen, auch wenn es nicht jeder zugeben mochte, dass er die Verse eines Carus von Waldfels kaufte, verschenkte oder sogar selber las. Er war nicht gerade ein Liebling des Feuilletons, aber er hatte mehr Leser als all diese politischen Schreiberlinge und akademischen Schöngeister. Auch wenn sich seine letzten Bücher nicht mehr so zahlreich verkauft hatten, von den neuen Heimatversen erhoffte er sich eine Auffrischung seines bereits angestaubten Ruhms und vor allem mehr Tantiemen, die er für seinen Lebensstil brauchte. Dieses Jahr, 1922, würde den früheren Erfolg zurückbringen, da war er ganz zuversichtlich.

Nachdem er einige Briefe seiner Bewunderer aus dem ganzen Freistaat beantwortet hatte, die ihm ihren herzlichen Dank aussprechen wollten, hatte er noch eine Weile geruht. Für das erste Treffen brauchte er seine volle Konzentration. Zwei Abgeordnete der Bayerischen Volkspartei hatten ihn um ein Gespräch gebeten. Der Heimatdichter sollte sie indirekt in ihrem Bemühen unterstützen, bei den Menschen noch volkstümlicher zu wirken, indem er bei ihren Versammlungen auftauchte und sich als einer von ihnen zeigte. Von Waldfels hatte lange überlegt, ob er sich auf einen derartigen Kuhhandel einlassen wollte. War das für ihn von Vorteil? Würde er prominenter, beliebter, erfolgreicher werden dadurch, dass er sich politisch festlegte? War die Bayerische Volkspartei das Pferd, auf das er setzen sollte? Schließlich hatte er sich entschieden, einen Versuch zu wagen. Immer noch vereinte die BVP die meisten Wähler in Bayern. Gerade auf dem Land waren die Menschen katholisch-konservativ – und das waren schließlich auch seine Leser. Einer der Abgeordneten, ein Ökonom aus der Nähe von Wolfratshausen, hatte ihm versprochen, ihn in Naturalien zu entlohnen – sehr erfreulich, denn manche Lebensmittel waren in der Stadt knapp geworden. Ein anderer, ein Brauereibesitzer, versicherte ihm, er würde zum nächsten Weihnachtsfest nur Bücher von ihm verschenken, auch an alle seine Kunden, und sich zusätzlich um Veranstaltungen mit ihm kümmern. Eine Reise durch die bayerische Provinz wäre doch nicht das Schlechteste, dachte von Waldfels. Solange die Rückkehr in die Stadt mit all ihren Annehmlichkeiten gewährleistet war, konnte man es schon ein paar Tage aushalten. Seine Leser auf dem Land sollten ihm sein Leben in der Stadt finanzieren, das zunehmend teurer wurde.

Mit Freude und gespannter Erwartung dachte er an seinen zweiten Termin. Bei einem Autorenkollegen in Schwabing sollte es wieder einmal hoch hergehen, wie er mehr zufällig von einem befreundeten Maler erfahren hatte. Er war zwar nicht eingeladen, aber das sollte bei so einem Fest kein Problem sein. Da konnte jeder kommen, da fiel keiner so schnell auf, denn meistens trafen schon am frühen Abend die ersten unangemeldeten Besucher ein, nach und nach wurden es immer mehr, und wenn der *Simpl* in Schwabing irgendwann die letzten Gäste hinauswarf, kamen die auch noch in der Mansarde auf ein Bier vorbei. Atelierfeste, so nannte man das. Die meisten verließen erst frühmorgens den Ort des Geschehens, es sei denn, man fand ein Mädl, das mehr aufs Vergnügen als aufs Heiraten aus war, und auch wusste, wo man in der näheren Umgebung ein paar Stunden ungestört sein konnte.

Literarisch und menschlich war der Kollege, der sich Oskar Maria Graf nannte, wobei das »Maria« angeblich später dazugekommen war, nicht so ganz sein Geschmack. Ein grobschlächtiger Kerl vom Starnberger See, laut und deftig. Auch Graf war angeblich den einfachen Leuten recht zugewandt, aber in einer anderen Weise als er. Graf beschrieb ihr schlichtes Leben, ihre Sturheit und Grobschlächtigkeit, er drängte auf Veränderung der sozialen Lage und gab sich links – wie viele Autoren in dieser Zeit. Dennoch, an manchen Abenden gesellte von Waldfels sich gerne zu diesen Schwabinger Künstlern, auch wenn sie ihn nicht so ganz ernst nahmen. Er durfte dabei sein und über Grafs derbe Scherze lachen, wenn er seine Gäste mit großen, ausufernden Gesten schreiend zu »mehr Erotik« aufforderte. Aber in die inneren Zirkel, da kam er nicht hinein. Hier nicht und erst recht nicht bei den noblen Gestalten unter den Münchner Schriftstellern, die in Bogenhausen lebten, ach was lebten, Hof hielten, als gäbe es die Monarchie noch. Er mochte sie nicht, diese gepflegten Moralapostel. Er hatte das Gefühl, sie schauten auf ihn herab.

Aber bei den Damen kam er immer noch gut an. Sie liebten ihn, den Schriftsteller, der ihnen Verse zitierte und außerdem Junggeselle war, sodass noch Hoffnung bestand. Ans Heiraten hatte er noch nicht gedacht. Mit fünfundvierzig Jahren fühlte er sich zu jung, um sich auf eine festzulegen. Fürs Haus gab's die Minna, und fürs Vergnügen gab's viele, und wenn's einmal mit dem Vergnügen weniger werden sollte, würde sich schon noch eine finden für seine alten Tage, da war er sicher.

Allmählich wurde es dunkel, die Straße zum Bahnhof war menschenleer. Die meisten Leute, die hier nach Neu-Pasing gezogen waren, genossen ihr kleines, feines, bürgerliches Leben, dachte von Waldfels. Sie gingen abends nicht mehr aus, machten es sich lieber in den eigenen vier Wänden mit Frau und Kind bequem. Plötzlich kam er sich unkonventionell vor mit seinem Hang zum Bohemien. Er war kein Bürger wie diese Leute hier, aber er war auch kein Herumtreiber wie viele Künstler. Eigentlich hatte er sich sein Leben zwischen Neu-Pasing und Schwabing, zwischen Kunst und Kommerz sehr schön eingerichtet.

Fast hatte er das Bahnhofsgebäude erreicht, als er einen Schlag an der Schläfe spürte. Der Schmerz war nicht so groß wie sein

Erstaunen. Er fasste sich mit der Hand an die getroffene Stelle und sah sich fragend um. Ihm wurde schwindelig und er stützte sich fester auf seinen Gehstock. Doch es half nichts. Er sank in die Knie und fiel auf das weiche Gras neben dem Weg. Jemand zog ihn an den Füßen ins Gebüsch. Als er einen heftigen Schmerz in der Herzgegend fühlte, war ihm schon bewusst, dass die Reime von der Wand und vom Vater seinem Gwand die letzten seines Lebens gewesen waren.

2

Wolf Strate stand am Fenster und sah hinüber in den Garten seines Nachbarn. Natürlich war vom Herrn Schriftsteller noch nichts zu sehen, zu den Frühaufstehern gehörte von Waldfels nicht. Er würde also noch etwas warten, bevor er klingelte, um mit ihm über die Gartengestaltung zu sprechen. Dass von Waldfels seinen Garten so verwildern ließ, fand er nicht angemessen. Dies war eine gutbürgerliche Gegend und die wenig gepflegte Fläche passte einfach nicht hierher. Wenn der Herr Autor meinte, er müsse sich unkonventionell präsentieren, sollte er sich dafür eine andere Möglichkeit suchen.

Auf seine Kleidung legte er doch auch Wert, der Herr von Waldfels, der sicherlich nicht Carus, sondern vermutlich Karl hieß, und sich einfach einen adeligen Künstlertitel zugelegt hatte. Auf dem Türschild stand nur »v. W.«, das sollte wohl vornehm klingen. All sein Bemühen, nobel zu wirken, war Strate zutiefst zuwider.

Das Hausmädchen betrat leise sein Arbeitszimmer, ein Tablett mit Kaffee, Milch und Zucker balancierend. Jeden Morgen trank er eine Tasse, während er darauf wartete, dass seine Gattin aufstand. Meistens hatte er die ersten Prozessakten schon gelesen, bevor Helene kam. Manchmal fiel es ihr schwer, überhaupt aufzustehen, fast so, als ob ihr kränkelndes Gemüt sie in das Bett zurückdrückte. Strate, selbst von robuster Natur, hoffte inständig, dass die Traurigkeit sie nicht länger in den Kissen hielt, weil sein Magen schon zu sehr knurrte. Doch er wollte ein rücksichtsvoller Ehemann sein und wartete deshalb täglich mit dem Frühstück auf sie. Auch weil er sehen wollte, ob sie wirklich etwas zu sich nahm, oder ob die unendliche Müdigkeit ihr weiterhin den Appetit und die Lebensfreude raubte.

»Ihr Kaffee, gnädiger Herr«, sagte Martha und machte einen Knicks. Es hatte etwas gedauert, bis das junge, hübsche, sehr ernste Mädchen aus der Oberpfalz den Knicks so formvollendet zelebrieren konnte. Es war die Aufgabe seiner Frau gewesen, Martha zu erziehen und ihr ein etwas weniger ländliches Bayerisch beizubringen: »Bitte«, »Danke«, »Jawohl, gnädige Frau«, »Sofort, gnädiger Herr«, »Sehr wohl« …

Für Martha hatte es sich wahrscheinlich manchmal so angefühlt, als ob sie eine fremde Sprache hätte lernen müssen. Viele dieser Vokabeln hatten bislang nicht zu ihrem Wortschatz gehört, da war Strate sicher.

»Danke, Martha, stellen Sie das Tablett auf dem Schreibtisch ab«, sagte er und kannte bereits ihre Antwort: »Jawohl, gnädiger Herr.«

»Und erinnern Sie meine Frau bitte daran, dass ich um zehn Uhr aus dem Haus muss«, fügte er noch hinzu. Das war sein neuester Trick, um Helene aus dem Bett zu bekommen. Er täuschte einen Termin bei Gericht oder mit einem Mandanten vor. Wenn sie gemeinsam mit ihm frühstücken wollte, musste sie also wohl oder übel aufstehen, sich anziehen, den Tag beginnen. So war sie zumindest für den Morgen dem Zugriff ihrer Lethargie entzogen.

»Die gnädige Frau ist bereits aufgestanden«, antwortete Martha, und er spürte eine leise Freude in sich. Sollte es wahr sein, dass es Helene mit dem Beginn des Frühlings besser ging, dass ihre Schwermut sich zugleich mit der Dunkelheit und Kälte der letzten Monate verabschiedete, dass sie auch wieder gute Tage haben würde? Der Arzt hatte es ihm prophezeit, aber er war skeptisch gewesen.

Er lächelte leicht. Martha lächelte nicht zurück. Sie senkte den Kopf, knickste erneut und entfernte sich. Am Anfang war es ihm nicht aufgefallen, aber eigentlich lächelte sie nie. Sie war erstaunlich gelehrig, höflich, aber nicht unbedingt fröhlich oder gar heiter. Sie ging sehr selten aus, und wenn sie doch einmal einen Spaziergang an der Würm machte, kam sie nach einer knappen Stunde wieder. Eines Abends war er spät nach Hause gekommen und wollte sich noch einen Bissen aus der Küche holen. Da hatte er Martha angetroffen, über dem Lesen eines Jahreskalenders mit kurzen Geschichten eingeschlafen. Als er fragte, ob sie denn gerne lese, nickte sie und nannte einige unbedeutende Heimatdichter. Sein Angebot, sie könne sich Bücher aus seiner Bibliothek leihen, lehnte sie kopfschüttelnd ab und beharrte darauf, dass sich das nicht gehörte.

Der Anwalt wusste, was es bedeutete, wenn man Bildung nicht in die Wiege gelegt bekam, sondern sie sich mühsam erarbeiten musste. Er hatte kein Elternhaus gehabt, in dem gutes Benehmen und Kultur ganz selbstverständlich zum Alltagsleben dazugehörten wie bei seiner Frau Helene. Bei aller Schwermut wusste sie doch stets, was sich gehörte. Kein falsches Wort, kein Fauxpas, die passende Reaktion im entsprechenden Moment. Ihm unterliefen noch Fehler. Selbst jetzt, mit vierzig Jahren, konnte es ihm passieren, dass ein Kollege bei Gericht in ihm den erkannte, der die soziale Leiter mühsam erklommen hatte – und sich doch von Zeit zu Zeit durch eine kleine Geste oder durch ein unbedachtes Wort verriet. Manchmal half ihm sein gepflegtes Hochdeutsch. Da er in der Nähe von Hannover als Sohn eines Kolonialwarenhändlers aufgewachsen war, galt er hierzulande als »Preiß«, was verächtlich gemeint war. Andererseits aber hatten die Bayern einen ihm rätselhaften Respekt vor Menschen, die nicht Dialekt sprachen, eine seltsame Mischung aus Herabsetzung und Achtung, an die er sich gewöhnt hatte.

Strate nahm einen Schluck Kaffee. Der Anfang als »Gstudierter«, wie man hier sagte, war schwer gewesen. In Hannover hatte er keine Arbeit in einer Kanzlei gefunden. Was für ein Glück, dass er damals nach dem Tod seiner Eltern mit seinem kleinen Erbe zum ersten Mal in den Urlaub gefahren war – in die Sommerfrische nach Oberbayern. Dort hatte er Helene kennengelernt und sich Hals über Kopf in sie verliebt. Er wusste, dass er es ohne den Schwiegervater und seine Beziehungen nicht geschafft hätte, sich einen Namen zu machen. Der Juraprofessor mit Verbindungen in höhere Kreise hätte den Mann seiner Tochter gerne in einem Ministerium gesehen. Aber Strate hatte Anwalt werden wollen. Helene hatte ihn unterstützt, und der Herr Professor hatte sich gefügt, das Haus in Neu-Pasing für das junge Paar erworben und ihm seine ersten Klienten verschafft. Natürlich hatte der Schwiegervater ihn auch davor bewahrt, im Krieg an die Front zu müssen. Er sollte zu Hause dem Vaterland dienen, was auch immer die Regierung darunter verstand. Was er über den Krieg wusste, hatten ihm Mandanten erzählt. Und er schwankte zwischen Scham und Erleichterung, dass ihm dies erspart geblieben war. Danach hatte die Revolution für kurze Zeit gesellschaftlich das Unterste zuoberst gekehrt. Und auch wenn er beileibe nicht für eine Verdrehung aller sozialen und gesellschaftlichen Normen war, ein bisschen mehr Durchlässigkeit, ein bisschen weniger Standesdünkel, das hätte dem Land schon gutgetan, dachte er. Und ihm selbst natürlich auch.

Er sah Helene draußen durch den Flur gehen, trank seinen Kaffee aus und folgte ihr. Kurz vor dem Speisezimmer holte er sie ein und lächelte sie liebevoll an.»Guten Morgen, mein Herz«, sagte er leise und drückte ihr einen Kuss auf die Wange. »Guten Morgen, Wolf«, antwortete sie mit einem leichten Lächeln, das sein Herz etwas schneller schlagen ließ.

Martha bediente sie am Tisch korrekt und aufmerksam ohne Fehl und Tadel und ohne jedes Lächeln. Er hatte überlegt, ob sie eine ähnliche Krankheit haben könnte wie seine Frau, den Gedanken aber wieder verworfen; sie war zu energisch und zäh. Zudem konnte er sehen, dass sie sehr wohl zu Gefühlen in der Lage war. Er bemerkte die Wut in ihren Augen, wenn ihr etwas nicht gelang, und die zwischen den zusammengepressten Lippen gemurmelten Flüche, die ihre einfache Herkunft verrieten.

Auch Helene war nicht schon immer schwermütig gewesen. Strate hatte damals ein liebenswürdiges, heiteres Mädchen kennengelernt, sie hatten sehr schöne Jahre gehabt, und obwohl ihre Eltern zunächst gegen die Verbindung gewesen waren, weil ihnen der Schwiegersohn nicht standesgemäß schien, hatten sie beide doch ihre Eheschließung durchgesetzt und gedacht, ihr Glück wäre für immer. Sie warteten auf Kinder, doch es kamen keine. Seine Frau wurde stiller, zog sich in sich zurück. Er selbst fragte sich in dieser Zeit, ob er überhaupt Kinder wollte in einer Welt, die so entsetzliche Dinge wie diesen Krieg hervorbringen konnte.

»Musst du wieder so früh aus dem Haus, Wolf?«, fragte Helene und ihr Blick verriet, dass es ihr heute tatsächlich besser ging. Die Augen klar, direkt auf ihn gerichtet, voller Interesse und Wärme.

»Ja, warum fragst du?«, antwortete er. An diesem Tag stimmte es wirklich. Er wollte einen Mandanten besuchen, der einen Schusterladen in der Pasinger Bäckerstraße hatte.

»Der Schreiner kommt wegen der Kassettendecke im Kaminzimmer«, sagte Helene. »Er wollte heute verschiedene Hölzer mitbringen. Ich dachte, es könnte dich interessieren.«

Jetzt war ihm klar, weshalb es Helene besser ging. In letzter Zeit fand sie Vergnügen daran, das Haus umzugestalten und die einzelnen Zimmer neu einzurichten. Helene konnte oft stundenlang über Vorhänge, Teppiche, Tapeten und Möbel nachdenken, verschiedene Vorschläge studieren, sich Muster ansehen, sie prüfend an eine Wand oder ein Fenster halten und schließlich wieder verwerfen.

Oft hatte sie versucht, ihn mit einzubeziehen. Er wiederum hatte versucht zu verbergen, wie wenig ihn das interessierte. Er hielt sich fast den ganzen Tag in seinem Arbeitszimmer auf oder war beruflich unterwegs. Es sollte gemütlich sein zu Hause, mehr aber auch nicht.

Ein Kinderzimmer hatte Helene schon sehr früh komplett ausgestattet. Der Arzt machte ihnen immer wieder Mut, aber nach mehr als zehn Jahren Ehe hatte Strate das Kapitel für sich abgeschlossen. Er fragte sich, ob seine Frau wirklich noch Hoffnung hegte. Doch darüber zu sprechen, war ihnen nicht gelungen.

»Ist es wieder der junge Schreiner, den uns von Waldfels empfohlen hat?«, fragte Strate.

Seine Frau nickte: »Ich habe ihm zunächst einmal ein paar kleinere Reparaturarbeiten aufgetragen, die er sorgfältig und zuverlässig erledigt hat.«

Strate lächelte: »Das war wohl die Prüfung, die er ablegen musste?«

»Er arbeitet zügig und gründlich, und das nicht zu den überhöhten Preisen, die andere Handwerker berechnen.«

Es war ein teures Freizeitvergnügen, das seine Frau sich gönnte, dachte Strate. Aber wenn es sie glücklich machte, so war er es auch.

3

Oberkommissär Benedikt Wurzer hatte eigentlich mit der Tram nach Pasing fahren wollen. Aber da der Herr Polizeipräsident einen Skandalfall vermutete wegen des prominenten Opfers, hatte er sich mit dem Dienstwagen kutschieren lassen, obwohl er weiß Gott kein Freund des Automobils war. Zu viel Lärm, zu viel Dreck. Er sah auf den Tatort hinter dem Bahnhof, wo seine Kollegen schon am Werk waren. Fotograf und Arzt taten ihre Arbeit. Die Identität des Toten war klar, alles ging seinen Gang. Es galt nun, den Mörder zu suchen. Und das war seine Aufgabe.

»Wer hat ihn denn gefunden?«, fragte er einen Gendarmen, der sich vergeblich bemühte, die Passanten zum Weitergehen zu bewegen.

»Da hinten der Arbeiter«, sagte der Polizist und deutete auf einen Mann, der allein und etwas abseits stand und offenbar gar kein Bedürfnis verspürte, sich dem Tatort noch einmal zu nähern.

»Geh her da!«, rief der Gendarm dem Arbeiter zu, der daraufhin zusammenzuckte. Wurzer aber winkte ab. »Ich bemüh mich schon selber, dankschön.« Damit ging er zu dem durch den Ruf des Gendarmen verschreckt wirkenden Mann.

Wurzer konnte es nicht leiden, wenn Polizisten meinten, sie könnten jeden Menschen herumkommandieren, alle Leute duzen und ihnen mit Uniform und Kommandoton Angst einjagen. Aber es war ihm in all den Jahren nicht gelungen, seinen Untergebenen beizubringen, dass sie für die Leute da waren und nicht umgekehrt. Allmählich verfestigte sich sein Eindruck, dass er ohnehin der Einzige war, der so dachte, und dass es keinen Sinn hatte, den Kollegen etwas von Anstand oder Benehmen zu erzählen. Nur wenn er bei der Ausbildung durchblicken ließ, dass man von den Zeugen mehr erfahren konnte, wenn man freundlich war und sie mit Respekt behandelte, hörten sie zu. Freundlichkeit als Strategie, damit sich ein Zeuge verplapperte, diesen Trick wandten einige seiner Kollegen gerne an.

»Guten Morgen«, grüßte Wurzer freundlich. Der Mann nickte nur kurz. Der Schrecken über das, was er gesehen hatte, stand ihm noch ins Gesicht geschrieben.

»Sie sind der Herr ...«

»Prager«, antwortete der Arbeiter. »Sepp.«

»Wann haben Sie den Toten gefunden?«

»Vor einer Stunde«, sagte der Mann. Wurzer merkte, dass er sich, durch ihn eingeschüchtert, um eine saubere Aussprache bemühte.

Offenbar schaute ihm der Kommissär ein bisschen zu streng, denn er schob gleich nach: »Ich bin's nicht gewesen.«

»Das hat auch keiner behauptet«, antwortete Wurzer. »Der Tote ist wahrscheinlich schon die ganze Nacht dort gelegen.«

Der Arbeiter nickte nur, sagte weiter nichts.

»Erkannt haben Sie ihn nicht?«, fragte der Kommissär weiter.

»Naa, den kenn ich ned ... nicht«, korrigierte sich der Arbeiter.

»Ein Dichter, ich hab ihn auch ned kennt«, antwortete Wurzer in breitem Bayerisch und grinste. »Komm ned so zum Lesen und wenn, dann die Zeitung.«

Herr Prager grinste nun ebenfalls, wenn auch etwas zaghaft.

»Kommen Sie. Gehen wir ein paar Schritte«, sagte der Kommissär, der wieder zurück in sein gehoben-professionelles Bayerisch wechselte, und wandte sich vom Tatort ab. Er hatte die Hoffnung, dass der Mann etwas gesprächiger würde, wenn sie die Menschenansammlung hinter sich ließen. Sepp Prager folgte ihm stumm.

»Wo wollten Sie denn hin?«

»Zu einer Baustelle in der neuen Siedlung.«

»Haben Sie dort eine feste Arbeit?«

»Da gibt's die letzten Jahr allerweil was zum Tun.«

»Wo die reichen Leut hinbauen, gell«, sagte Wurzer und der Arbeiter nickte.

»Ja, bauen darf ich denen ihre Hütten. Und wenn ich fertig bin, dann kann ich mich wieder verzupfen, dann wollens unsereins nimmer sehen.«

Wurzer schwieg. Aus der Sicht des Arbeiters gehörte er sicherlich ebenso zu den feinen Herrschaften, auch wenn er gar nicht so viel verdiente. Er trug halt einen Anzug, arbeitete für den Staat und hatte bestimmt mehr Sicherheit als so ein Bauarbeiter.

»Ist er denn genau so dagelegen, der Tote? Oder haben Sie ihn angefasst?«

Prager schüttelte den Kopf.

»Erzählen Sie einfach mal. Sie sind mit der Tram kommen …«

»Naa, mit dem Radl. Von Hadern her.«

«Und dann?« Ein Schwätzer war er nicht, der Prager Sepp, das war dem Kommissär spätestens jetzt klar.

»Mei, es war noch ned so richtig hell. Aber ich hab da was gsehn und bin abgstiegn und hab nachgschaut.«

»Und weiter?«

»Ich bin gleich wieder aufs Radl und zur Gendarmerie gfahren. Dort haben sie gsagt, ich soll warten, bis einer von den Kriminalern kommt.«

»Das bin ich«, sagte Wurzer und lupfte den Hut. »Dankschön für die Aussage, Herr Prager.«

Der Arbeiter war so viel Höflichkeit nicht gewohnt, er wirkte verblüfft. Wurzer war es schon häufiger aufgefallen, dass es die einfachen Leute eher misstrauisch machte, wenn man sie siezte und ihnen höflich beggegnete. Wahrscheinlich witterten sie Ärger. Die

Kollegen in der Ettstraße, soweit sie das mitkriegten, schimpften ihn manchmal einen Sozialisten, die einen offen, die anderen hinter seinem Rücken. Dabei hatte sein Verhalten gar nichts mit Politik zu tun. Er war nur der Meinung, dass das eben auch Menschen waren, die Respekt verdient hatten. Aber damit war er ziemlich allein, das wusste er.

»Geben Sie mir bittschön Ihre Adresse, falls wir später noch Fragen haben.« Wurzer zog Papier und Stift aus der Tasche.

»Sie kommen ja jetzt zu spät zur Arbeit«, fiel ihm dann noch ein, als Sepp Prager sein abgelegtes Radl aufhob und weiterfahren wollte.

»Ja, scho«, antwortete der.

»Kriegen Sie da einen Ärger?«

»Wahrscheins.«

»Moment.« Wurzer winkte dem Gendarmen, der sofort zu ihm kam in Erwartung einer bedeutenden Aufgabe.

»Sind Sie mit dem Radl da?«

»Jawohl, Herr Oberkommissär.«

»Dann begleiten Sie bitte den Herrn Prager zu seinem Arbeitsplatz und sagen Sie seinem Vorarbeiter, dass er uns geholfen hat, einen Mörder zu finden. Und dass er bloß deswegen zu spät kommt.«

Der Gendarm zog ein langes Gesicht. Er sollte den Arbeiter entschuldigen? Wurzer bemerkte seine Verärgerung. »Ich kann mich doch auf Sie verlassen?«, fragte er eindringlich und der Mann schlug die Hacken zusammen.

»Jawohl, Herr Oberkommissär.«

Wurzer drängte sich noch einmal durch die Menge der Schaulustigen und besah sich den Tatort. Die Leiche wurde gerade weggebracht.

»Irgendwas Besonderes?«, fragte er den Arzt leise, damit die gaffenden Leute nichts hören konnten.

»Tödlich war die Stichwunde im Herzen«, antwortete der Arzt.
»Aber komisch ist, dass er diese Verletzung am Kopf hat.«
»Welche denn?« Wurzer wurde hellhörig.
»Da an der Schläfe, als hätte jemand dagegengeschlagen.«
»Sie meinen, der Täter hat ihn erst niedergeschlagen und dann erstochen?«, fragte Wurzer nach.
»Ja. Vielleicht wollte der Täter ihn erst bewusstlos …«, fing der Arzt an zu spekulieren.
»Schon, aber das heißt, dass er ganz nah an ihn ranmuss, um ihn gegen den Kopf zu schlagen. Da hätte sich das Opfer doch gewehrt!«, unterbrach ihn Wurzer. »Es könnte bedeuten, dass er den Täter gekannt hat. Sonst hätte er ihn nie so nah herangelassen.«
»Mei«, überlegte der Arzt, »vielleicht hat ihn einer nach Feuer für seinen Stumpen gefragt oder nach dem Weg, da lassen einen die Leut schon näher ran.«
Wurzer nickte und wandte sich an seinen Assistenten Löffler.
»War's Raubmord?« Der schüttelte den Kopf. »Börse, Geld, alles da, Herr Oberkommissär. Auch die Taschenuhr.«
»Weiß man denn schon, wo er hinwollte gestern auf d'Nacht?«
Wieder schüttelte der Kriminalassistent den Kopf. »Er wohnt ganz in der Nähe. Entweder wollt er heim oder weg.«
Wurzer sah seinen Mitarbeiter prüfend an, aber der meinte das ganz ernst.
»Dann gehen wir da hin. Kommen Sie mit, Löffler.«

Die Haushaltsvorsteherin Minna Mayerhofer war von der Todesnachricht so erschüttert, dass wenig aus ihr herauszubringen war. Sie sank auf einen Stuhl, weinte, schnäuzte sich von Zeit zu Zeit kräftig und jammerte: »Wo soll ich denn jetzt hin?«
Er ließ sich das Arbeitszimmer des Verstorbenen zeigen, ein stattlicher Raum mit einem großen Schreibtisch, auf dem sich teure Schreibgeräte und edles Papier befanden. Bei den herumliegenden

Unterlagen handelte es sich vor allem um Zuschriften von Lesern, die dem Künstler ihre Bewunderung aussprachen und ihn baten, sie bald wieder mit neuen Werken zu erfreuen.

Während die Haushälterin noch schluchzte, blätterte Wurzer in einem der Bücher des Ermordeten. Nette Verse, die keinem wehtaten. Sie handelten von der Heimaterde und Lieb und Treu. Irgendwie hatte er das Gefühl, diese Verse schon einmal in der Heimatzeitung gelesen zu haben. Aber vielleicht täuschte er sich auch, für ihn klangen alle Gedichte irgendwie gleich.

Noch einmal versuchte er, etwas aus der Haushälterin herauszukriegen, denn sie schien sich etwas beruhigt zu haben.

»Wann ist der Herr von Waldfels denn gestern aus dem Haus gegangen?«

Sofort fing sie wieder an zu weinen und zu jammern und war nicht imstande, ihm eine klare Auskunft zu geben. Das hat jetzt überhaupt keinen Sinn, dachte Wurzer, und erhob sich. Durch das Fenster sah er ins Nachbarhaus. Er bemerkte ein Dienstmädchen mit Haube und Schürze, das zu ihnen herüberschaute, aber sofort verschwand, als sie seinen Blick bemerkte.

»Wer wohnt denn da drüben?«, fragte Wurzer die Haushälterin.

»Der Herr Anwalt Strate. Ein Preiß«, brachte sie zwischen zwei Schluchzern hervor.

Wurzer kannte Strate dem Namen nach. Der Anwalt galt als einer, der sich noch um so etwas wie Gerechtigkeit scherte. Ein Gemäßigter, der sich keiner politischen Richtung andiente, hieß es. Wurzer beschloss, dem Anwalt einen Besuch abzustatten. Nachbarn wussten oft sehr viel voneinander, schließlich hatte man sich ja im Blick.

4

Benno fuhr die Schlossmauer entlang und genoss die frische Luft, die ersten Sonnenstrahlen und die Ruhe vor dem Tagwerk. Hinten auf dem Radl hatte er heute nicht den großen Werkzeugkasten. Er trug nicht einmal sein normales Arbeitsgewand, sondern hatte sich ein bisschen fescher gemacht. Das hatte er erst lernen müssen hier in der Stadt. Ein Schreiner musste nicht nur arbeiten können, sondern auch reden. Dass das manchmal wichtiger als das Handwerk selber war, hatte ihm der Onkel beigebracht, und der musste es wissen. Er war schon seit zwanzig Jahren in München.

Heute war so ein Termin, wo man nichts reparieren und nichts verleimen, sondern einen guten Eindruck machen und den Leuten etwas über Hölzer erzählen musste. Daheim in Gitting, da hätte das jeder für einen Schmarrn gehalten. Da hießen die Aufträge: Fenster ausbessern, verzogene Türen abschleifen, die Schubladen der alten Kommode wieder gängig machen. Ganz selten, dass eine neue Haustür in Auftrag gegeben wurde oder gar ein Schrank. Und eine Kassettendecke, wie die Frau Strate sie sich wünschte, das gab es auf dem Land fast überhaupt nicht. Aber bei den Leuten in der Stadt, da hatten manche anscheinend so viel Geld, dass sie es sich vom Schreiner an die Decke nageln ließen. Ihm sollte es recht sein. Er arbeitete sehr gern für die reichen Leut, auch wenn er dafür die Sonntagshosen anziehen und möglichst hochdeutsch reden musste.

So viel Wohlstand wie hier hatte er in Gitting nie gesehen. Selbst die reichen Bauern wohnten nicht so protzig wie die Leut in Neu-Pasing. Die Bauern hielten ihr Sach zusammen. Allerdings hatte er daheim auch nicht so viel Elend gesehen wie in München.

Freilich gab's bei ihnen auch arme Leut, aber nicht so viele. Und es war den Menschen auf dem Dorf nicht ganz so wurscht, wie es den andern ging. So ein Dorf war zu klein, um die armen Leut auszusortieren und in ein eigenes Viertel zu stecken.

Was war es doch für ein schöner Tag. Als Benno an einem Stück abgesenkter Schlossmauer vorbeifuhr, warf er einen kurzen Blick in den Park. Hier wollte er an einem der nächsten Sonntage mit seiner Frau spazieren gehen. Das hatten sie in dem knappen Jahr, seit sie in München waren, noch nicht geschafft. Die Tage waren voll mit Arbeit, auch für die Agnes, die sich schwerer tat als er, in der Stadt zurechtzukommen. Sie war fast den ganzen Tag in der Wohnung, hielt sie in Schuss und kehrte nach Feierabend die Werkstatt. So kam sie nur unter Leut, wenn sie versuchte, Kartoffeln oder Brot zu ergattern – und das war sicher kein Spaß. Gerade deswegen sollte er sie mehr rausholen aus ihrer Kuchl.

Heute früh hatte er noch den Gesellen eingewiesen, was der machen sollte, solange er unterwegs war. Der Korbinian war zwar eigentlich ein Fleißiger, aber wenn er allein in der Werkstatt hantierte, konnte es schon sein, dass er ein bisserl langsamer machte – vor allem, wenn er am Abend vorher was getrunken hatte. Der Onkel Fritz hatte versprochen, dass er nach dem Rechten schauen und dem Gesellen zur Hand gehen wollte. Er half ihnen noch immer, wo er konnte, obwohl er sich wegen seinem Herzen eigentlich schonen sollte.

Benno hatte nicht nur Zeichnungen für die neue Kassettendecke im Gepäck. Sein Gefühl sagte ihm, dass die Strates noch mehr Aufträge zu vergeben hatten. Die gnädige Frau hatte durchblicken lassen, dass sie so einiges verändern wollte. Deshalb hatte er die Skizze einer Kommode angefertigt und einen Schrank mit schönen Verzierungen entworfen. Der Onkel hatte ihm dazu geraten und gesagt, er solle die Skizzen beiläufig mit auspacken, die reichen Leut würden es mögen, wenn man ihnen Vorschläge machte.

Das hatte auch bei Carus von Waldfels funktioniert. Der Onkel hatte den Auftrag des Heimatdichters noch angenommen, aber nicht mehr allein ausführen können. Von Waldfels war erst skeptisch gewesen, als der Onkel mit seinem Neffen vorbeikam. Er hätte ein paar Mal mehr »Jawohl, gnädiger Herr« sagen oder vortäuschen sollen, dass seine Mutter die Verse des Dichters las. Aber dann war der von Waldfels mit seiner Arbeit doch recht zufrieden gewesen, vor allem mit dem Preis, weil er billiger war als die Handwerker in Pasing. Der Dichter hatte ihn tatsächlich weiterempfohlen – an die Strates. Je länger er aber für den Dichter gearbeitet hatte, desto weniger hatte er ihn leiden können. Der war ein Weiberer, kein Rock war vor ihm sicher. Das hatte Benno gemerkt, als ihm die Agnes einmal an einem langen Arbeitstag eine Brotzeit nach Pasing gebracht hatte. Sie hatte dem Verserlmacher gefallen, und dass es die Frau von einem andern war, störte so einen nicht. Der Dichter hatte seine Agnes mit den Augen verschlungen, als er sie zum ersten Mal gesehen hatte. Und wie er darauf bestanden hatte, nur der »schönen Schreinersfrau«, wie er sie nannte, die Bezahlung zu überreichen, damit sie gleich damit einkaufen gehen konnte. Benno spürte eine Wut in sich aufsteigen, wenn er sich an diesen Vorwand und das Gegockel erinnerte, und verdrängte diese Gedanken schnell. Er musste nicht mehr hin zu diesem Deppen, der ihm so zuwider geworden war.

Benno geriet ins Träumen, was alles möglich wäre, wenn die Strates ihn auch weiterempfehlen würden und er für die nächsten Jahre der Schreiner der reichen Leut in Neu-Pasing werden könnte.

Eine Kirchturmuhr schlug. Er kannte sich noch nicht so gut aus in Pasing, aber wahrscheinlich war's die von der protestantischen Himmelfahrtskirche. Viertel vor, er hatte also noch Zeit.

Deshalb beschloss er, einen kleinen Umweg über den Bahnhof zu fahren und sich einen Stumpen zu kaufen. Den würde er rauchen, wenn er den Auftrag von den Strates bekäme. Zur Feier des Tages. Und dazu dann den Apfel essen, den die Agnes ihm eingepackt hatte.

Nur kurz sah er auf die Menschenansammlung in der Nähe des Bahnhofs. Ein Gendarm wollte die Leute weiterschicken, aber jeder versuchte, noch einen Blick auf den Strauch dort zu erhaschen. Unwillkürlich fuhr Benno langsamer und schnappte auf, dass ein Toter gefunden worden war. Wahrscheinlich ein armer Bursch, der sich da zum Sterben hingelegt hatte. Die Leut hatten doch immer eine heimliche Freude, wenn es wieder einen andern erwischt hatte. Er fuhr weiter. Die Lust auf den Stumpen war ihm vergangen.

Das Hausmädchen machte ihm auf. Nur ein kurzes Nicken, dann trat sie zur Seite.

»Warten Sie hier, die gnädige Frau ist noch nicht so weit.« Sie war nicht gesprächiger als gestern, als er bis abends kleinere Reparaturen ausgeführt hatte. Auf der Heimfahrt hatte er einen Platten gehabt und die letzten zwei Kilometer schieben müssen. Dann noch das Radl reparieren … Er war todmüde ins Bett gefallen und froh, dass er heute nicht so hart arbeiten musste.

Ob er wirklich mit der gnädigen Frau allein verhandeln würde? Eigentlich war so ein großer Auftrag doch Männersache. Hatte der Anwalt so wenig Zeit, dass es ihn nicht interessierte, wofür seine Frau das Geld ausgab? Also, die Agnes würde keine Entscheidung ohne ihn treffen, das käm ja überhaupt nicht infrage. Aber wer wusste schon, wie die reichen Leut das machten.

Er unterbrach seine Gedanken, als Herr Strate in die Diele trat. Mit einem unbeholfenen Lächeln machte Benno einen Diener, wie er das vom Onkel gelernt hatte. »Habe die Ehre, Herr Anwalt«, murmelte er und war sich nicht sicher, ob das nun die richtige Begrüßung war.

»Guten Tag«, antwortete Strate. »Sie kommen wegen der Decke im Kaminzimmer?«

Benno nickte und richtete sich wieder auf. Strate ließ sich gerade vom Hausmädchen in den Mantel helfen und den Hut reichen. »Ich wäre ja gerne dabei, wenn Sie meiner Gemahlin die Entwürfe zeigen, aber leider … Termine.«

Benno nickte wieder und sah hilflos zum Dienstmädchen, weil er nicht wusste, was er jetzt machen sollte. Das Klingeln an der Haustür rettete ihn aus seiner Verlegenheit. »Wer kann das denn sein?«, fragte Strate.

Das Dienstmädchen öffnete die Tür und sie hörten eine Stimme: »Kriminalpolizei. Ich hätte gern den Herrn Anwalt gesprochen.«

Strate wirkte überrascht, sagte aber nichts und sah abwartend in Richtung Haustür. Zwei Männer traten ein und Benno drückte sich in eine Ecke. Er merkte, dass er jetzt störte, dass ihn das überhaupt nichts anging.

Die beiden Kriminaler ignorierten ihn und konzentrierten sich ganz auf den Anwalt.

»Herr Strate? Ich bin Oberkommissär Wurzer und das ist mein Assistent, der Herr Löffler. Haben Sie einen Moment Zeit für uns?«

Benno sah, dass der Anwalt nachdachte, bevor er nickte und aus dem Mantel schlüpfte, den das Hausmädchen entgegennahm und wieder auf den Bügel hängte.

»Martha, gehen Sie bitte zu Herrn Lehmgruber und sagen Sie ihm, ich käme eine Stunde später.« Und zum Kommissär gewandt fügte er hinzu: »Mein Mandant hat leider kein Telefon, da hilft nur ein Botengang.«

Der Kommissär nickte und sah jetzt zu Benno, der sich sichtlich unwohl fühlte. Während das Hausmädchen sich eine Jacke anzog, um sich auf den Weg zu machen, überlegte Benno, ob er gleich mit ihr mitgehen sollte. An eine Kassettendecke würde heute wohl keiner mehr denken. Doch da wandte sich der Anwalt dem Dienstmädchen zu. »Bevor Sie gehen, bringen Sie den Herrn … den Herrn Schreiner zu meiner Frau.«

Das Hausmädchen sah Benno auffordernd an und er folgte ihr. Er war froh, dass er dieser seltsamen Situation entkommen war.

5

Oberkommissär Benedikt Wurzer musterte den Anwalt möglichst unauffällig. Er hatte einiges von ihm gehört, ihn aber nie persönlich kennengelernt. Mithilfe seines Schwiegervaters hatte er schnell die Position eines Anwalts der Besserverdienenden erworben. Genug Geld für ein schönes Haus in Neu-Pasing war ja offenbar vorhanden. Ja, so viel Platz hatten er und seine Frau in der Wohnung am Sendlinger Tor nicht, da war es früher mit den drei Kindern schon recht eng gewesen.

Auf Wurzer wirkte der Anwalt etwas arrogant mit seinem schmalen Oberlippenbärtchen, der sehr gepflegten Erscheinung und der gehobenen Sprache, die nichts Weiches an sich hatte. Von Kollegen hatte er aber gehört, dass der so kühl wirkende Strate manchmal Menschen vor Gericht vertrat, um deren Schicksal sich sonst niemand scherte. Er erinnerte sich an den Fall eines armen Messerschleifers, der wegen Diebstahls angeklagt worden war, nur weil er die Wohnung seiner Kundschaft kurz betreten hatte, um die Messer und Scheren in Empfang zu nehmen. Strate hatte den Burschen sicherlich nicht wegen des hohen Honorars vertreten und die Sache mit zäher Beharrlichkeit verfolgt, bis die Wahrheit ans Licht gekommen war. Die Frau, die den Messerschleifer beschuldigt hatte, war etwas zu großzügig mit dem Haushaltsgeld umgegangen. Und um dies vor ihrem Mann zu verbergen, hatte sie die Gelegenheit genutzt, den Messerschleifer anzuschwärzen. Dass der dafür ins Gefängnis gewandert wäre, schien sie nicht weiter zu berühren. In dieser Stadt und dieser Zeit nahm man offenbar gern die Dienste von Menschen an, die man genauso gut auf der Straße verrecken lassen konnte. Da waren die Huren nicht die Einzigen.

Wurzer merkte erst jetzt, dass Strate ihm eine Tasse entgegenhielt und freundlich lächelte. Er nahm den Kaffee, bemüht, nichts zu verschütten. Er sah, dass sein Assistent sich bereits selbst bedient hatte. Aber er ignorierte das unhöfliche Verhalten und wollte sich jetzt nicht ärgern, sondern auf seinen Fall konzentrieren. »Herr Strate, ich weiß nicht, ob Sie schon gehört haben, dass Ihr Nachbar tot aufgefunden worden ist.«

Die Überraschung des Anwalts war echt. Seine Augen öffneten sich weit angesichts der irritierenden Nachricht, er hielt kurz den Atem an, und seine Hand zitterte leicht.

»Carus von Waldfels?«, fragte Strate ungläubig nach. »Was ist passiert?«

»Er ist erstochen worden, in der Nähe des Pasinger Bahnhofs«, sagte Wurzer. »Offenbar schon gestern Abend.«

Strate stellte seine Kaffeetasse ab und starrte für einen Moment aus dem Fenster auf das Nachbarhaus, in dem von Waldfels gewohnt hatte.

Wurzer hingegen nutzte den Augenblick und genoss einen Schluck dieses echten, wunderbaren Kaffees. So was Feines gab es bei ihnen daheim nur selten. Da musste er es schon ausnutzen, wenn ihm bei den Ermittlungen so ein Glück widerfuhr. Aus dem Augenwinkel sah er, dass Löffler sich schon die zweite Tasse eingoss. Er schickte ihm einen warnenden Blick, den Löffler geflissentlich ignorierte. Strate schien das nicht zu bemerken, er wandte sich wieder dem Kommissär zu. »Das ist ja entsetzlich. Haben Sie schon einen Verdacht?«

Wurzer schüttelte den Kopf. »Wir haben gerade erst mit dem Ermitteln angefangen.«

Strate sah ihn nachdenklich an und nickte: »Was kann ich für Sie tun, Herr Oberkommissär?«

»Wann haben Sie denn Ihren Nachbarn zuletzt gesehen?«

Strate überlegte. »Ich bin gestern gegen neunzehn Uhr von einem Termin nach Hause gekommen. Da habe ich bemerkt, wie er das Haus verlassen hat und in Richtung Langwieder Straße gegangen ist.«

»Haben Sie ihn noch gesprochen? Hat er Ihnen gesagt, wo er hinwollte?«

»Nein, ich glaube, er hat mich gar nicht bemerkt. Aber wir sind uns gegen Mittag kurz am Zaun begegnet und da hat er erzählt, er wolle abends mit Politikern speisen und dann zu einem Fest nach Schwabing. Er sprach von einem Künstlerkollegen, dessen Atelierfeste berühmt sein sollen. In den entsprechenden Kreisen versteht sich.«

»Hat er auch gesagt, wer die Politiker waren, mit denen er sich hatte treffen wollen? Oder der Künstler mit den Atelierfesten?«

Strate überlegte einen Moment, dann schüttelte er den Kopf. »Ich habe mich ohnehin gewundert, denn ich hätte Herrn von Waldfels nicht mit der Schwabinger Bohème in Verbindung gebracht. Da hört man einiges, was meines Erachtens auf den ersten Blick nicht so zu ihm passte.«

Wurzer konnte sich vorstellen, worauf der Anwalt anspielte, aber er stellte sich dumm. »Was hört man denn da?«

Strate lächelte amüsiert. »Feste bis zum Morgengrauen, freizügige Damen, die nicht auf ihren guten Ruf achten, alkoholische Getränke im Überfluss, männliche Gäste, die etwas erleben wollen, Künstler, die sich für eine etwas andere Form von Geselligkeit preisen und von der bürgerlichen Gesellschaft distanzieren wollen.«

Es klang weder abfällig noch hatte es den bewundernden Unterton, mit dem manche Leute sich zuraunten, sie wären ja gerne mal dabei, wenn die Herren Künstler es krachen ließen. Wurzer nickte angesichts von Strates treffend formulierter Schilderung. So ähnlich hatte er sich das vorgestellt. Er spürte einen kleinen Stich wegen der rhetorischen Überlegenheit des studierten Nicht-Bayern, der ihm noch nicht sympathischer geworden war.

»Können Sie mir ein bisschen was über Herrn von Waldfels erzählen?«, fragte Wurzer und sah auf den Grund seiner leeren Kaffeetasse.

»Darf ich Ihnen erst noch eine Tasse anbieten?«, fragte Strate, ganz der aufmerksame Gastgeber. Wurzer sah, dass sich sein Assistent inzwischen dem Gebäck zugewandt hatte und warf ihm erneut einen strengen Blick zu. Löffler schob sich noch einen Keks in den Mund, dann zog er seinen Notizblock und einen Stift heraus.

»Wir hatten privat so gut wie keinen Kontakt«, erzählte Strate.

»Außer mal ein nettes Wort am Zaun?«

Strate lächelte. »Ich denke, Herr von Waldfels freute sich auf seinen Abend und wollte jemandem seine bedeutenden Termine mitteilen, deshalb das Gespräch.«

»Hat er denn sonst niemanden?«

»Er lebt, Verzeihung, lebte hier mit seiner Haushälterin. Sie haben sie sicher schon kennengelernt.«

Wurzer nickte und sog erneut genussvoll den Duft des Kaffees ein.

»Er hatte selten Besuch, ging aber gerne aus. Vermutlich zu eben diesen Atelierfesten oder zu anderen Veranstaltungen seiner Künstlerkollegen.«

»Komisch, dass er dann hier gewohnt hat und nicht in Schwabing, wo sich die Künstler allerweil treffen«, sagte Wurzer und fügte hinzu: »Wie es heißt.« Genau wusste er es nicht.

»Es gibt offenbar Menschen, die wollen im bürgerlichen Leben zu Hause sein, aber manchmal einen Ausflug in eine Welt machen, zu der sie auch gerne gehören, aber deren Nachteile sie nicht in Kauf nehmen möchten.«

Wurzer verstand schon, was Strate ihm durch die Blume mitteilen wollte: ab und zu die Sau rauslassen, aber sonst den anständigen Bürger spielen. Strate setzte nach: »Ich hatte gelegentlich den Eindruck, er fühlte sich von den Schwabinger Kollegen nicht ganz ernst genommen. Er sagte einmal, sie würden ihm seinen Erfolg neiden und deshalb seine Lyrik als weniger anspruchsvoll abqualifizieren im Vergleich zu ihren politischen oder unverständlichen Texten.«

»Aber er gehörte doch zu den angesehensten Künstlern in Bayern«, warf Wurzer ein.

»Vom Volk geliebt, in der Schule gelesen, von den Kollegen verspottet«, antwortete Strate. »Ich kann mich an einen Artikel über ihn im *Simplicissimus* erinnern, der sich ja inzwischen von seiner patriotischen Haltung in den Kriegsjahren wieder gelöst hat und mehr satirische Töne anschlägt …«

Strate begann, aus seinem Regal einen Stapel der Zeitschrift zu holen und diesen durchzublättern. Dafür unterbrach er seine Ausführungen.

Der *Simplicissimus* war früher ein Wadlbeißer gewesen, eine Zeitschrift, die sich mit der Obrigkeit angelegt hatte. Wurzer hatte sie noch nie gelesen, aber mehrfach gehört, dass sich die Zeitschrift sehr verändert, ja manchmal sogar nationale Töne angeschlagen hätte. Wie es jetzt aussah, wusste er nicht genau. Wurzer grübelte, was Strates Bemerkung über seine politische Haltung aussagte. Mochte er die Zeitschrift, als sie noch die Herrschenden aufs Korn nahm? Bedauerte er, dass sie zahmer geworden war?

Strate gab seine Suchaktion auf. »Ich finde die Ausgabe nicht mehr. Es ist auch schon einige Zeit her. Aber ich dachte, ich hätte sie aufgehoben.«

Der Anwalt legte den Stapel sorgfältig zurück. Wurzer sah Löffler an und der machte eine Notiz. Der Kommissär beschloss, im Zweifelsfall selbst beim *Simplicissimus* nachzufragen. Die würden bestimmt ein Archiv haben.

»Haben Sie schon einmal etwas von Herrn von Waldfels gelesen?«, fragte Strate. Wurzer schüttelte etwas verlegen den Kopf, weil er mit der Literatur so gar nichts anzufangen wusste. Strate zog ein schmales Buch aus seinem Regal und reichte es ihm. »Das können Sie gerne behalten, er hat es uns zweimal geschenkt«, sagte der Anwalt und konnte sich ein leichtes Lächeln nicht verkneifen. »Einmal meiner Frau mit Widmung – und dieses Exemplar erst vor Kurzem ohne Zueignung.«

»Dankschön«, murmelte Wurzer und blätterte kurz darin.

»Die einfachen Leute lieben seine Verse«, erklärte Strate. »Sie fühlen sich aufgrund des volkstümlichen Tons verstanden und denken, da spricht einer ihre Sprache und empfindet auch so wie sie.«

»Sie meinen, das war gar nicht so?«

Strate lächelte süffisant. »Er lebte nicht wie die einfachen Leute, warum sollte er wie sie denken? Sie waren sein Publikum, nicht seine Freunde.«

Wurzer verzog ebenfalls die Mundwinkel. Er steckte das Bücherl ein, seine Frau würde sich freuen. Die las so etwas. Und auch er wollte in diesem Fall gerne wissen, was dieser Waldfels so gemacht hatte, als er es noch machen konnte.

Wurzer sah, dass Löffler schon seinen Notizblock einpacken wollte, aber Strate schien da noch eine Idee zu haben.

»Sie könnten mal mit dem jungen Schreiner sprechen, der bei uns arbeitet.« Wurzer sah ihn fragend an. Strate erklärte: »Er hat zuvor für Herrn von Waldfels unter anderem einen Bücherschrank gebaut und daraufhin hat er ihn uns empfohlen.«

»Sie haben Ihren Nachbarn kaum gekannt, aber auf seine Empfehlungen gehört?«, wunderte sich Wurzer.

»Wir haben von mehreren Leuten in der Nachbarschaft erfahren, dass Herr von Waldfels sehr, sehr eigen mit den Handwerkern war und es sich mit jedem hier in Pasing verdorben hatte. Eigentlich konnte es ihm niemand rechtmachen, hieß es. Gerne hat er auch Zahlungen zurückgehalten, wenn er mit der Arbeit unzufrieden war.«

»Ein Vorwand, denken Sie? Um das Geld zu sparen oder zu warten, bis es noch weniger wert war?«

Strate zuckte die Schultern. »Ich weiß es nicht.«

»Aber Sie haben gedacht: Ein Schreiner, mit dem der Herr von Waldfels zufrieden ist, den kann man auf alle Fälle beschäftigen.«

Strate lächelte etwas schief, dann nickte er. »Ja, das war mein Gedanke.«

»Könnte es sein, dass Ihr Hausmädchen ein bisschen mehr weiß?«, fragte Wurzer.

Strate sah ihn verständnislos an. »Wie kommen Sie auf diese Idee?«

»Na ja, ich dachte, das Personal tauscht sich manchmal über die Herrschaft aus«, druckste Wurzer herum. Er wollte dringend das Wort »tratschen« vermeiden, nachdem er gesehen hatte, wie sich eine steile Falte der Missbilligung auf Strates Stirn bildete. »Ich hoffe sehr, dass Martha absolut diskret ist, zumindest war das eine Auflage, als wir sie eingestellt haben. Und dass sie sich mit Herrn von Waldfels' Haushälterin angefreundet haben sollte …« Strate schüttelte den Kopf. »Ich kann es mir nicht vorstellen, aber fragen Sie sie selbst. Ich nehme an, dass sie von ihrem Botengang schon zurück ist.«

Strate ging zur Tür. »Martha, kommen Sie mal bitte.«

Das junge Mädchen trat ein, knickste kurz und sah fragend zu Strate. Der wiederum warf dem Kommissär einen auffordernden Blick zu.

»Sie sind die Martha …?«

»Bruchmaier.«

»Haben Sie näheren Kontakt zu Ihrer Kollegin, die beim Nachbarn arbeitet?«, fragte Wurzer etwas umständlich. Der gleiche verständnislose Blick wie bei Strate und ein hilfesuchender Blick zum Hausherrn.

»Der Herr Oberkommissär möchte gerne wissen, ob Sie mit Frau Mayerhofer befreundet sind.«

»Nein, die Minna hat nie mit mir geredet. Die hat mich nicht einmal gegrüßt.«

Wurzer nickte Löffler zu, er möge das notieren, und bemerkte, dass Strate sein Hausmädchen verwundert ansah.

»Und warum?«, fragte der Anwalt und hatte in diesem Moment offenbar völlig vergessen, dass nicht er hier die Fragen stellte.

»Weil sie was Besseres ist als ein Hausmädchen, die Hauswirtschafterin und Gesellschafterin von einem berühmten Mann.« Das Mädchen sagte es ohne jede Ironie, mit offenem, klaren Blick und einer Sachlichkeit, als ob sie die Kränkung gar nicht spürte, die darin lag.

»Holen Sie uns bitte den Schreiner?«, bat Strate, bevor ihm wieder einfiel, dass hier ein anderer das Sagen hatte. »Oder haben Sie noch Fragen an Martha, Herr Oberkommissär?«

»Nein, ist schon gut.«

Martha knickste und ging. Strate zog eine Schachtel mit Zigarren heraus und bot sowohl Wurzer als auch Löffler eine an. »Bin so frei«, strahlte Löffler und griff zu. Auch Wurzer ließ sich die Gelegenheit nicht entgehen.

Gerade in dem Moment kam der junge Schreiner herein. Bedauernd legte Wurzer seine Zigarre beiseite, denn er hatte das Gefühl, die Gemütlichkeit des Rauchens würde sich nicht mit einer Befragung vereinbaren lassen. Strate hingegen gab Löffler Feuer, entzündete seine eigene Zigarre und schloss die Tür hinter Benno.

»Meine Frau mag den Geruch nicht«, sagte er zur Erklärung.

Wurzer besah sich den jungen Mann genauer. Er hatte ein offenes, freundliches Gesicht, das sauber rasiert war, und er trug ordentliche Kleidung. Mit seinen regelmäßigen Zügen konnte er als echte Bauernburschenschönheit durchgehen, die es in die Stadt verschlagen hatte. Wurzer war sich sicher, dass der Schreiner vor nicht allzu langer Zeit vom Land gekommen war. Er sah so aus, als würde er jedem Menschen vertrauen und der Herrgott es gut mit ihm meinen. In der Stadt waren die Leut verschlossener und argwöhnischer, fand Wurzer. Nach einem fast sehnsüchtigen Blick auf die Zigarre, die auf dem Tisch lag, begann er seine Befragung. »Sie sind der Herr …«

»Benno Stöckl, Herr Kommissär.«

»Oberkommissär«, korrigierte ihn Strate, aber Wurzer winkte ab.

»Kommissär langt schon.«

»Sie arbeiten hier bei Herrn Strate im Haus.«

»Jawoll.«

Wurzer verkniff sich ein Schmunzeln, denn der junge Schreiner hätte fast die Hacken zusammengeschlagen. Ob er im Krieg gewesen war? Hätte er dann noch diesen treuherzigen Blick auf die Welt?

»Sie haben zuvor beim Nachbarn gearbeitet, nicht wahr?«

»Jawoll.«

»War's ein gutes Arbeiten?«

Der junge Mann zögerte. Entweder verstand er nicht, worum es Wurzer ging oder die Wahrheit war ihm unangenehm. Ähnlich wie zuvor Martha sah er hilfesuchend zum Hausherrn, der sich diesmal aber nicht einmischte, sondern paffend zum Fenster hinaussah. Löffler hatte mit Bedauern seine Zigarre abgelegt und das Notizbuch wieder zur Hand genommen.

»Es war eine gute Arbeit«, antwortete der Schreiner jetzt und schob nach: »Aber hier ist es schöner.«

Strate sah ihn verblüfft an und auch Wurzer war von der Antwort überrascht. Der junge Mann wurde rot. »Das klingt vielleicht ein bisserl nach lieb Kind machen, aber es ist wahr.«

»Was war denn beim Waldfels nicht so gut?«, fragte Wurzer.

Der Schreiner antwortete ganz offen: »Erst mal haben wir einen Festpreis ausgmacht. Und zahlt hat er erst, wie ich fertig war.«

Wurzer verstand sofort. »Und dann war der Betrag, den Sie vereinbart hatten, kaum noch etwas wert, oder?«

Stöckl nickte, er fühlte sich verstanden.

»Irgendwann hab ich ihn dann überreden können, dass er nach einer Woch zahlt«, sagte Stöckl. »Damit überhaupts noch irgendwas übrig bleibt.«

»Immerhin ist er Ihnen entgegengekommen«, sagte Wurzer und zum ersten Mal bemerkte er eine leichte Irritation im Gesicht des jungen Mannes, die er sich nicht erklären konnte. Da Stöckl schwieg, fragte er weiter: »Es war also ein größerer Auftrag und Sie waren mehrere Wochen dort beschäftigt?«

Benno Stöckl nickte. »Es ist immer was Neues dazukommen und ich hab mich auch recht drüber gfreut. Erst der Bücherschrank, dann ein neuer Boden, eine Wandverkleidung, ein neuer Zaun …«

»Kann es sein, dass Sie billiger waren als alle anderen Schreiner?«

»Mei, ich bin halt neu in der Stadt, mit irgendwas hab ich ja anfangen müssen.«

»Wie sind Sie denn an den Auftrag gekommen?«, fragte Wurzer.

»Mein Onkel hat eine Schreinerei im Westend in München drin. Jetzt ist er nimmer so gut beinand, ich hab die Werkstatt übernommen – und den Auftrag hat der Onkel Fritz über eine Empfehlung bekommen.«

»Sie haben den Waldfels nicht mögen, oder?«

»Mei, er war halt Kundschaft«, antwortete Stöckl knapp.

»Aber es gibt bessere, haben Sie gesagt«, bohrte Wurzer nach.

Stöckl sah zu Strate, der immer noch am Fenster lehnte.

»Wissen Sie, beim Herrn Anwalt, da muss ich keine Brotzeit mitbringen, da krieg ich was. Und des Geld gibt's jeden zweiten Tag, damit die Inflation es nicht auffrisst.«

Wurzer sah zu Strate, der fast verlegen wirkte. »Ein Gebot des Anstands, finden Sie nicht?«

»Der Dichter des einfachen Volkes hat das offenbar nicht so gesehen«, antwortete Wurzer, und im selben Moment tat ihm seine Äußerung leid. Er wollte sich seine Gedanken nicht anmerken lassen. Immerhin war es ihm mit dieser Bemerkung gelungen, dem Herrn Anwalt ein kleines Lächeln zu entlocken.

»Wenn Herr von Waldfels am Freitag bezahlt hat, sind Sie sicher gleich einkaufen gegangen, bevor das Geld vor lauter Inflation weiter an Wert verloren hat.«

Jetzt verdunkelte sich das Gesicht des Schreiners. Er starrte auf seine Fußspitzen und schwieg.

»War's nicht so?«, bohrte Wurzer nach.

Stöckl schwieg immer noch.

»Ich hab Sie was gefragt!« Wurzer konnte sich nicht erklären, warum der auskunftsfreudige junge Mann auf einmal so schweigsam wurde. Stöckl sah ihn mit mühsam unterdrücktem Ärger an. »Meine Frau hat des Geld mittags geholt und ist dann gleich weiter zum Einkaufen.«

»Aha, wo wohnen Sie denn?«

»Über der Schreinerei. Sie ist mit dem Radl rausgefahren.«

Natürlich, das Geld für die Tram haben sie gespart, dachte Wurzer. Wahrscheinlich mussten die Stöckls jede Mark zweimal umdrehen.

»Und da ist sie extra gekommen?«

Stöckl nickte und biss sich auf die Lippen. »Einmal hab ich meine Brotzeit daheim vergessen und Agnes hat sie mir gebracht. Und ab dem Moment wollte der Herr von Waldfels, dass sie immer kommt, wenn Zahltag ist. Dass er des Geld gleich ›der schönen Hausfrau in die Hände legt‹, hat er gesagt.«

Wurzer wechselte einen Blick mit Strate, der den jungen Schreiner fassungslos ansah.

»Ist da …? War da …?«

Der wortgewandte Anwalt wusste nicht recht, wie er es ausdrücken sollte. Aber Stöckl hatte ihn schon verstanden. »Dass meine Agnes kein Flitscherl ist, des hat er schon gemerkt. Ich glaub, es hat ihm gelangt, dass er mich zum Deppen macht.«

Schweigen. Wurzer überlegte einen Moment, während Löffler eifrig schrieb. Der junge Mann hatte ein Motiv. Aber wenn er der Mörder wäre, würde er dann seine Geschichte so offen und ehrlich erzählen?

»Darf ich wissen, warum Sie mich des alles fragen?«

»Der Herr von Waldfels ist gestern Abend in der Nähe des Pasinger Bahnhofs erstochen worden«, erklärte Wurzer.

»Deswegen sind so viele Menschen dagestanden, wie ich vorhin mit dem Radl vorbeikommen bin«, sagte Stöckl arglos. Dann war es wieder still im Raum. Doch plötzlich schien dem Schreiner aufzugehen, was das für ihn bedeuten konnte. »Sie denken aber nicht, dass ich des war, oder?«

»Wo waren Sie denn gestern Abend?«, fragte Wurzer.

»Nach der Arbeit bin ich gleich heimgeradelt.«

»Und wann waren Sie im Westend?«

»Erst so um achte, weil ich einen Platten gehabt hab.«

Löffler zog die Augenbrauen hoch, Wurzer aber nickte nur, bedankte und verabschiedete sich.

Der Kommissär und sein Assistent gingen noch einmal hinüber zur von Waldfels'schen Villa. Die Hauswirtschafterin machte ihnen auf. Sie trug nun keine weiße Schürze mehr, sondern war wie eine Witwe in Schwarz gekleidet. Offenbar hatte sie sich wieder gefangen. Würdevoll sah sie die Besucher an, bat sie aber nicht ins Haus.

»Wir wollen keine Umstände machen«, sagte Wurzer, »nur eine Frage stellen: Der Herr von Waldfels war ja nicht verheiratet …«

»Das ist keine Frage«, stellte Frau Mayerhofer abweisend fest.

Wurzer überging den Einwand: »Gab es denn eine Frau in seinem Leben?«

»Es gab viele Frauen, die ihn liebend gern geheiratet hätten, aber keine hat es geschafft«, antwortete die Haushälterin mit triumphierendem Blick.

»Hat ihm denn keine gefallen?«

»Sollte er Frauenbekanntschaften gepflegt haben, so hat er es nicht hier getan«, gab sie ausweichend zurück.

»Sie meinen, er hat sein Vergnügen anderswo gesucht?«

Empört richtete sie einen strengen Blick auf ihn. »Ich kann Ihnen nur sagen, dass er keine Damen mit nach Hause gebracht hat. Und jetzt entschuldigen Sie mich, ich habe sehr viel zu tun.« Damit schloss sie die Tür.

»›Daheim regiert der Besen‹, sagt man bei so einer«, feixte Löffler.

6

Sie hörte die knatternden Motoren der Autos, Hupen und lautes Schimpfen, das Bimmeln der Straßenbahn, das Wiehern eines Pferdes, das Rattern eines Fuhrwerks. Und das Hämmern aus der Schreinerei. Agnes hatte das Fenster der Kuchl weit geöffnet, damit der Dampf vom Kraut hinaus- und die frische Frühlingsluft hereinziehen konnte. Die Geräusche waren in München anders als daheim in Gitting auf dem Hof. Da hörte man nur die Tiere. Sehr selten kam dort ein Auto vorbei und wenn, liefen immer alle Dörfler zusammen, um es zu bestaunen. Die Besitzer ärgerten sich meist, dass die Kinder mit ihren dreckigen Fingern ihren schönen Lack beschmutzten.

Sie waren jetzt schon ein knappes Jahr in der Stadt. Aber sich so richtig daheim fühlen, hier, in der kleinen Wohnung in der Tulbeckstraße, das konnte sie nicht. Alle hatten gesagt, das ginge ganz schnell. Sie wäre jung und anpassungsfähig, der Benno hätte dort Arbeit. Kommts halt öfter raus aufs Land, holts euch ein paar Kartoffeln, ein Kraut, ein Stück Gselchtes, besuchts eure Kinder …

Das Herz krampfte sich ihr zusammen, wenn sie an ihre beiden Mäderl dachte, die Frieda und die Ilse. Freilich hatten sie es gut beim Benno seinen Eltern, aber sie hatte sie viel zu wenig gesehen in den letzten Monaten und vermisste sie jeden Tag, jede Stunde.

Verstohlen, als ob sie jemand beobachten würde, wischte Agnes sich eine Träne ab und begann mit dem Kartoffelschälen fürs Mittagessen. Ein kleines Stückerl Wammerl hatte sie vom Sonntag noch aufgehoben. Sie wollte nicht die enttäuschten Blicke vom Onkel und dem Gesellen sehen, wenn es wieder nur Kartoffeln und Kraut gab. Wann der Benno aus Pasing zurückkommen würde, wusste sie nicht. Aber sie hoffte, er würde beim Anwalt auch heute wieder gut versorgt werden. Gestern hatte es für ihn in der Kuchl eine warme Mahlzeit gegeben, hatte er erzählt. Bei denen kam vormittags eine Köchin ins Haus, zusätzlich zum Hausmädchen. Die schaue zwar immer recht grantig und sei auch sehr still, aber es hatte dem Benno geschmeckt, und er kam gut gelaunt zurück, anders als beim Heimatdichter, der sie immer mit den Augen ausgezogen hatte.

Agnes schüttelte sich beim Gedanken an den Waldfels. In der letzten Klasse der Volksschule, da hatten sie ein Gedicht von ihm gelernt. Sie konnte es heute noch, auch wenn sie es am liebsten vergessen hätte, nachdem sie den Kerl kennengelernt hatte.

»Der Bauersmann tut seine Pflicht / Den Feierabend kennt er nicht. / Die Bäuerin darf auch nicht ruhn. / Sie hat den ganzen Tag zu tun. / So schaffen sie bis in die Nacht, / Dann ist das Tagewerk vollbracht. / Ein Blick zum Herrgott an der Wand / Fürbitt und Dank sagens miteinand / Aufm Land, da gibt's noch Glaub und Ehr / das findest in der Stadt nicht mehr.«

Damals hatte sie gedacht, der Verfasser solcher Zeilen sei nicht nur ein Künstler, sondern auch ein edler Mensch. Jetzt wusste sie, dass das alles nur gelogen war, weil er mit solchen Verserln sein Geld verdiente.

Sie war nicht gern in die Stadt gekommen. Alle hatten gesagt, das Leben hier wäre ganz anders. Mehr Leut, auch mehr schlechte, von denen man es aber nicht gleich ahnte, dass sie hinterhältig waren. Anders draußen auf dem Dorf, da wusste jeder, dass der Viehhändler Schellenberger gern die Bauern übers Ohr haute, also passte man auf. Und dass der Oberwirt einer war, der die jungen Frauen gern ein bisserl anlangte. Aber als Mädl war sie sowieso nicht ins

Wirtshaus gegangen, das gehörte sich nicht. Und wenn der Vater abends ein Dünnbier haben wollte, war einer von den Brüdern mit dem Krug losgezogen.

In der Stadt war es lauter und die Geräusche waren andere. Die Leute gingen schneller, sie redeten sogar schneller. Und anders. Am Anfang hatte Agnes Mühe gehabt, ihnen zu folgen. Und vor allem verstanden die meisten sie nicht auf Anhieb. Der Onkel Fritz vom Benno, der schon so lange in München daheim war, der hatte ihr das Münchner Bayerisch ein bisserl beigebracht. Der Benno tat sich da leichter. Der ging in die Häuser von den Leuten und hörte, wie die redeten. Er kannte sich auch inzwischen aus in München, während sie aus dem Westend quasi nur herausgekommen war, wenn sie nach Pasing zu seiner Arbeitsstelle geradelt war. Und wenn sie öfter raus könnte aus der Stadt, dann am liebsten heim nach Gitting, wo ihre beiden Mäderl waren. Schnell verdrängte sie den Gedanken an ihre Kinder, sie wollte nicht schon wieder nasse Augen kriegen.

Die Kartoffeln kochten. Sie legte das kleine Stück Wammerl ins Kraut, überlegte noch kurz, ob sie ein Eckerl abschneiden und für den Benno aufheben sollte. Aber dann war ja fast gar nichts mehr übrig. Hoffentlich hatte er heut wirklich wieder zu essen bekommen beim Herrn Anwalt.

Agnes deckte den Tisch. Sie wusste, dass sie eigentlich Glück gehabt hatten, weil es den Onkel und seinen Betrieb gab. Benno hatte Schreiner gelernt, aber sein Lehrmeister hatte ihn nicht behalten können, weil der eigene Bub die Werkstatt hatte übernehmen wollen. Der Benno hatte also eine neue Arbeit gebraucht. Da war es doch ein Glück, dass der Onkel Fritz in München herin eine kleine Schreinerei hatte, im Westend, wo viele Arbeiter vom Land eine neue Heimat gefunden hatten. Der Fritz war anständig, wie

Bennos Eltern auch. Er hatte ihnen versprochen, wenn sie kämen und der Benno die Schreinerei weiterführte, dann sollte er sie auch einmal bekommen. Der Geselle wohnte bei ihnen und damit war die Wohnung voll. Aber wenn sie die Kinder nachholen wollten, dann müsste der Korbinian sich halt etwas anderes suchen. Und nach seinem Tod wär ja sowieso sein Zimmer frei, hatte der Onkel gesagt. Mitarbeiten wollte er noch, so gut er konnte mit seinem schwachen Herzen, ansonsten sei der Benno sein eigener Herr.

Dem Benno hatte der Vorschlag des Onkels sehr gefallen. In Gitting war er doch eh nur der Häuslerbub; sie hatten nichts und waren nichts. Und weil er sie bekommen hatte, die Tochter eines recht wohlhabenden Bauern, galt er vielen als schlauer Hundling, der sie geschwängert und sich dann eine gute Mitgift erheiratet hatte. Nur sie beide und ihre Familien wussten, dass die Agnes nicht die volle Mitgift erhalten hatte, eben weil sie sich den Benno und keinen Bauernburschen ausgesucht hatte.

Das Hämmern hörte auf. Onkel Fritz und Korbinian würden gleich zum Essen kommen. Sie schüttete die Kartoffeln ab, stellte sie im Topf auf den Tisch neben das Kraut. Das Fleisch teilte sie gleich auf, für den Onkel ein bisserl mehr als für den Gesellen, sie selbst bekam nichts.

»Mahlzeit«, brummte der Onkel, als sie die Küche betraten, beide mit Hobelspänen bedeckt. Korbinian sagte nichts, wartete aber anstandshalber, bis Agnes das Tischgebet gesprochen hatte. Während sich die Männer die Teller aufluden, schaute Agnes etwas bekümmert auf den Fußboden, wo sich Hobelspäne kräuselten und Holzstaub wie Mehl herabrieselte. Sie würde nachher wischen müssen, wie jeden Tag. Einmal, zweimal, dreimal. Sie konnte ihnen nicht beibringen, dass sie ihr Arbeitsgewand abklopften, bevor sie die Kuchl zum Essen betraten. Sie trugen ihr alles aus der Werkstatt herein, was dort an ihnen haften blieb, manchmal auch Reste von

Harz und Leim, die dann irgendwann vom groben Leinenhemd abfielen wie reife Äpfel. Selbst Augenbrauen und Wimpern der beiden waren bemehlt vom Staub, und wenn sie blinzelten, dann fielen kleine Teile davon ins Essen. Sie war zwar vom Bauernhof, aber bei ihnen daheim, da hatten sich alle vorm Essen die Hände gewaschen, selbst der Vater. Darauf hatte die Mutter geschaut, die sich eher als Gutsherrin verstand und weniger als Bäuerin. Ihr Benno hatte eingesehen, dass das Essen besser schmeckte ohne Sägemehl, aber den Onkel und den Gesellen, die hatte sie noch nicht überreden können.

»Gut war's«, sagte der Onkel und legte die Gabel weg. Das Stichwort fürs Schlussgebet, das Agnes begann. Korbinian betete nicht mit, aber wenigstens legte er die Hände aufeinander, sodass man mit etwas gutem Glauben denken konnte, er hätte sie zum Gebet gefaltet. Er senkte den Kopf, stand nach dem »Amen« aber gleich auf.

»Bin heut auf d'Nacht ned da«, sagte er und der Onkel grinste. »Habts wieder eine Versammlung, ihr roten Hund, ihr.« Beim Onkel klang das nicht böse, er tratzte Korbinian mit seinen sozialdemokratischen Ansichten gerne.

»Irgendwer muss ja was ändern in dem Land«, antwortete Korbinian ernst.

»Solang du mich ned enteignest«, erwiderte der Onkel und damit waren sie politisierend schon wieder aus Agnes' Kuchl gegangen, hinunter in die Werkstatt.

Bevor ich mir den Dreck nachher noch in die Kammer trag, mach ich ihn gleich weg, dachte Agnes, holte Wasser und Lappen und begann zu wischen.

Sie war froh, dass Korbinian am Abend nicht da sein würde. Dann bräuchten sie weniger zum Essen, denn so arg viel war nicht mehr da. Außerdem wäre vielleicht eher Ruhe in der Stube. Denn eines war trotz des Umzugs in die Stadt gleich geblieben: Sie war fast nie mit ihrem Benno allein. Immer waren der Onkel und der Geselle da. So wie in Gitting immer Bennos Eltern da gewesen waren, weil das junge Paar sich keine eigene Unterkunft hatte leisten können. Es war ohnehin hart gewesen, in dem kleinen Häusl noch sie beide und die Kinder unterzubringen. Manchmal waren sie am Sonntag nach der Messe hinausgegangen in den Wald, um einmal für sich zu sein. Wenn aber heute Korbinian weg war und der Onkel vielleicht früh ins Bett ging, so könnten sie sich noch in der Kuchl zusammensetzen und miteinander reden. Sie wollte ihn fragen, ob sie Ostern rausfahren könnten zu den Kindern. Und ob sie nicht doch mit ihren Eltern reden sollte, damit sie vielleicht ein paar Eier oder ein paar Kilo Kartoffeln bekämen, oder gar eine alte Henne. Denn hier in der Stadt, da war es ein Anstehen um jede Kleinigkeit. Vor allem, weil man mit dem Geld immer gleich losrennen musste, weil es sonst nichts mehr wert war.

Der Benno würde sicherlich dagegen sein, dass sie bei ihren Eltern bettelte. Er wollte nicht als Habenichts dastehen, abhängig von den Schwiegereltern und von Agnes' Brüdern. Aber auf dem Hof gab es alles im Überfluss, und die Agnes war sicher, dass der Vater ihr gerne helfen würde. Wenn er sich nur trauen täte, etwas gegen seine strenge Frau zu sagen.

Sie würde mit dem Benno heute Abend hier sitzen und reden. So wie früher, als sie sich ineinander verliebt hatten. Als sie auf der Wiese lagen und von der Zukunft träumten. Wie es sein würde, wenn sie verheiratet wären und Kinder hätten. In ihrem Traum war es einfacher gewesen. Aber das machte nichts. »Hauptsach beinand«, das sagte Benno immer und das war auch ihr Sprücherl geworden, wobei sie in Gedanken immer die beiden Mäderl mit dazudachte.

7

»Was haben wir jetzt?«, fragte Wurzer, als er mit seinem Assistenten in der Wirtschaft an der Luisenstraße in Neu-Pasing saß und an seinem Bier nippte.

»Brauchen wir doch nicht lang überlegen«, antwortete Löffler, hob sein Glas, prostete dem Kommissär zu und nahm einen kräftigen Schluck. Wurzer hatte es sich verbeten, eine Brotzeit zu bestellen, so viel Geld hatte er dann doch wieder nicht. Aber Löffler ließ es sich nicht nehmen, sich ein paar Würstl kommen zu lassen, und legte wie zum Beweis, dass er auch zahlen konnte, einige Scheine auf den Tisch.

Löffler schluckte und redete weiter. »Der Schreiner hat ein Motiv und er hat auch die Gelegenheit dazu gehabt gestern nach der Arbeit.«

»Wenn er es wirklich gewesen wäre, hätte er uns dann so ehrlich von seinem Ärger auf den Ermordeten erzählt?«, zweifelte Wurzer.

»Entweder ist der so naiv, dass er das gar nicht gemerkt hat, oder der ist so schlau, dass der sich denkt: ›Ich sag, dass ich den Toten nicht hab leiden können, dann denkt die Polizei: Wer so ehrlich ist, kann's nicht gewesen sein.‹«

Wurzer mochte die komplizierten Gedankengänge seines Assistenten nicht besonders. Er hielt Benno Stöckl weder für naiv im Sinne von dumm noch für schlau im Sinne von hintertrieben. Für ihn sah er aus wie ein ehrlicher Bursch, der vom Land in die Stadt gezogen war, weil er ein Auskommen brauchte. »Ich weiß nicht recht«, brummte Wurzer. »Der Waldfels könnte doch auch andere Feinde gehabt haben. Neider, Konkurrenten, vielleicht auch ein eifersüchtiger Ehemann ...«

»Ja, wer so schöne Gedichtl schreibt, dem laufen die Weiber reihenweise nach, und der macht sich auch ein paar Feinde«, stimmte Löffler zu. »Aber zu denen gehörte eben auch der Schreiner und der hat's ja auch zugegeben.«

»Sie würden so einen Geck auch nicht mögen, wenn der sich an Ihre Frau ranmacht«, sagte Wurzer.

»Dazu müsst ich erst mal eine haben«, antwortete Löffler und nahm schon mal das Messer in die Hand, als er sah, dass der Wirt mit seiner Brotzeit kam.

Wurzer wünschte guten Appetit und drehte nachdenklich sein Bierglas, während Löffler es sich schmecken ließ.

»Ich würd mir gern die Gesellschaft genauer anschauen, in der sich dieser Waldfels sonst so rumgetrieben hat«, überlegte der Kommissär. »Vielleicht ist die Geschichte ja doch nicht so einfach wie sie auf Anhieb ausschaut.«

Löffler sagte dazu nichts. Er hatte sowieso gerade den Mund voll. Wurzer beobachtete seinen Assistenten. Er war genau das, was der Schreiner nicht war. Er war schlau im Sinne von hintertrieben. So wie man eben sein musste, wenn man in diesen Zeiten gut überleben wollte.

Sein Vorgesetzter war nicht da, erfuhr Wurzer, als sie ins Polizeipräsidium an der Ettstraße zurückkamen. Er war erleichtert, denn er hatte überhaupt keine Lust, beim jetzigen Stand der Dinge schon Rapport zu erstatten und dann mit dem Ruf »Zack, zack« zu einem raschen Handeln genötigt zu werden. Er wollte die gerichtsmedizinischen Ergebnisse abwarten, noch einmal mit der Haushälterin sprechen und mit aller Sorgfalt das Büro des Ermordeten durchsuchen. Würde sich noch herausfinden lassen, wen genau er gestern Abend hatte treffen wollen? Und wo das Atelierfest stattgefunden hatte? Er hatte das Gefühl, dass er Waldfels, hätte er ihn kennengelernt, nicht hätte leiden können.

8

Benno hatte nach der Besprechung mit Frau Strate erst einmal ein Mittagessen bekommen und dann noch das Kaminzimmer ausgemessen und zum Teil schon ausgeräumt, soweit er das alleine machen konnte. Gegen Nachmittag war er eher langsam nach Hause gefahren. Wie schon am Morgen hatte er den Weg über den Pasinger Bahnhof genommen. Nur noch Weniges deutete darauf hin, dass hier am Abend zuvor ein Mord passiert war. Er radelte den Würmkanal entlang in Richtung Nymphenburg. An der Schlossmauer setzte er sich auf eine Bank und dachte nach. Er ging noch einmal die Fragen des Kommissärs durch. Jetzt kam es ihm so vor, als hätte er nicht so viel erzählen sollen. Schon gar nicht, wie dick er den Waldfels gehabt hatte und warum. Sein Vater hatte ihm schon immer gesagt, er wäre eine viel zu ehrliche Haut, aber die Mutter hatte gemeint, es gäb doch nichts Schöneres als einen Menschen, der das meint, was er sagt, und das sagt, was er meint. Und genau so einer war er eben. Schon als Bub in der Schule war ihm klar geworden, dass er nur die Agnes wollte und sonst keine, und da hatte er ihr genau das gesagt. Der Lehrer hatte es mitbekommen und über ihn gespottet, was ein kleiner Bub über die Liebe oder gar das Heiraten wissen würde. Aber Benno war sich seiner Gefühle sicher gewesen und daran hatte sich auch in den darauffolgenden Jahren nichts geändert. Irgendwann hatte die Agnes ihm das auch endlich geglaubt und gschamig gestanden, dass es ihr genauso gegangen war wie ihm. Auch sie hatte sich nie einen anderen vorstellen wollen oder können.

Die junge Romanze hatte 1914 ein jähes Ende gefunden, als Benno in den Krieg ziehen musste. Allerorten war Jubel und

Begeisterung gewesen, nur bei ihm im Herzen nicht, weil er irgendwie geahnt hatte, dass er seine Agnes lange nicht mehr würde sehen können. Als dann endlich alles vorbei war, hatte er sich geschworen, dass er ihr niemals erzählen würde, was für entsetzliche Dinge er getan und gesehen hatte. Daran hatte er sich auch gehalten, so schwer es ihm gefallen war bei seiner Wahrheitsliebe. Dass sie manchmal seine Albträume mitbekam, konnte er leider nicht verhindern.

Auch heute würde er ihr nicht alles erzählen. Schon, dass der Waldfels umgebracht worden war, denn das würde ohnehin in der Zeitung stehen. Aber nicht, dass ein Kommissär ihn befragt hatte und er auch noch so dumm gewesen war, ihm zu sagen, dass es nicht schad war um den eitlen Deppen mit den Froschaugen, die er so oft lüstern auf die Agnes gerichtet hatte. Er wollte ihr lieber von der Arbeit berichten, dass er jetzt alles mit der Frau des Anwalts besprochen hatte und dass er gleich mit der Kassettendecke anfangen konnte. Seine anderen Entwürfe hatte sich die Frau Strate zwar freundlich angeschaut, aber nichts dazu gesagt. Aber die Decke an sich war schon ein großer Auftrag. Er würde in den nächsten Tagen den Korbinian einspannen, damit was vorwärtsging. Der Onkel könnte sich in der Werkstatt um die kleineren Reparaturen kümmern, die die Leut so vorbeibrachten. Ein wackliger Stuhl, ein Tischchen, dem ein Bein abgebrochen war ... Die Sachen machten viel Arbeit und brachten wenig ein, aber man lernte die Leut kennen, und sie kamen vielleicht auch, wenn was Größeres zu tun war. Wobei im Westend nicht gerade viele wohnten, die Aufträge zu vergeben hatten. Ein Glasscherbenviertel halt. Da waren die Zugewanderten vom Land ziemlich unter sich. Viele hatten sich eine neue Existenz erhofft, aber nur wenige waren erfolgreich geworden. Die meisten kamen gerade so über die Runden so wie Agnes und er. Aber darüber musste er schon froh sein, denn es gab auch noch die, die kein Glück gehabt hatten, die keine Arbeit fanden und nicht wussten, wie sie am Abend ihre Familien sattkriegen sollten. Zum Leben zu wenig, und zum Sterben zu viel, daran musste er immer denken, wenn er die Ärmsten der Armen sah und ihnen nicht helfen konnte. In der Stadt war die Arbeit, hieß es auf dem Land. Aber die Lebensmittel, die waren auf dem Land. Manchmal hatte der Benno das Gefühl, er habe doch was falsch gemacht im Leben, auch wenn er mit seiner Agnes das große Los gezogen hatte.

Er fühlte das Geld, das Strate ihm gegeben hatte, und freute sich auf Agnes' Gesicht, wenn er ihr sagen würde, dass sie am Wochenende nach Gitting fahren könnten, ihre Mäderl besuchen. Endlich raus aus der Stadt, endlich wieder die Ilse und die Frieda auf dem Arm haben, ihnen über das feine Haar streichen, sie »Mama« und »Papa« sagen hören, eine kleine Hand in seiner schwieligen spüren, einen Moment Familie sein wie andere auch. Er vermisste seine Kinder so sehr, aber er wusste, für Agnes war es noch viel schlimmer. Deshalb sprach er auch nie über seine Sehnsucht. Die Mäderl waren bei seinen Eltern gut aufgehoben. Auch wenn Agnes' Eltern wohlhabender waren und es auf dem Bauernhof sicher mehr zu essen gab, die Stöckls hatten dafür mehr Herz und Gefühl. Jeden Abend vor dem Einschlafen versprach er seiner Agnes, dass sie die Kinder so schnell wie möglich nachholen würden. Wenn der Auftrag bei Strates größer wurde, wenn es mehr zu tun gab als nur die Kassettendecke, dann wären sie ihrem Ziel schon viel näher. Bei dem Gedanken, dass die Mäderl morgens mit am Tisch saßen, dass sie abends zu ihnen ins Bett krochen, weil es da wärmer war … da schoss ihm das Wasser in die Augen, und er sah fast seinen Heimweg nicht mehr. Ich hab der Agnes versprochen, dass ich sie glücklich mach, dachte er, und das Versprechen will ich halten.

9

Wolf Strate saß allein an dem großen Esstisch, der in Erwartung einer wachsenden Familie vor Jahren angeschafft worden war. Seine Frau hatte sich heute bereits vor dem Abendessen zurückgezogen, und er hatte wie so oft ohne sie hier gesessen und seine Mahlzeit eingenommen.

Während er sich zum Feierabend eine Zigarre anzündete, beobachtete er Martha, die schweigsam den Tisch abräumte. Was Helene in nur ein paar Monaten aus diesem verwahrlosten, stillen und unsicheren Mädchen gemacht hatte! Sie war eines Tages vom Einkaufen heimgekommen und hatte erzählt, dass sie von einem Mädchen in zerfetzten Kleidern angesprochen worden war, das sie wegen ihres ländlichen Akzentes fast nicht verstanden hätte. Arbeit in einem Haushalt wollte sie, nichts wäre ihr zu viel, hatte sie gesagt. Da seine Frau zu diesem Zeitpunkt nach einem Hausmädchen Ausschau hielt, war ihr die Gelegenheit gerade recht gekommen. Sie konnte sich das Mädchen so erziehen, wie sie sich das vorstellte, und dem Mädchen war ebenfalls geholfen. Am darauffolgenden Tag stand Martha schüchtern und still vor ihrer Tür. Sie hatten ihr gemeinsam erklärt, was sie von ihr erwarteten. Martha hatte zu allem nur genickt und sich dann den Erziehungsmaßnahmen seiner Frau ohne jeden Widerspruch unterworfen. Es wurde schnell klar, dass das Mädchen sehr gelehrig war, bisher aber mit niemand anderem als ihrer Familie und den Leuten aus dem Dorf zu tun gehabt hatte. Sie erzählte sehr wenig von zu Hause. Strate hatte gerade noch aus ihr herausbekommen, dass sie von einem Einödhof stammte, dass sie die Älteste von fünf Kindern war, einem Jungen und vier Mädchen. Die Mutter war offenbar sehr krank. Strate konnte sich vorstellen, was das für Martha bedeutet hatte. Sie war gezwungen gewesen, die Stelle der Hausfrau einzunehmen und sich um alles zu kümmern, was auf einem Hof so anfiel. Nicht zu vergleichen mit der Arbeit hier im Haus. Kein einziges Mal hatte sie eine Bemerkung gemacht über das neue, ihr so fremde Leben, aber ihren Blicken glaubte er zu entnehmen, dass der Aufwand, der Luxus und die vielen Umstände sie verblüfften. Dennoch servierte sie inzwischen perfekt, sprach sie mit »gnädiger Herr« und »gnädige Frau« an und tat auch sonst alles so, wie seine Frau es ihr aufgetragen hatte.

Martha sah wortlos von ihrer Arbeit hoch, nahm das Tablett, machte einen Knicks und entfernte sich. Strate sah ihr nach und dachte daran, dass er sie vor ein paar Tagen dabei ertappt hatte, wie sie in der Bibliothek nicht Staub gewischt hatte, sondern die Buchreihen entlanggegangen war und die Titel gelesen hatte, voller Staunen, voller Ehrfurcht. Er hatte sie eine Weile von der halb offenen Tür aus betrachtet. Sie war so in ihre Beschäftigung versunken gewesen, dass sie ihn nicht bemerkte. Strate dachte daran, wie sie sein Angebot, ihr Bücher zu leihen, zunächst abgelehnt hatte.

Weil er selbst Bücher so liebte, hatte er ihre Ablehnung nicht akzeptiert, sondern noch einmal nachgefragt.
»Aber ich weiß doch gar nicht, was was taugt«, war ihre Antwort gewesen.
»Was lesen Sie denn gern?«
Schulterzucken, verschlossene Miene, aber ein versteckt neugieriger Blick auf die Buchrücken. Er zog ein Buch von Ludwig Ganghofer hervor und reichte es ihr.
Der Jäger von Fall, hatte Martha gelesen. *Eine Erzählung aus dem bayerischen Hochlande.*

»Ich möchte aber dann auch wissen, wie es Ihnen gefallen hat«, hatte Strate mit einem leicht amüsierten Unterton gesagt, weil er das Gefühl hatte, die pädagogischen Bemühungen seiner Frau nachzuahmen.

Ein paar Tage später hatte sie ihm das Buch zurückgebracht.

»Und, wie fanden Sie es?«, fragte er und konnte sein Erstaunen kaum verbergen, dass sie das Buch so schnell durchgelesen hatte.

»Manches ist wie bei uns auf dem Land, aber in Wirklichkeit geht es meistens nicht so gut aus.« Da war ihm klar geworden, dass er sie unterschätzt hatte.

Martha kam zurück ins Zimmer, machte einen Knicks.

»Brauchen Sie noch etwas, gnädiger Herr?«

»Nein, danke«, sagte er etwas zu rasch, um sich dann gleich zu korrigieren. »Oder Moment, doch …«

Sie hielt mitten in der Bewegung inne und wandte ihm den Kopf zu.

»Ein Glas Rotwein hätte ich gern noch«, sagte er und als sie nickte, noch einmal knickste und gehen wollte, fügte er hinzu: »Wollen Sie auch eins?«

Sie schüttelte nur den Kopf und ging, um ihm das Glas Wein zu holen.

»Setzen Sie sich bitte einen Moment«, sagte Strate, als sie wiederkam und ihm das Glas servierte. Er bemühte sich um einen sachlichen Tonfall, denn er hatte beobachtet, dass sie misstrauisch und noch verschlossener reagierte, wenn er zu freundlich mit ihr sprach. Als wäre sie einen höflichen Umgangston nicht gewohnt oder fürchtete gar etwas Schlimmes.

Sie setzte sich auf eine Stuhlkante, legte die Hände in den Schoß und sah ihn abwartend an.

»Ich wollte Ihnen nur sagen: Wenn Sie einmal ein paar Tage freihaben und heimfahren wollen, ist das kein Problem.«

Sie schüttelte energisch den Kopf. »Ich bin in Niederöd nicht mehr daheim.«

Er sah sie verwundert an. Aber sie gab ihm keine weitere Erklärung und wollte aufstehen.

»Sie wissen, dass Ihnen freie Tage zustehen«, sagte er schnell.

»Ich hab genug frei«, antwortete sie, und er mochte sich nicht vorstellen, wie wenig Zeit sie auf dem elterlichen Hof für sich gehabt hatte.

»Gut, ich brauche Sie heute nicht mehr«, sagte er etwas kühl und entließ sie, wie jeden Abend ungefähr um diese Uhrzeit.

Sie blieb stehen und sah ihn verlegen an.

»Ist noch etwas?«, fragte er.

»Wenn ich um was bitten dürft …«

Er verbot sich ein Lächeln, denn das hatte er noch nie von ihr gehört.

»Worum geht es denn?«

»Könnt ich wieder ein Buch von Ihnen haben?«

Jetzt musste er doch lächeln. Er nickte, stand auf und ging voraus in die Bibliothek.

»Was hätten Sie denn gern?«

»Ich kenn mich doch gar nicht aus.«

»Vielleicht Gedichte?«

Sie zuckte die Schultern.

»Ich habe etwas vom Herrn von Waldfels, das hat er uns geschenkt«, sagte Strate und zog den dünnen Band aus dem Regal, den der Heimatdichter seiner Frau überreicht hatte. Martha schüttelte angewidert den Kopf. »Von dem hab ich mal eins im Kalender gelesen.«

»Aber Ihnen hat es nicht gefallen?«

Wieder schüttelte sie den Kopf. »Das war über die guten Leute auf dem Land, so wie sie gar nicht sind.«

»Sie meinen, so ein bisschen verklärt wie beim Ganghofer.«

»Nein, bei ihm ist was Wahres dran, wenn der Hof abbrennt oder wenn die Leute über einen reden. Aber beim Waldfels, da ist nichts echt.«

Strate konnte sich nicht erinnern, dass sie jemals so viel auf einmal geredet hatte. Er dachte einen Moment nach, dann zog er die *Lausbubengeschichten* von Ludwig Thoma aus dem Schrank.

»Das ist wenigstens lustig«, sagte er und gab ihr das Buch. Sie dankte ihm mit einem Knicks und wandte sich zum Gehen.

»Gute Nacht«, sagte er noch. Aber er bekam keine Antwort mehr, da sie bereits in ihrer neuen Lektüre blätterte.

Strate setzte sich mit seinem Glas Wein und der Zigarre in den großen Lehnsessel und ließ den Tag an sich vorüberziehen. Helene hatte ihr Zimmer nur verlassen, um mit dem Schreiner zu sprechen. Dann war ihr Anflug von Euphorie für die Umgestaltung des Hauses offenbar verflogen, und sie hatte sich nicht mehr sehen lassen, wie so oft, wenn sie über Erschöpfung und Müdigkeit klagte, aber eigentlich ihre tiefe Traurigkeit meinte.

Den Vormittagstermin hatte er noch nachgeholt, war zu Fuß nach Pasing hineingegangen, in die Bäckerstraße und hatte bedrückt die Wand des Schusters Lehmgruber betrachtet, an die über Nacht jemand »Saujud« geschmiert hatte. Er wurde nicht müde, Herrn Lehmgruber zu raten, dass er diese Vorfälle zur Anzeige bringen sollte. Die jungen Männer, die ihn abends auf dem Weg vom Wirtshaus nach Hause angepöbelt, beleidigt und geschlagen hatten, die eingeworfene Scheibe, die beschmierte Wand. Aber der Schuster und seine Frau hatten kaum Anzeige erstattet, als es zu einem neuen Vorfall kam. Wegen der Körperverletzung hatte er sich mit seinem Mandanten besprechen wollen und fand ihn verzweifelt vor, weil er schon wieder zur Zielscheibe des Hasses geworden war. »Warum haben die sich so auf mich eingeschossen?«, hatte er verzweifelt gefragt. Aber Strate hatte ihm darauf keine Antwort geben können. Ihm war klar, welcher Schlag Mensch die jungen Burschen aufhetzte, wer ihnen beibrachte, dass es eine Heldentat war, wenn sie andere Menschen demütigten, beleidigten und schlugen. Vermutlich konnte man sogar herausfinden, wer es gewesen war. So viel rechtes Gesindel gab es in Pasing bisher nicht. Die paar Anhänger des Herrn Hitler kannte hier fast jeder. Aber die Polizei unternahm so gut wie nichts. Er solle besser aufpassen, hatten die Beamten dem Schuster geraten, der sich schon längst nicht mehr zu helfen wusste.

Strate hatte dem Schuster erneut zu einer Anzeige geraten, während dessen Frau schon versucht hatte, die Farbe von der Wand zu schrubben. Doch Herr Lehmgruber wollte nicht mehr. Er trage sich mit dem Gedanken wegzuziehen, hatte er angekündigt. Strate hatte ihm nicht sagen wollen, dass er den Vorurteilen und Anfeindungen so schnell nicht entgehen würde, weil Pasing da genauso war wie München oder jeder andere Ort, den er kannte. Bedrückt hatte er sich auf den Heimweg gemacht, nachdem er dem Schuster und seiner Frau noch Mut zugesprochen hatte.

Seine Gedanken wanderten zurück zum Besuch des Oberkommissärs am Vormittag. Er hatte den Waldfels nie gemocht, war aber immer bemüht gewesen, ein freundlicher Nachbar zu sein. Der sogenannte Dichter hatte bereits hier gewohnt, als sein Schwiegervater für Helene und ihn dieses Haus gekauft hatte. Strate hatte es als demütigend empfunden, dass er sich mit seiner Frau nicht selbst etwas aufbauen durfte, sondern ihre Eltern das Regiment übernommen hatten, und sich von Helene, die damals noch sehr viel mehr Energie und Lebensfreude in sich hatte, nicht zügeln ließen – von ihm ohnehin nicht. Waldfels hatte mit dem Instinkt einer kleinen Ratte aus der nahen Würm sofort erkannt, wer hier das Sagen hatte, und er war so taktlos gewesen, seinen neuen Nachbarn mit seiner Vermutung, dass er nicht Herr im eigenen Haus war, zu konfrontieren. Strate war auf diese Unverschämtheit nicht weiter eingegangen und hatte mehr oder minder schweigsam von Waldfels' Ausführungen zum Leben als Junggeselle, oder wie er es in Anlehnung an Adalbert Stifter zu formulieren geruhte, als »Hagestolz«, über sich ergehen lassen. Er hatte sich nicht gescheut, mit verschiedenen Damenbekanntschaften zu prahlen, die er seiner Prominenz zu verdanken schien, sowie mit seinen Kontakten zur Schwabinger Bohème im Allgemeinen. Strate hatte sich schnell zurückgezogen und nie wieder das Gespräch mit ihm gesucht. Dennoch ließ es sich nicht vermeiden, von Zeit zu Zeit ein paar Worte zu wechseln. Und das Buch für Helene hatte er natürlich auch entgegengenommen, auch wenn sie beide es nicht lesen wollten. Das zweite Exemplar war er zum Glück an Kommissär Wurzer losgeworden. Strate bezweifelte, dass er Freude daran hatte. Der Dichter möge ruhen in Frieden, dachte Strate noch.

Dann wandte er sich dem Gedanken zu, der ihm sehr viel größere Sorgen bereitete. Wurzer war ihm bedächtig erschienen, als einer von der gemütlichen Sorte, die nicht überhastet Leute einsperrten, weil sie auf einen schnellen Erfolg aus waren. Aber er hatte bestimmt Vorgesetzte, die da ganz anders dachten und in einer brutalen Tat auch die Gelegenheit sahen, sich zu profilieren. Dazu kamen die Presse und vielleicht sogar politische Verstrickungen. Er hatte nie genau gewusst, wo er den Waldfels verorten sollte, aber er sah ihn eher auf der bayerisch-nationalen Seite so wie seine Leser auch. Sicherlich gehörte er nicht zu jenen Schriftstellern, die sich nach 1918 die Hände schmutzig gemacht hatten, im Bemühen, eine neue und gerechtere Gesellschaft aufzubauen. Nicht wenige von ihnen hatten ihre politischen Träume mit dem Leben bezahlt.

Strate sah auch Wurzer eher in dieser bayerisch-konservativen Ecke, auch wenn er sich sehr bedeckt gehalten hatte. Er selbst offenbarte auch niemandem seine Sympathien für die Liberalen. In

Bayern klang das so sehr nach Freimaurertum, das konnte er sich beruflich nicht leisten. Ja, er wusste selbst, dass er kein Held war, eher einer, der es sich im Leben eingerichtet hatte. Als Stöckls Anwalt hätte er ihm geraten, nicht so ehrlich seine Gefühle und Gedanken offenzulegen. Dennoch hatte er den Eindruck, dass der Kommissär die aufrichtige Art des Schreiners zu schätzen gewusst hatte und sie nicht gegen ihn verwenden würde.

Strate trank sein Glas leer und legte die erloschene Zigarre weg. Er würde kurz nach seiner Frau sehen, die vermutlich schon schlief, und noch in Ruhe lesen. Wieder einmal richtete er all seine Kraft darauf, der Enttäuschung nicht freien Lauf zu lassen, dass seine Ehe nicht so glücklich geworden war, wie Helene und er es sich zu Beginn erhofft hatten.

10

Martha war kaum in ihrem kleinen Zimmer, da setzte sie sich schon auf den einzigen Stuhl und schlug das Buch auf. Dankbar sah sie hoch zur Lampe, die so hell leuchtete. Das war das Schöne bei den reichen Leuten im Haus, sie hatten Elektrizität, und man durfte das Licht auch eine Weile anlassen und wurde für diese Verschwendung nicht geschimpft. Zum Lesen brauchte man bei ihr daheim keine Lampe, denn gelesen wurde höchstens die Zeitung, und dann nicht abends, sondern in der Früh, schnell nach dem Kaffee. Und das tat eigentlich auch nur der Vater. Sie hatte noch die Tiraden im Ohr: Auf die Deppen in Berlin, auf die Großkopferten in München, alles Verbrecher, die uns den Ausländern ausgeliefert hatten, wegen denen jetzt alles schlechter war. Die Trauer um das untergegangene Königreich Bayern. Denn der Märchenkönig war vielleicht gspinnert gewesen, aber er mochte sein Volk. Den Politikern aber ging es bloß um sich selber und ihren Wohlstand, die Leut waren denen egal. Das hatte sie gehört, seit sie ein Kind gewesen war. Ob es stimmte, wusste sie nicht. Manchmal linste sie in die Zeitung auf dem Schreibtisch von Herrn Strate. Sie las von Reparationszahlungen, von Verhandlungen in Locarno und anderswo, schlug manchmal heimlich die Modeseite auf, schaute kurz in die Wochenendbeilage. Irgendwann wollte sie Herrn Strate bitten, ihr die Politik zu erklären, aber noch traute sie sich nicht. Sie kam sich schon sehr tapfer vor, dass sie ihn nach einem Buch gefragt hatte. Eine Stunde las sie in den *Lausbubengeschichten*. Wenn sie ein Junge gewesen wäre, hätte sie auch gerne so gelebt. Mit einer viel zu gutmütigen Mutter, der Freiheit zu strawanzen und Abenteuer zu erleben. Ihre Streiche wären bestimmt nicht so heftig ausgefallen wie die vom Knaben Ludwig, aber hier und da lachte sie herzlich über seine Unverfrorenheit. Es kam alles so harmlos daher und war doch ziemlich frech.

Inzwischen fielen ihr vor Müdigkeit die Augen zu, und ein bisschen kalt war ihr auch. Sie zog sich aus, wusch sich und legte sich ins Bett. Früher hatte sie immer noch ein Nachtgebet gesprochen. Aber irgendwann war ihr aufgefallen, dass sie an einen guten Gott nicht mehr glauben konnte, und zu einem schlechten Gott wollte sie nicht beten. Erst hatte sie noch gedacht, er würde sie sicherlich bestrafen dafür, dass sie ihm nicht mehr ihre Sorgen und Nöte anvertraute, und ihn nicht mehr um seinen Beistand bat. Aber nichts war geschehen, gar nichts. Und bei ihrer Herrschaft in der Stadt hatte sie dann erkannt, dass man nicht beten musste, um ein gutes Leben zu führen. Dann war auch die Angst verschwunden, dass sich ihr sündiges Verhalten rächen könnte.

Sie hatte es gut erwischt, hier bei den Strates. Sie verstand zwar die Traurigkeit der gnädigen Frau nicht bei dem schönen Leben, das sie hatte, genoss aber ihre leise Freundlichkeit. Der gnädige Herr hatte ihr von Anfang an Achtung eingeflößt. Er besaß so viele Bücher und hatte auch Zeit, sie alle zu lesen. Ihr gegenüber war er immer höflich und blieb auf Abstand. Er hatte ihr auch geholfen, sich in der Stadt zurechtzufinden, als ob er wüsste, wie das ist, wenn man noch nie vorher aus seinem Dorf herausgekommen war. Wie er ihr ganz nebenbei gezeigt hatte, wofür man so ein Zahnbürstl brauchte. Er hatte gesehen, wie sie das Bad sauber machte und dabei interessiert die Zahnbürsten betrachtete. Am nächsten Tag hatte er ihr eine Bürste und ein Putzmittel für die Zähne geschenkt. Sie hatte es gern, sich so frisch und sauber zu fühlen, das kannte sie nicht von daheim. Aber hier gab es fließend Wasser und Seife, Handtücher und dieses wunderbare Zahnbürstl.

Vieles war ihr allerweil noch fremd, aber sie würde schon noch lernen, wie es sich in der Stadt lebte, sodass man sie nicht mehr von den Einheimischen wegkannte. Sie wollte für immer hierbleiben. Plötzlich überkam sie aber die Angst, dass etwas passieren könnte und sie fortmüsste von hier. Martha seufzte und strich kurz über das weiße, gestärkte Laken. Sie wusste, dass anderswo nur die Herrschaften so fein schliefen, aber in diesem Haushalt waren auch die Dienstboten Menschen, das hatte sie schon gleich am Anfang gemerkt. Und so fühlte sie sich jetzt: wie ein Mensch, der in der Früh nicht erst in den Stall musste, sondern in aller Ruhe in der Kuchl einheizen und Frühstück machen konnte – auch für sich selbst.

II

Es wurde schon dunkel, aber der Benno war noch nicht da. Agnes saß am Tisch und stopfte bei trübem Licht Strümpfe, vor sich ein großes Paket, das sie erst aufmachen wollte, wenn ihr Mann zurückkam. Sie hatte eine Ahnung, was drin sein könnte, und sie wollte diese Freude unbedingt mit ihm teilen. Gemeinsam mit dem Onkel hatte sie eine kleine Brotzeit gegessen, weil der Benno so lange auf sich warten ließ. Aber sie hatte nicht der Versuchung nachgegeben, das Paket zu öffnen, so sehr der Onkel auch drauf gedrängt hatte. So hatte er sich beleidigt in seine Kammer zurückgezogen und seitdem auch nicht mehr blicken lassen. Er würde ja auch was von dem kriegen, was drinnen war, aber er war ihr einfach zu gierig und voreilig gewesen. Ein bisserl Geduld musste schon sein.

Agnes hörte Bennos Pfiff, als er sein Radl in den Hinterhof schob. So kündigte er jeden Abend sein Kommen an, so hatten sie es schon gehalten in der ersten Zeit, als sie sich noch heimlich getroffen hatten. Er hatte ihr damals gezeigt, wie gut er Vogelstimmen imitieren konnte, nein nicht nur den Kuckuck, das konnte schließlich jeder. Benno kannte alle Vögel und konnte sie nachahmen. Er hatte ihr einen Vogelruf als ihr Erkennungszeichen vorgeschlagen und sie hatte sich für »Zizibe« entschieden, den Ruf der kleinen Meise.

Agnes legte schnell das Stopfzeug beiseite, versteckte das Paket und ging erwartungsvoll zur Tür. Benno kam herein. Er strahlte übers ganze Gesicht, fing gleich an zu reden: »Stell dir vor, ich hab den Auftrag mit der Kassettndeckn. Und ich hab scho alles gmessen. Morgen geht's los.«

Agnes umarmte ihn fest, drückte ihn an sich. »Mei, jetzt geht's aufwärts, Zeit is worden«, sagte sie, mehr erleichtert als glücklich. Als sie sich von ihm löste, bemerkte sie den leicht irritierten Blick ihres Mannes auf den leeren Tisch.

»Gibt's für mich nix mehr zum Essen?« Normalerweise, wenn er spät heimkam, fand er trotzdem einen Teller mit Brot vor, meist auch etwas Wurst und Käse, wo auch immer seine Agnes das herbekam. Agnes lächelte schelmisch: »Ich hab denkt, heut gibt's was ganz was Bsonders.« Damit holte sie das Paket.

Nicht nur Kartoffeln waren drin und ein schöner Kohlkopf, der den Winter überstanden hatte, sondern auch noch ein paar Äpfel, die eingelagert worden waren. Freilich sahen sie nicht mehr so schön aus wie nach der Ernte, aber so mancher Stadtbewohner würd sie drum beneiden. In Papier eingewickelt fanden sie ein Stück Gselchtes und einen kleinen Käse und ein Brot. So viel Gutes hatten sie beide schon lange nicht mehr gesehen, geschweige denn gegessen.

Andächtig saßen sie am Tisch und betrachteten die Schätze, die ihnen der Emmeram geschickt hatte. Agnes hatte das Gselchte und den Käse ausgepackt und auf den Tisch gelegt, damit beides seinen Duft verbreiten konnte und sie spürte unmittelbar danach das Grummeln im Bauch, als wollte ihr Magen sagen: jetzt, sofort, so viel wie möglich.

»Ein Wunder, dass des Paket ankommen is. Wenn ich ein Postler wär ...«, sagte Benno. Agnes lachte: »Der Emmeram schickt doch so was ned mit der Post. Ein Spezi von meinem Bruder, der Rudi, hat's mitbracht. Der hat sich heut hier vorgstellt, bei einer Brauerei, weil er weg möcht von daheim.«

Benno nickte. Der Rudi hatte genug zu essen, der würde sich nicht an den Sachen vergreifen. Zwar hätte er die Nahrungsmittel sicher für gutes Geld verkaufen können, aber er wollte die Freundschaft mit Emmeram wohl nicht aufs Spiel setzen. Jedenfalls war das Päckchen angekommen und es fühlte sich bei ihnen in der Kuchl an wie im Schlaraffenland.

»Ich mach dir Eier mit Speck«, schlug Agnes vor. »Aber ich glaub, wir solltn den Onkel dazuholn, der war sowieso scho grantig, weil ich des Packerl ned glei aufgmacht hab. Und wenn der jetzt den Speck riecht und kriegt nix davon ...«

»Dann machst des halt erst morgen in der Früh und ich ess jetzt Brot mit Kaas«, schlug Benno vor. Agnes lächelte. Sie ahnte, dass er mit ihr allein sein wollte. Auch wenn dafür die Brotzeit etwas weniger großzügig ausfiel.

Gemeinsam holten sie den Rest aus der Kiste. Ganz unten versteckt fanden sie noch ein paar Zwiebeln und einen Umschlag. Benno lachte: »Der Emmeram wird uns doch ned einen Brief gschriebn haben.«

Agnes holte den Umschlag heraus und öffnete ihn. Eine Fotografie fiel ihr entgegen. Sie zeigte ihre beiden Mädchen, wie sie aufmerksam und ernst in die Kamera schauten. Noch im selben Moment tropfte eine Träne auf das Bild.

»Tut mir leid«, sagte sie und wischte schnell die Träne weg vor lauter Angst, sie könnte das Lichtbild kaputt machen. Aber diese Mischung aus Wehmut, Schmerz und Freude trieb selbst dem Benno das Wasser in die Augen. »So groß scho«, sagte er leise. Und als Agnes nicht antwortete, fügte er noch hinzu: »Am Wochenend fahrn wir hin.«

Agnes zählte die Tage, die sie ohne ihre beiden Mädchen zubringen musste, es war ein beständiges Weh, das sie in ihrem neuen Leben begleitete, mit immer denselben Fragen: Wann würde sie Ilse und Frieda wiedersehen? Würden die Kinder noch »Mama« zu ihr sagen, oder sagten sie das längst zu Bennos Mutter, von der sie großgezogen wurden? Wann würden Benno und sie ihre Töchter zu sich nehmen können?

Benno erriet ihre Gedanken, seine waren ja nicht viel anders. »Noch ein paar Monat«, flüsterte er, »dann sind die Mäderl bei uns. Nächstes Weihnachten feiern wir miteinand und zwar da herin – und dann bleiben wir beinand.«

Agnes nickte betont tapfer. Während Benno in der Kuchl einen Platz für die Fotografie suchte, schnitt sie das Brot und den Käse. Sie sehnte ihn herbei, den Tag, an dem sie mit den Kindern hier sitzen würden, gemeinsam das Tischgebet sprächen und von ihren Abenteuern des Tages erfahren könnten. Natürlich sollten sie es besser haben, Frieda und Ilse. Eine schönere Kindheit als Benno und sie. Die lieblose Kälte und die Strenge der Mutter hatten ihr das Leben schwer gemacht. Beim Benno war es der Hunger gewesen. Die Armut hatte die kleine Häuslerfamilie an den Rand der dörflichen Gesellschaft gedrängt.

Das war schöner in der Stadt. Keiner weiß, dass ich von einem großen Bauernhof komm und die Eltern vom Benno fast nichts haben, dachte Agnes. Aber sonst wurde sie nicht so recht warm mit den vielen grauen Mauern und dem harten Pflaster. Dennoch war sie sicher: Hier war die Zukunft ihrer Mäderl – und deshalb würden sie bleiben.

Während Benno mit gutem Appetit aß, beobachtete sie ihn liebevoll. Da fiel ihr etwas ein. »Der Rudi hat gsagt, er soll ausrichtn, dass der Emmeram auch bei deine Leut immer wieder was vorbeibringt. Für die Mäderl. Bei der Gelegenheit hat er wahrscheins die Aufnahme gmacht.«

»Vergelt's ihm Gott«, sagte der Benno mit vollem Mund. Auch wenn er sonst kein so frommer Mensch war, das kam wirklich von Herzen.

12

Benedikt Wurzer stand meistens früh auf. Er streckte sich vor dem Badfenster, schaute hinaus in den Hinterhof, wo die Hausmeisterin schon einen Teppich ausklopfte, als müsste das wirklich vor sieben Uhr sein. Wahrscheinlich tat sie es, um all diejenigen, die noch nicht wach waren, darauf aufmerksam zu machen, dass der Tag bereits begonnen hatte. Morgen würde sie vielleicht um die Zeit die Treppen wischen und mit dem Stiel gegen die Türen schlagen, wie aus Versehen, um zu betonen, dass andere schon fleißig waren.

Ein leichter Kaffeeduft zog ins Bad. Zwar konnte er dieses Getränk kaum so nennen, aber es sah immerhin ähnlich aus, und was anderes war eben im Moment nicht zu bekommen. Er dachte an den wundervollen Kaffee, den er gestern beim Anwalt in Pasing genossen hatte. Der Fall des ermordeten Dichters würde ihn heute weiter beschäftigen. Er wollte lieber gar nicht in die Zeitung schauen, was sie über den Toten schrieben. Er wusste ohnehin, was auf ihn zukam. Sein Vorgesetzter würde schnelle Ergebnisse fordern, schließlich war von Waldfels ein Prominenter. »Ein verdientes Mitglied dieser Gesellschaft« würde ihn Markstein nennen und seinem Namen dabei alle Ehre machen: Markig würde er reden und kalt wie Stein.

Ja, Wurzer achtete manchmal auf solche Kleinigkeiten. Seinen Namen hatte er wohl auch nicht umsonst bekommen. Er war in Unterhaching bei München groß geworden, in der Gegend verwurzelt wie ein alter Baum, den man nicht mehr umpflanzen konnte. Und selbst sein Vorname sagte etwas über ihn aus. Zumindest hatte das mal ein studierter Kollege gesagt. Benedikt stammte aus dem Lateinischen von »bene« und »dicere«, das hieß: gut reden.

Vielleicht auch deshalb sein Bemühen, freundlich mit den Leuten zu sprechen. Er wollte niemanden wie Abschaum behandeln. Es drängte ihn, den Wahnsinn zu verstehen, der aus Menschen Bestien machte. Er glaubte nicht, dass manche Leute schon böse geboren wurden und es seine Aufgabe war, diese »Missgeburten«, wie Markstein sie nannte, auszusortieren, damit die guten Kräfte des Volkes wachsen konnten.

»Benedikt, kommst?«, hörte er die Stimme seiner Frau. Das Frühstück war fertig. Er betrachtete sich noch kurz im Spiegel, gab Rasierwasser auf die nach der Rasur glatten Wangen, fuhr sich noch einmal durchs spärliche, graue Haar und ging dann hinüber in die Küche. Er hatte sich angewöhnt, den Blick sofort seiner Frau zuzuwenden und sie anzulächeln. Nur nicht an die Wand schauen, nur nicht mit dem Schmerz in den Tag gehen. Da war er sowieso immer, aber man musste ihn ja nicht noch schlimmer machen. Er gab seiner Marei einen zärtlichen Kuss. Das tat er jeden Morgen, seit sie geheiratet hatten. Auch wenn es arg war in ihrem Leben, auch wenn es Streit und Kummer und Not gegeben hatte, ein Kuss morgens und abends machte zwar nicht alles wieder gut, aber er machte Hoffnung, dass es irgendwann wieder gut werden könnte. Zwischen ihnen wäre auch immer alles gut gewesen, wenn ihnen das Schicksal nicht so grausam mitgespielt hätte.

Wurzer rührte Zucker in seinen Kaffee und hörte sich an, was seine Frau von den Einkaufspreisen erzählte. Von dem Irrsinn, dass das Brot jeden Tag viel mehr kostete und dann das lange Anstehen …

Auch sie suchte beständig seinen Blick, um nicht an die Wand sehen zu müssen. Er bedauerte sie. In einer halben Stunde würde er rausgehen an die frische Luft, durch das Sendlinger Tor laufen, die Sonnenstraße hinunter bis zum Stachus, dann war es nicht mehr weit in die Ettstraße. Sie aber würde hier bleiben mit der

Fotografie, mit den Erinnerungen, mit der Trauer. Als ihre zwei Buben kurz hintereinander in Frankreich gefallen waren, da hatte es ihnen beiden das Herz gebrochen. Für einige Zeit hatten sie fast vergessen, dass sie auch noch eine Tochter hatten. Dabei war das Annerl auch völlig verzweifelt gewesen über den Tod der Brüder. Aber während sie einander Halt geben konnten, hatten sie für das Annerl offenbar nicht mehr genug Kraft übrig gehabt. Sie hatte recht schnell einen guten Freund ihrer Brüder geheiratet, der heil aus dem Krieg zurückgekommen war. Wenigstens hatten sie jetzt zwei Enkerl.

Aber über den Tod der Söhne würden sie nie hinwegkommen, das war ihnen beiden bewusst. Ein Blick genügte, um sich zu versichern, dass sie jeden Tag an Karl und Franz denken würden, ihr ganzes Leben lang. Wurzer hatte darauf bestanden, dass sie keine Aufnahmen in Uniform aufhängten, sondern das Bild, auf dem sie beide unbeschwert lachend, jung und voller Lebenslust zu sehen waren. Freilich war diese Fotografie nicht so gut wie die, die bei ihrer Einberufung gemacht worden waren, aber wenigstens stand hier nicht schon der Tod hinter ihnen.

»Du hast gestern gar nix erzählt von dem Schriftsteller«, sagte seine Frau.

Wurzer brummte nur. Er kaute gerade sein Brot und konnte nicht antworten.

»Ich hab öfter Gedichte von ihm im Kalender gelesen. Wie wohnt der denn so? Du warst doch gwieß schon draußen in Pasing, gell?«

Es war ihre Art, an seiner Arbeit Anteil zu nehmen. Er durfte so vieles von den laufenden Ermittlungen nicht erzählen, da wollte sie wenigstens die harmlosen Kleinigkeiten erfahren, die nicht unbedingt etwas mit dem Fall direkt zu tun hatten.

»Arm war er auf jeden Fall ned«, murmelte Wurzer.

»War er verheiratet?«

Manchmal fand er seine Marei schon recht neugierig. Aber gut, zwischen Schlangen vor der Bäckerei und dem Zählen von Papierscheinen, die von Tag zu Tag weniger wert wurden, gab es für sie nicht viel. Seit ihre Tochter mit Mann und Kindern nach Regensburg gezogen war, weil ihr Schwiegersohn dort eine bessere Arbeit gefunden hatte, seitdem gab es wenig Interessantes in ihrem Leben.

»Er war Junggeselle«, beantwortete er geduldig ihre Frage und rückte dieses Mal freiwillig ein paar Details mehr heraus. »Aber um seine Haushälterin muss man ihn ned beneiden, ein rechter Hausdrachen.«

»Wirklich? Der hätt doch auch eine nettere und fesche haben können.«

»Ja, des hab ich mich auch gefragt, warum der sich so eine Zwiderwurzn ins Haus geholt hat. Aber vielleicht hat sie sein Sach recht gut zusammengehalten, besser wie so ein junges Ding.«

»Warum so einer wohl ned heiratet ...«

Persönlich war es Wurzer vollkommen wurscht, warum der Waldfels Junggeselle geblieben war, aber für seine Polizeiarbeit war es von Belang, wie das Privatleben des Dichters ausgeschaut hatte.

»Ich weiß es ned, Marei. Vielleicht ...«

»Des is doch komisch«, unterbrach sie ihn. »Er hätt sich des Leben viel schöner machen können.«

Vielleicht hat er das ja auch, eben ohne Ehe, dachte Wurzer. Was der Schreiner ausgesagt hatte, würde dazu passen. Auf der einen Seite der Biedermann mit den volkstümlichen Verserln und auf der anderen Seite der Lebemann, der nichts anbrennen lässt. Scheinheiligkeit war ihm in seinem Beruf schon oft untergekommen.

Wurzer stand auf und nahm den letzten Schluck vom falschen Kaffee im Stehen.

»Mal schaun, was wir noch rausfinden«, sagte er nur, zog den Mantel an, setzte den Hut auf, nahm seine Tasche mit der Brotzeit drin und machte sich auf den Weg ins Polizeipräsidium.

Dort kam es genauso, wie er es befürchtet hatte. Markstein bestellte ihn zum Rapport ein. Wurzer hatte ihn noch nie gemocht und er wusste, dass diese Abneigung auf Gegenseitigkeit beruhte. Sein Vorgesetzter hatte auch mal klein angefangen und dann recht schnell durchschaut, dass er nur die richtige Meinung vertreten musste, je nachdem, wie das Fähnchen grad hing. Er war ein großer Königstreuer gewesen, auch dem Prinzregenten sehr ergeben, zugleich dem deutschen Kaiser nicht ganz abgeneigt, aber nur, wenn er es mit einflussreichen Menschen zu tun hatte, die nicht in Bayern aufgewachsen waren. Den Krieg hatte er mit Begeisterung begrüßt und als vaterländische Pflicht gesehen, aber von München aus, nicht an der Front. Mit der Revolution von 1918 hatte er sich für einen Moment etwas in den vielen Weltanschauungen verlaufen, von denen jede sowohl einen Vorteil als auch den Tod bringen konnte, die eine mal mehr, die andere mal weniger – aber am nächsten Tag konnte alles ganz anders sein. Das war eine schlimme Zeit für einen Mann ohne Haltung, als sie an der Spitze der Münchner Polizei ständig den Kopf auswechselten und er als verlängerter Arm der echten oder vermeintlichen Gerechtigkeit nicht mehr wusste, wo er hinlangen und von was oder wem er die Finger lassen sollte.

Jetzt aber waren Männer wie Markstein wieder fest im Sattel. Die meisten wählten die BVP, schimpften auf Kommunisten, Sozialdemokraten, Juden, gelegentlich auch auf die Preußen und wussten nicht so recht, was sie von der neuen Hitlerpartei halten sollten. Sie machten aber das Maul lieber nicht zu weit auf, man wusste ja nicht, wie es weiterging mit der Regierung und dem Staat, nichts war mehr so gewiss wie vor dem Krieg, und verderben sollte man es sich am besten mit niemandem.

Wurzer selbst war ein katholischer Konservativer, aber keiner von denen, die morgen was anderes wählen würden, weil das eine Beförderung begünstigen könnte. Sein Anliegen war es, die Bösen ins Gefängnis zu bringen, damit die braven Bürger in Ruhe leben konnten – auch wenn es nicht immer so einfach war mit Recht und Gerechtigkeit. Bayern sollte weitgehend so bleiben, wie es war, vielleicht sollte man ein bisserl mehr für die armen Leut tun und sie nicht einfach so verrecken lassen, während sich die Großkopferten alles nehmen konnten ... aber an der Stelle klang er dann schon wieder wie ein Sozi und machte sich im konservativen Lager nicht unbedingt Freunde.

Markstein hatte seinen Untergebenen einmal bei einer BVP-Veranstaltung gesehen und dann etwas besser behandelt als zuvor.

Doch heute war der Chef mehr als nervös. »Was wissen Sie bereits?«, überfiel er Wurzer, kaum dass dieser sein Büro betreten hatte.

»Nicht viel«, sagte der und ahnte sofort, dass dies nicht die richtige Antwort gewesen war. Er hätte anfangen sollen zu schwadronieren, aus den wenigen Fakten, die sie hatten, eine größere Abhandlung machen ... aber es war schon zu spät.

»Sie erstaunen mich, mein lieber Wurzer«, sagte Markstein und holte sich aus der Schreibtischschublade eine Zigarre, an der er genüsslich roch.

Gespräch schon schiefgelaufen, dachte Wurzer.

Markstein musterte ihn eindringlich: »Ihr Assistent ... wie heißt er gleich noch ...?«

»Löffler.«

»Der meinte, Sie hätten bereits einen Verdächtigen.«

Markstein kümmerte sich jetzt um seine Zigarre, während Wurzer sich sehr zusammenreißen musste, um nicht einen grässlichen Fluch auszustoßen. Der Sauhund, der elendige, dachte er. Dieser Löffler, der Karrierist ... War der einfach früher ins Büro gekommen, hatte dem Markstein aufgelauert und ihm gleich ein paar Informationen und Behauptungen zu dem neuen Fall unter die Nase gerieben. Hinter seinem Rücken. Er wusste, dass Löffler seine langsame und behäbige Art nicht begreifen konnte, aber das ging zu weit!

»Der Löffler meint bestimmt den Schreiner«, fing Wurzer an, sehr bemüht, sich seine Wut nicht anmerken zu lassen.

»Schön, dass Sie das auch so sehen …«

»Ich sehe es grad nicht so.« Wurzer wagte es, seinen Vorgesetzten zu unterbrechen.

»Der Mann hat ein Motiv, habe ich gehört: Eifersucht. Wut auf den erfolgreichen Schriftsteller, der seiner Frau den Hof gemacht hat.«

»Agnes Stöckl ist auf seine Avancen nicht eingegangen. Und ob sie die einzige Frau war, der der Waldfels den Hof gemacht hat …«

»Das tut nichts zur Sache, man kennt ja die jungen Hitzköpfe, die vom Land hereinkommen«, erwiderte Markstein.

»Benno Stöckl hat uns so arglos davon erzählt, dass der Waldfels hinter seiner Frau her war, das tut nur einer …«

»… der sich naiver und unschuldiger stellt, als er ist«, ergänzte Markstein den Satz in seinem Sinne und wedelte die Rauchwolken weg, hinter denen er seinen Kommissär nur noch vermuten konnte. »Ich muss Ihnen doch nicht das kleine Einmaleins der Menschenkunde für Polizisten erklären.«

Wurzer antwortete darauf lieber nicht. In Marksteins Welt war das die Kunst, die Tatsachen zu verdrehen und Spekulationen als Beweise darzustellen, um einen schnellen Erfolg zu erzielen.

»Ich würde gerne in alle Richtungen ermitteln«, sagte Wurzer, weil er schon ahnte, dass das Gespräch eine unangenehme Wendung nehmen könnte.

»Und ich möchte, dass Sie dieses Subjekt vorläufig festnehmen.«

Wurzer schluckte. Den jungen Schreiner einsperren? Bei dem er sich so sicher war, dass er den Waldfels nicht umgebracht hatte? Der arme Bursch mit dem aufrichtigen Blick, der musste jetzt hinter Gitter, damit man einen Sündenbock präsentieren konnte.

»Sie wissen doch selbst, dass der Tote ein Prominenter war und dieser Fall deshalb besonders viel Aufmerksamkeit auf sich zieht«, setzte Markstein nach.

Und auf uns, dachte Wurzer wütend. Du willst glänzen und dir ist es vollkommen wurscht, wenn dafür ein armer Bursch vor die Hunde geht. Es ist sogar wurscht, wenn wir den Falschen verhaften. Hauptsache, jemand sitzt ein, Hauptsache, der Fall ist erledigt, Hauptsache, die Beförderung ist in Sicht.

Manchmal wäre ich gern Wagner wie mein Vater einer war, dachte er auf dem Weg zurück in sein Büro. Denn das gehörte mit zu den schwersten Gängen in seinem Beruf, gleich nach Gesprächen mit Hinterbliebenen: Leute festzusetzen, die nur ein Bauernopfer waren – und selbst ein Oberkommissär wie er konnte das nicht immer verhindern.

Wie er mit Löffler verfahren würde, wusste er noch nicht so genau. Aber ungestraft sollte ihm der Kerl nicht davonkommen.

Als er in sein Büro zurückkam und in seiner Manteltasche nach einem Taschentuch suchte, fand er den kleinen Gedichtband, den Strate ihm für seine Frau mitgegeben hatte. Er hatte das in der Früh vergessen. Und jetzt war ihm so zumute, dass er ihn am liebsten weggeworfen hätte.

13

Der Onkel Fritz war in der Früh mit dem Gesellen zu einem Kunden, um einen Schrank zu reparieren. Eigentlich eine Kleinigkeit, aber einer allein war da verratzt, das wusste der Benno aus eigener Erfahrung. Schließlich konnte man nicht gut halten und schrauben zugleich. Also würde wohl der Korbinian heben, schieben und tragen müssen, während der Onkel schraubte und wahrscheinlich froh war, dass er wieder einmal das Sagen hatte.

Während Agnes in der Küche aufräumte, richtete Benno in seiner Werkstatt alles her, was er für den Pasinger Auftrag brauchte. Allzu zeitig sollte er sowieso nicht bei Strates auftauchen, da die Frau vom Anwalt ja nicht so früh aufstand, aber doch gern seine Arbeiten überwachen wollte. Er dachte mit Vergnügen an das Gesicht vom Onkel, als es heute Morgen zum Frühstück Eier mit Speck gegeben hatte. »Hast gute Leut, wenn die so an dich denken«, hatte er dankbar zwischen zwei Bissen zu Agnes gesagt, aber die schwieg, und Benno wusste warum. Ihre Eltern hätten ihr nie etwas geschickt. Die Mutter hatte ihr nicht verziehen, dass sie den Häuslerbub geheiratet hatte, und der Vater tat sowieso nichts, was die Mutter verärgern konnte. Mochte er im Wirtshaus manchmal das große Wort führen, daheim hatte er gar nichts zu sagen – und das wussten auch alle im Ort. Die Hintereggerin war eine Harte, da konnte einem schon arg werden, wenn sie einen bloß anschaue.

Selbst der Korbinian hatte, als er zum Frühstück erschienen war, noch ein bisschen was von den Eiern abbekommen. Dann hatten sie das Tagwerk besprochen und jeder war an seine Arbeit gegangen. Ein guter Auftrag war das, ein guter Auftraggeber noch dazu. Und vielleicht kam doch noch mehr dabei raus als die Decke. Auf jeden Fall ging es jetzt aufwärts. Benno malte sich eine glänzende Zukunft in der Stadt aus, mit der Agnes und mit seinen zwei Mäderln, die sie bestimmt ganz bald nachholen könnten.

Umso mehr erschrak er, als ihn die beiden Besucher aus seinen Träumen rissen. Freilich erkannte er sofort den Kommissär und seinen Assistenten. Er bemerkte auch gleich, wie zuwider dem einen dieser Auftritt war, und wie sehr der andere mit einem hämischen Grinsen die Situation genoss.

»Herr Stöckl«, begann Wurzer und musste sich gleich räuspern, »wir haben ja gestern schon miteinander geredet.«

Benno nickte und versuchte, seine aufkeimende Panik zu überspielen. »Freilich, Herr Kommissär. Und ich hab Ihnen auch alles gsagt, was ich weiß.«

»Da sind wir uns aber nicht so sicher«, mischte sich Löffler ein, der durch das Gespräch mit Markstein offenbar Oberwasser bekommen hatte. Nicht einmal der finstere Blick seines Vorgesetzten schien ihn zu erschüttern.

»Ich weiß wirklich ned mehr«, beteuerte Benno.

Wurzer wollte noch etwas Beruhigendes sagen, aber Löffler preschte vor: »Sie sind festgenommen wegen dem Verdacht, den Carus von Waldfels ermordet zu haben. Das Motiv ist Eifersucht.«

Benno sah ungläubig zu Wurzer, aber der schaute nur unbehaglich zu Boden.

»Wir werden freilich noch weiter ermitteln«, stammelte er endlich, »aber jetzt grad schaut es so aus, als ob …«

»Ich war's ned, ich schwör«, flüsterte Benno heiser, aber Löffler winkte nur ab.

»Schwören Sie nicht zu viel, auf Meineid steht auch Zuchthaus.«

Damit zog er die Handschellen heraus, aber Wurzer winkte ab.

»Ich glaub, es geht auch so, oder?«

Benno nickte stumm. Er wollte seiner Frau ersparen, ihn in Handschellen zu sehen, wenn er vor den neugierigen Nachbarn abgeführt wurde. Und wohin sollte er denn fliehen? Er hatte doch nichts anderes als diese Werkstatt hier. Eine Zukunft hatte er sich aufbauen wollen, und die war jetzt vorbei.

Als er mit den Polizisten die Werkstatt verließ, öffnete Agnes das Fenster und rief hinaus: »Benno, was is passiert? Wo gehst hin? Was soll des?«

Benno drehte sich um und sah verzweifelt zu Agnes hinauf. Er öffnete den Mund, um ihr etwas Beruhigendes zu sagen, aber da rief der eine Polizist schon triumphierend hinauf: »Ihr Mann ist verhaftet. Wegen dem Mord. Wir bringen ihn jetzt ins Gefängnis.«

Dann öffnete er die Tür des Polizeiwagens und schob Benno unsanft hinein. Benno schaffte es nicht, noch einmal zu seiner Frau hinaufzuschauen, sondern starrte reglos nach vorn.

14

Martha räumte gerade das Frühstücksgeschirr ab. Die gnädige Frau hatte so gut wie nichts gegessen und sich dann wegen Migräne zurückgezogen. Die Anweisung lautete, den Schreiner hereinzulassen, der wisse schon selbst, was heute zu tun sei. Strates Blick war seiner Frau gefolgt, als sie das Zimmer verließ. Traurig sah er aus, fand Martha, und nachdenklich, ein bisschen mitfühlend und ein bisschen enttäuscht. Offenbar hatte er ihren Blick bemerkt.

»Noch etwas Kaffee, gnädiger Herr?«

»Nein, danke, ich gehe in mein Arbeitszimmer.«

Strate hatte sich die Zeitung genommen. Aber bevor er ging, wandte er sich noch einmal an Martha. »Haben Sie in das Buch schon hineingesehen?«

Martha nickte und riskierte ein kleines Lächeln: »Ja, und ich hab sehr gelacht über die Streiche.«

»Dann ist es ja gut«, sagte Strate, wandte sich ab und ging.

Martha staunte nicht schlecht, als sie die Tür öffnete. Draußen stand nicht, wie erwartet, der Schreiner, sondern eine junge Frau. Ihr Radl lehnte am Zaun, ihre Haare waren vom Fahrtwind zerzaust und die Verzweiflung in ihrem Gesicht war unübersehbar.

»Ich möcht den Herrn Anwalt sprechen«, sagte sie.

»In welcher Angelegenheit?«, fragte Martha, denn so hatte sie es im Hause Strate gelernt.

»Der Benno ist verhaftet worden«, antwortete die Besucherin und brach in Tränen aus.

Martha verstand sofort. Sie nahm die Frau des Schreiners behutsam am Arm, führte sie in die Diele und wies sie an, sich zu setzen.

»Ich sag Bescheid, dass Sie da sind. Frau Stöckl, gell?«

Agnes schluchzte auf und nickte. Martha sah sie betroffen an, stellte ihr noch ein Glas Wasser hin und ließ die Frau allein, um den überraschenden Besuch zu melden.

Die Tür zu seinem Arbeitszimmer war halb offen, Strate saß an seinem Schreibtisch und las die Zeitung. Martha klopfte an die Tür und machte einen Knicks, als er hochsah.

»Die Frau des Schreiners ist da. Ihr Mann ist verhaftet worden.«

Strate legte sofort die Zeitung weg und stand auf. »Weswegen? Hat man ihr das gesagt?«

Martha zuckte die Schultern.

»Die denken doch wohl nicht, dass er den Waldfels auf dem Gewissen hat«, sagte der Anwalt noch, bevor er an ihr vorbei in den Flur ging.

Martha sah in der Ecke die Zeitungen der letzten Tage liegen. Eine Woche hob der gnädige Herr die Blätter auf, dann war sie gehalten, alles wegzuwerfen. Das könnte sie jetzt schnell machen. Doch das Blatt vom 6. April rutschte ihr aus der Hand und sie sah, dass Strate einen Artikel mit einem Kreuz versehen hatte, wie er es oft tat, wenn ihn ein Beitrag besonders interessierte. »Der sechsfache Mord im Einödhof« lautete die Überschrift. Martha sah kurz zur Tür, doch niemand kam. Also las sie weiter: »»Noch nie in meinem Leben habe ich ein so entsetzliches Bild gesehen wie auf diesem toten Einödhof,‹ so erklärte einer der Münchner Kriminalbeamten, die auf dem Einödhof Hinterkaifeck bei Wangen die Erhebungen gepflogen haben und nun wieder nach München zurückgekehrt sind.«

Martha hörte Strate, der offenbar versuchte, die schluchzende Schreinersfrau zu beruhigen. Wahrscheinlich würden sie gleich hochkommen. Martha riss die Seite mit dem Artikel heraus, faltete sie und legte sie Strate auf den Schreibtisch. Die anderen Zeitungen nahm sie und ging, bevor Strate mit Frau Stöckl die Treppe hochkommen würde.

15

Die junge Frau stand auf, als Strate die Diele betrat, und sie sah ihm verzweifelt und vertrauensvoll entgegen.

»Sie müssen uns helfen«, sagte sie. »Der Benno ist verhaftet worden.«

Strate versuchte zunächst, ein paar tröstende Worte zu finden, doch dann erschien ihm der Eingangsbereich nicht der richtige Ort für das Gespräch. »Kommen Sie bitte mit«, sagte er und ging voraus die Treppe hoch zu seinem Arbeitszimmer. Die junge Frau folgte ihm, hatte keinen Blick für die städtische Eleganz, sondern starrte nur auf den Anwalt, der für sie all ihre Hoffnung verkörperte. Strate kannte diesen Blick von Mandanten und er war ihm immer unangenehm. Denn Wunder konnte er nicht vollbringen. Er bewegte sich in einem System aus Gesetzen – und manchmal halfen auch Recht und Gesetz nicht, das hatte er oft genug erfahren.

Strate rief nach Martha. »Bringen Sie uns bitte Kaffee«, sagte er, als sie in der Tür auftauchte. Die Frauen tauschten einen kurzen, verständigen Blick. Beide vom Land, beide versuchten, ein neues Leben zu beginnen. Bis vor wenigen Stunden hatte die Schreinersfrau vielleicht den Eindruck gehabt, dass es ihr gelingen könnte. Jetzt aber war ihr Leben aus den Fugen geraten. Und leider hatte er die Sorge, dass es so schnell nicht wieder in Ordnung kommen würde.

Was sie ihm erzählte, entsprach all dem, was er schon gestern befürchtet hatte. Von Waldfels war ein bekannter Mann, sein Tod eines der großen Themen in der heutigen Zeitung. Die Polizei suchte nach einem schnellen Erfolg. Da kam der Schreiner gerade recht. Schade, da hatte er sich wohl in Wurzer getäuscht. Wieder einer, dem es nur um die Karriere ging, dem es egal war, wenn einer dafür mit seiner Existenz bezahlte, wenn nicht gar mit seinem Leben.

Als die junge Frau ihn erneut eindringlich bat, ihnen zu helfen, hatte Strate längst die Entscheidung getroffen, sich der Sache anzunehmen. Er schenkte Kaffee ein und bemühte sich, sie zu beruhigen. »Natürlich helfe ich Ihnen, Frau Stöckl!«, sagte er. »Aber ich würde Ihnen gern ein paar Fragen stellen, damit ich mir ein Bild machen kann.«

»Ich weiß nicht, ob wir Sie bezahlen können«, hörte er sie schluchzen.

»Darüber reden wir später«, wiegelte Strate ab und schob ihr Milch und Zucker hin, weil sie die duftende Tasse Kaffee offenbar gar nicht wahrnahm.

»Ihr Mann hat ja bis vor Kurzem bei Herrn von Waldfels gearbeitet.«

Die junge Frau nickte, nahm sich endlich Milch und Zucker.

»Und Sie waren auch manchmal da.«

»Ich hab ihm einmal die Brotzeit gebracht, weil die hat er vergessen gehabt.«

»Dafür sind Sie extra nach Pasing rausgefahren?«

»Er hätt ja sonst den ganzen Tag nix zu essen gehabt.«

»Dabei haben Sie Herrn von Waldfels kennengelernt.«

»Ich hab ihn nur kurz gesehen.«

Agnes Stöckl schwieg. Strate sah sie fragend an. Er wusste ja, dass es da noch mehr zu erzählen gab. »Ein berühmter Mann …«, sagte er möglichst beiläufig.

»Ja, wir haben in der Schule ein Gedicht von ihm auswendig lernen müssen«, antwortete Agnes Stöckl und wandte sich dann ihrer Kaffeetasse zu. Erneut schwieg sie.

»Hat Herr von Waldfels irgendetwas zu Ihnen gesagt?«

Eine dunkle Röte überzog ihr Gesicht. Strate konnte nicht einschätzen, ob es Wut oder Scham war. Klirrend stellte Agnes Stöckl die Tasse ab. »Er wollte, dass ich jeden Tag komm. Aber ich wollt das nicht – und der Benno auch nicht.«

»Er hat Ihnen Avancen gemacht?«

Sie sah ihn fragend an. Er biss sich auf die Lippen. Vermutlich kannte sie das Wort nicht und außerdem umschrieb es die Erpressung von Waldfels nur unzureichend.

»Sie haben ihm gefallen, stimmt das?«

Sie senkte die Augen: »Er hat gesagt, er hätt Einfluss. Er könnt dem Benno ganz viele Aufträge vermitteln bei reichen Leuten.«

»Ist er zudringlich geworden?«

»Ich bin irgendwann nicht mehr hin.«

»Und dann war auch der Auftrag Ihres Mannes schnell beendet?«, fragte Strate nach.

Agnes Stöckl nickte und sah ihn dankbar an: »Aber da hat er ja schon bei Ihnen was in Aussicht gehabt.«

Strate schwieg einen Moment. Sie kamen jetzt zu dem heiklen Punkt. »Die Polizei vermutet wahrscheinlich, dass Ihr Mann eifersüchtig war.«

Agnes Stöckl nickte. »Aber das war er überhaupt nicht. Er hat nur gesagt, bei solchen Männern, da muss man auf seine Frau aufpassen und sie beschützen.«

»Fanden Sie den Herrn von Waldfels interessant?«

Sie sah ihn empört an. »Nein! Erst hab ich denkt, das ist ein berühmter Mann und ich hab mich gefreut, ihn zu sehen, weil ich sein Gedicht bis heut noch kann. Aber dass des so einer ist ...«

»Sie sind also von der Unschuld Ihres Mannes überzeugt.«

Ihr Blick verriet, wie sehr sie diese Bemerkung verletzte.

»Verstehen Sie mich nicht falsch, Frau Stöckl«, beeilte sich Strate nachzusetzen. »Ich kann mir auch nicht vorstellen, dass er Herrn von Waldfels getötet hat, aber wir sollten gemeinsam alles durchdenken, was ihn belasten und entlasten könnte.«

Sie nickte einsichtig.

»Wann ist Ihr Mann vorgestern Abend nach Hause gekommen?«

Frau Stöckl überlegte. »Ein bisserl später als sonst. Weil er einen Platten gehabt hat und deswegen sein Radl heimschieben musst.«

»Wann genau?«

»So gegen acht Uhr.«

Schlecht, dachte Strate. Er wusste zwar noch nicht genau, wann Waldfels ermordet worden war, aber Benno Stöckl war gegen sechs Uhr aufgebrochen. Wenn er erst um acht Uhr nach Hause gekommen war, dann hätte er genügend Zeit gehabt, von Waldfels aufzulauern und ihn zu töten. »War er denn wie immer?«

Die junge Frau nickte. »Er war halt müd und ein bisserl grantig wegen dem Platten.«

»Aber er war nicht aufgeregt oder nervös?«

Agnes Stöckl schüttelte den Kopf. »Er hat von seiner Arbeit erzählt, dabei hat er was gegessen, und nachher hat er noch das Radl geflickt, weil er es ja am nächsten Tag wieder gebraucht hat.«

Immerhin, dachte Strate. Der geflickte Reifen war mehr als nichts, wenn es um die Beweise ging. Denn eines war ihm klar: Auf die Polizei durfte er sich nicht verlassen, wenn sie glaubte in Benno Stöckl den idealen Täter gefunden zu haben.

Mit beruhigenden Worten schickte Strate die junge Frau nach Hause. Er versprach ihr, alles für ihren Mann zu tun, was ihm möglich war. Er wies aber ebenfalls darauf hin, dass es eine Weile dauern könnte. Und er verschwieg ihr lieber erst einmal, dass es nicht so gut für ihren Mann aussah.

16

Wurzer saß in seinem Büro und hatte schlechte Laune. Dabei war er noch am Tag zuvor davon ausgegangen, dass er sehr viel Glück gehabt hatte. Zunächst einmal war der Fall in Hinterkaifeck an ihm vorübergegangen, die grausigen Morde in der Hallertau, wo offenbar ohne jeden Grund sechs Menschen getötet worden waren. Entsetzliche Bilder mussten die Kollegen dort gesehen haben, das konnte er in ihren Blicken lesen. Reden mochten sie nicht darüber. Ähnlich wie bei vielen Soldaten war das Grauen nicht leicht in Worte zu fassen, also drückte man es lieber beiseite. Einen Verdächtigen gab es auch nicht, die Kollegen stocherten im Nebel und hatten keine Ahnung, wie sie die Sache angehen sollten.

Er hatte gedacht, mit dem Tod des Dichters hätte er es besser erwischt. Was Politisches war es auf den ersten Blick nicht, denn das hätte auch Ärger geben können. Vor allem, wenn die Rechten in der Sache mitgemischt hätten. Er hatte schon das eine oder andere Mal mitbekommen, dass ein Leben wenig wert war, wenn der Betroffene ein Sozi war oder ein Jude, oder der Täter angeblich für das Vaterland, die Heimat oder die Ehre gehandelt haben wollte. Bei dem Waldfels hatte ihm sein Instinkt von Anfang an gesagt, dass es wohl um eine persönliche Sache gegangen war. Aber er hatte massive Zweifel daran, dass Benno Stöckl der Täter war. Er hatte in seinem Leben so viele Mörder erlebt; wie sie ihn ansahen, ihre Unschuld beteuerten, ihre Tat leugneten, jedes Motiv in Abrede stellten. Der Schreiner hatte bei der Befragung alles falsch gemacht, was man nur falsch machen konnte, wenn man ein Verbrechen vertuschen wollte. Er hatte ein Motiv zugegeben: seine Wut auf den Waldfels, der seine Frau so sehr bedrängt hatte. Er hatte sich nicht um ein Alibi gekümmert. Zwar war noch keine Tatwaffe aufgetaucht, aber so ein Messer war ja gleich in der Würm entsorgt. Der kleine, aber rasche Fluss würde Blut und Spuren abwaschen, den Gegenstand vielleicht sogar mitnehmen bis Dachau, wo die Würm in die Amper mündete.

Wurzer fragte sich, warum seine Gedanken immer wieder um den jungen Mann kreisten. Die Erkenntnis traf ihn wie ein Stich. Er erinnerte ihn an seinen jüngeren Buben, der war auch so ein aufrechter gewesen, der die Wahrheit sagte, selbst wenn sie ihm schadete. Stöckl hatte den offenen Blick und das unschuldige Lächeln eines Menschen, der noch an das Gute glaubte. Als wär ihm noch nicht viel Schlimmes passiert im Leben. Sein Bub war nicht aus dem Krieg zurückgekehrt, er hatte mehr auf dem Feld gelassen als nur sein Lächeln und seine Zuversicht.

War der junge Schreiner nicht an der Front gewesen? Und wenn doch, wie hatte er das Grauen überstanden, das man so vielen jungen Burschen ansah, das sie zu Krüppeln oder Kriegszitterern gemacht hatte? Wie hatte er sich sein frohes Gemüt bewahren können?

Wurzer seufzte und erhob sich mühsam vom Schreibtisch. Das Lächeln würde Benno Stöckl im Gefängnis vergehen, wenn er ihn nicht bald da rausholte. Aber damit ihm das gelang, musste er einen anderen Täter oder wenigstens einen Tatverdächtigen präsentieren. Und dafür sollte er so schnell wie möglich weitere Ermittlungen anstellen, auch wenn diese von der Obrigkeit nicht erwünscht waren. Er hörte das Mittagsläuten vom Dom und zog seinen Mantel an. Nein, heute wollte er nicht im Büro bleiben und gleich das Brot essen, das seine Frau ihm in der Früh eingepackt hatte. Heute würde er erst ein paar Schritte durch die Stadt gehen. Und sich dabei etwas überlegen, was er sonst nicht machte: wie er einem anderen eins auswischen konnte. Denn mit dem Löffler wollte er nicht mehr arbeiten, so wie der sich verhalten hatte.

Unfähig und dann auch noch hinterfotzig, das war einfach eins zu viel. Vielleicht konnte er ihn auf den Fall Hinterkaifeck abschieben. Die Kollegen brauchten bestimmt jede Hilfe. Und aus Sicht seines Vorgesetzten hatte sich Löffler gerade sehr verdient gemacht, also konnte man ihn doch auch in einen schwierigeren Fall einbinden.

Wurzer lächelte boshaft, als er in Richtung Stachus ging. Ja, er konnte auch hinterfotzig sein, wenn es drauf ankam. Der Löffler sollte sich an dem sechsfachen Mord die Zähne ausbeißen. Und er konnte in Ruhe im Fall des toten Dichters ermitteln. Denn einen Assistenten, der jeden seiner Schritte kontrollierte und ihn dann beim Vorgesetzten anschwärzte, konnte er sowieso nicht brauchen. Und bis ihm ein neuer Kollege zur Seite gestellt wurde, würde er hoffentlich schon ein bisschen mehr wissen.

Wurzer blieb kurz stehen und sah sich die vorübergehenden Menschen an. Die abgetragenen Mäntel waren aus alten Militärsachen geschneidert, aus hartem, dicken Stoff, der warm halten sollte. Das war heute eigentlich nicht nötig, denn die Sonne wärmte nach den kalten Tagen schon recht kräftig, aber manch einer hatte nichts anderes. Wurzer dachte daran, wie seine Frau die alten Hemden ausbesserte, die Socken stopfte, die speckigen Stellen am Sakko mit Sorge betrachtete, weil sie nicht genug Geld hatten, um ein neues zu kaufen.

Auch die Beamten hatten nicht immer genug, aber sie sollten so aussehen, als ob es ihnen gut ginge in der neuen Republik. Da war es ja beim Prinzregenten noch besser um Bayern gestanden. Wurzer war eigentlich keiner, der der guten alten Zeit nachtrauerte. Aber wenn er an die vielen Opfer des Krieges und der darauffolgenden Revolution dachte, wurde es ihm schlecht. Dass der Mensch frei sein sollte, dass er politisch mitentscheiden sollte … das war ein frommer Wunsch gewesen. Wurzer sah keine freien Bürger, er sah elende Gestalten, denen die Demokratie auch nichts half, weil sie Hunger hatten und weil man sowieso nicht jede Meinung frei sagen durfte. Er traute sich auch oft nicht zu sagen, was er dachte.

Sein Plan für die zweite Hälfte des Arbeitstages stand fest. Er würde erst bei der Frau des Schreiners vorbeischauen und sich dann noch einmal mit der Haushälterin vom Waldfels unterhalten. Vielleicht ein bisschen den jovialen Oberkommissär herauskehren. Die Mayerhofer hatte vielleicht niemanden, mit dem sie reden konnte. Wenn er Glück hatte, war sie gesprächiger, wenn sie ein bisserl Vertrauen zu ihm gefasst hatte. Und dann wollte er noch einmal mit Strate sprechen. Der hatte den Stöckl ja kennengelernt und über seinen Nachbarn wusste er sicherlich auch mehr, als er bei der ersten Befragung preisgegeben hatte.

Aber erst musste er den Löffler loswerden, dann konnte er allein weiterermitteln. Wurzer lächelte, nickte sich selbst in einem Schaufenster zu und spazierte zurück in Richtung Ettstraße. Jetzt hatte er Hunger, jetzt freute er sich auf das Brot, das ihm seine Frau mitgegeben hatte.

17

Agnes betrachtete das Foto ihrer beiden Mäderl. Ernst schauten sie in die Kamera. Ihre Schwiegermutter hatte sie herausgeputzt, sie trugen ihr Sonntagsgewand und Schleifen in den noch dünnen Kinderhaaren. Agnes überkam ein Gefühl der Eifersucht. Sie wollte neben den Mädchen stehen, sie zu einem Lächeln ermuntern. Trotzdem war sie ihren Schwiegereltern sehr dankbar. Sie wusste, dass es den Kindern an nichts fehlte. Was hätte sie ihnen denn schon bieten können? Sie hatten kein Zimmer für die Mäderl, sie musste den Haushalt erledigen, schauen, dass sie wenigstens ein bisserl was zum Essen hatten und auch noch gelegentlich in der Werkstatt mithelfen. Sie hatte erst selber sehen wollen, wie es in der Stadt war. Ob sie es hier aushalten würde, ob sie das ihren Kindern zumuten wollte. Immer noch dachte sie, dass die beiden auf dem Land besser aufgehoben waren. Trotzdem hatte der Benno lange gebraucht, bis er sie dazu hatte überreden können. Die beiden Mäderl lassen wir erst mal daheim, hatte er gesagt, und damit das Haus seiner Eltern gemeint. Da haben sie es gut, meine Mutter kann für sie sorgen und wir richten in München alles so her, dass sie so bald wie möglich nachkommen können. Hoch und heilig hatte er ihr versprechen müssen, dass sie alle vierzehn Tage heimfahren würden nach Gitting, um die Kinder zu besuchen. Schon damals hatten sie beide geahnt, dass das ein frommer Wunsch bleiben würde, dass sowohl Zeit als auch Geld fehlen würden.

Zärtlich strich Agnes über die Haare der Mädchen. Sie erinnerte sich an die beiden Male, die sie heimgefahren waren. Das erste Mal waren die Mäderl an ihr gehangen, und auch wenn sie fast nichts anderes gesagt hatten als »Mama, Mama«, so hatte sie doch herausgehört, wie sehr sie ihnen fehlte. Beim zweiten Mal ein paar Wochen später waren die Kinder nicht gleich zu ihr gekommen und es hatte einige Zeit gedauert, bis sie wieder einen vertrauten Umgang miteinander gefunden hatten. Und gerade als es am schönsten war, hatten sie auch schon wieder zurück nach München gemusst. Die Mäderl hatten beide Male herzzerreißend geweint, sie selbst hatte sich die Tränen aufgehoben, bis sie im Zug saßen. Benno hatte sie fest in den Arm genommen und versprochen, dass es nicht mehr lange dauern würde, bis die Kinder bei ihnen leben könnten.

Ostern hatten sie wieder hinfahren wollen, und spätestens im Herbst hätten die Kinder ganz zu ihnen kommen sollen. Aber jetzt war alles anders. Der Benno saß unschuldig im Gefängnis, und auch wenn sich Agnes sicher war, dass der Anwalt alles tun würde, damit er wieder freikäme, war sie unsicher, ob alles gut enden würde.

Der Kommissär, der nach dem Mittagsessen noch mal da gewesen war, hatte sie sehr freundlich behandelt. Es täte ihm sehr leid, hatte er gesagt, er glaubte auch nicht dran, dass der Benno das war. Er hatte ihr noch ein paar Fragen gestellt, die sie ehrlich beantwortet hatte. Hoffentlich war das richtig gewesen. Sie hatte das Gefühl, ihm vertrauen zu können. Dann hatte er noch mit Korbinian und dem Onkel gesprochen, die ihm auch nicht viel erzählen konnten.

Drunten in der Werkstatt hörte sie die Säge. Der Geselle machte weiter, als ob nichts wäre. Der Onkel lag in seiner Kammer. Die Verhaftung vom Benno hatte ihn arg mitgenommen, ihm war nicht gut. Sein Herz … Agnes hatte überlegt, ob sie einen Doktor rufen sollte, aber der Onkel hatte nur abgewunken. Er wollte keine Umstände machen. Er wollte nur seine Ruhe haben.

Wie sollte es nun weitergehen? Der Korbinian konnte allein nicht lange arbeiten, das wusste sie. Wer sollte die Entscheidungen treffen, wer sollte sich um den Auftrag in Pasing kümmern?

Für einen Moment war sie froh, dass die Mäderl noch nicht bei ihnen lebten. Wie hätte sie ihnen das erklären können, was jetzt passiert war? Wenn das Unglück nicht bald ein Ende nahm, wenn der Benno nicht schnell freikam, würde hier alles zusammenbrechen …

Ein Räuspern holte sie aus ihren schrecklichen Gedanken. Agnes blickte auf und sah den Anwalt in der Tür stehen. Etwas verlegen und unsicher wirkte er, ganz anders als bei sich in dem großen vornehmen Haus.

»Entschuldigen Sie bitte die Störung, aber die Haustür stand offen …«

Agnes legte das Bild beiseite, stand auf und öffnete die Tür ganz. »Kommen Sie rein, bittschön. Es ist aber nichts gerichtet.«

Agnes machte sich geschäftig daran, eine gebrauchte Tasse wegzuräumen und den Bezug des Kanapees geradezuziehen. Für einen Herrn wie Strate musste das hier alles sehr ärmlich aussehen. Umso mehr achtete sie auf Ordnung und Sauberkeit. Sie hatte gesehen, dass es vielen Menschen deutlich schlechter ging als ihnen. Sie war mit dem Radl an Familien vorbeigefahren, die in finsteren und feuchten Kellerlöchern hausten in einem Elend, das sie kaum aushalten konnte. Sie verdrängte schnell den Gedanken, dass auch sie so enden könnte, wenn der Benno nicht bald freikam. Der Besuch des Anwalts machte ihr Hoffnung.

»Ich hatte gerade bei Gericht zu tun und da dachte ich …«

»Wegen dem Benno? Haben Sie was erreicht?«

»Nein, es betraf einen anderen Fall«, antwortete Strate und senkte den Blick.

Agnes bemühte sich sehr, ihre Enttäuschung zu überspielen.

»Setzen Sie Ihnen doch hin«, sagte sie nach einer kurzen Pause. »Kann ich Ihnen was anbieten?«

»Nein, danke«, winkte Strate ab. »Ist Ihnen noch irgendetwas Wichtiges eingefallen, das helfen könnte, die Unschuld Ihres Mannes zu beweisen?«

»Ich hab Ihnen doch schon alles gesagt.« Agnes sah Strate verunsichert an.

»Ja, natürlich, ich wollte nur sichergehen«, sagte Strate und blickte sie ernst an.

»Außerdem wollte ich Ihnen sagen, dass Ihr Geselle den Auftrag Ihres Mannes bearbeiten kann. Dann haben Sie wenigstens für die nächste Zeit noch ein Einkommen«, fügte Strate aufmunternd hinzu.

»Dankschön, vielen, vielen Dank«, erwiderte Agnes mit feuchten Augen. »Sie werden es nicht bereuen.«

Agnes verbiss sich die Frage, die ihr auf der Zunge lag, nämlich, wann der Benno wieder freikommen würde. Der Anwalt tat bestimmt sein Möglichstes. Und jetzt hatte er ihr auch noch den Auftrag gelassen. Das war mehr, als sie hatte hoffen können. Trotzdem, wenn sie den Benno für etwas verurteilten, was er nicht getan hatte, dann war lebenslänglich sogar noch die mildere Strafe.

18

Strate ging durchs Westend in Richtung Trambahnhaltestelle. Erstaunlich, was sie hier seit der Jahrhundertwende aus dem Boden gestampft hatten. Die große Kirche am Kiliansplatz, die vierstöckigen Häuser, in denen vor allem Arbeiter wohnten, die vom Land gekommen waren. Arme Häusler, Tagelöhner, Menschen aus kinderreichen Bauernfamilien, die keine Aussicht hatten, einen Hof zu erben und sich nicht als Knecht oder Magd bei einem ihrer Geschwister zu Tode schuften wollten. Er kannte die Geschichten von einigen seiner Mandanten. Alle waren vom Land gekommen und hatten versucht, Arbeit zu finden oder sich etwas aufzubauen. Die Chance, beim Onkel in der Werkstatt zu arbeiten und diese sogar übernehmen zu können, die hatte nicht jeder. Wie bitter, dass der Schreiner jetzt unter Mordverdacht stand. Die arme Frau war offenkundig sehr allein mit ihren Sorgen, mit krankem Onkel und einem Gesellen, der sich von ihr vermutlich nicht viel sagen ließ. Die Einkünfte würden bald ausbleiben, der Geselle das Weite suchen und sie musste vielleicht sogar zurück zu ihren Eltern oder Schwiegereltern, wohin ihr das Gerücht über den angeblich kriminellen Ehemann wahrscheinlich schon vorausgeeilt war. Er hatte nur eine kleine Ahnung davon, was das für einen Menschen bedeutete, heimzukommen in sein Dorf und dort der Verachtung und Isolation preisgegeben zu sein. In der Stadt wusste wenigstens nicht gleich jeder, welches Schicksal man mit sich herumtrug.

Er hatte der Schreinersfrau vorgeschlagen, dass der Geselle die Arbeiten in ihrem Haus ausführen sollte. Damit war das Überleben für die nächsten paar Wochen gesichert. Seiner Frau würde gewiss noch einiges einfallen, was man im Haus verbessern oder verändern konnte. Geld spielte keine Rolle, dachte Strate bitter. Wenn er seiner Frau sagte, dass sie sich dies oder jenes nicht leisten konnten, so bat sie ihre Eltern um das nötige Geld – eine Demütigung für ihn, die sie ohne Weiteres in Kauf nahm. Bei all ihrer Traurigkeit hatte sie manchmal etwas Entschlossenes und fast Rücksichtsloses an sich. Gleich darauf verbot er sich solche Gedanken, schließlich wusste er, wie wenig Freude sie in ihrem Leben hatte.

Er stieg in die Tram und fuhr nach Pasing. Nachdenklich schaute er aus dem Fenster auf Wiesen und Felder, die die Hauptstadt von der kleinen Stadt am westlichen Rand trennten. Er war froh, nicht mitten in München zu wohnen. Es war doch schön draußen in Pasing, fast ländlich und ein bisschen gemütlicher. Er war beruflich oft genug in München. Und die Fahrt nach Hause bot Gelegenheit, die Hektik der Stadt und vor allem ihr Elend hinter sich zu lassen. Manchmal konnte er den Anblick der zerlumpten Gestalten, die auch vier Jahre nach Kriegsende noch durch die Stadt geisterten, nicht ertragen. Er wollte die verwirrten, verkrüppelten, bettelnden Männer, die sogenannten Kriegsbeschädigten, wie sie beschönigend genannt wurden, nicht sehen. Niemand wollte das. Sie erinnerten einen nur daran, dass der so begeistert begonnene Krieg so elendig geendet hatte. Freilich gab es das auch in Pasing, aber es kam sehr viel seltener vor, dass eine zerlumpte Gestalt einem nicht von der Seite weichen wollte. Und bei ihnen draußen in der Villenkolonie, da gab es ohnehin keine Bettler.

Der Besuch bei Frau Stöckl hatte keine neuen Erkenntnisse für seinen Fall gebracht, auch der Geselle und der Onkel konnten nichts Hilfreiches hinzufügen.

Natürlich hatte er das Bild der beiden Mädchen gesehen, das auf dem Tisch lag. Er hatte erfahren, dass die Kinder bei den Großeltern geblieben waren und sie die Mädchen so schnell wie möglich hatten nachholen wollen. Frau Stöckl hatte wieder geweint, als ihr klar wurde, dass dieser Wunsch in weite Ferne gerückt war. Für einen Moment hatte er ihren Schmerz gespürt, dann kam sein eigener dazu, keine Kinder zu haben. Der Schmerz, den Helene und er nicht teilten, sondern der sie trennte, weil sie nicht darüber reden konnten. Weil sie nicht darüber reden wollten. Als würde die Kinderlosigkeit erst zur Tatsache, wenn sie offen darüber sprachen. Bisher hatte er immer noch gehofft, dass seine Frau ihn eines Tages mit der Nachricht, sie sei guter Hoffnung, überraschen würde. Aber dieser Tag war nie gekommen. Strate seufzte. Die einen wollten Kinder und konnten ihnen ein sicheres Leben bieten, die anderen hatten Kinder, konnten sie aber nicht anständig versorgen.

Er hatte Pasing schon fast erreicht, als ihm plötzlich eine Idee durch den Kopf schoss. Er und Helene könnten den beiden Mädchen doch eine neue Heimat bieten. Sie wären sicher und geborgen und würden in Wohlstand aufwachsen. Vielleicht würde Helene aus ihrer Lethargie erwachen, denn es war doch die Kinderlosigkeit, die aus der temperamentvollen jungen Frau einen so traurigen Menschen gemacht hatte. Endlich käme Leben in das große Haus in der Apfelallee, er hörte schon Kinderlachen und trippelnde Schritte ...

Kinder fremder Leute aufnehmen – bisher hatte er sich so einen Gedanken verboten, sie wollten ja eigene. Aber warum eigentlich nicht?

Die Trambahn bimmelte und fuhr die letzte Kurve vor dem Pasinger Bahnhof. Wie sollte er es angehen? Erst mit Helene sprechen oder bei Agnes Stöckl vorfühlen? Er wollte seiner Frau keine falschen Hoffnungen machen, deshalb beschloss er, erst mit der Mutter der Mädchen zu sprechen. Er konnte sein Angebot schließlich mit guten Argumenten untermauern. Wie würde es den Kindern ergehen, wenn man im Dorf erfuhr, dass ihr Vater wegen Mordes einsaß? Er war sicher, dass Frau Stöckl solche Überlegungen schon angestellt hatte. Und bei der großen Sehnsucht nach ihren Kindern wäre es doch ein Vorteil für sie, dass Pasing bedeutend näher an München war als ihr Heimatort. Sie könnte sie öfter sehen. Man müsste nur eine entsprechende Regelung treffen, dass sie ihnen die Kinder nicht so ohne Weiteres wieder wegnehmen konnten, wenn ihr Mann wieder freikommen sollte. Solange er allerdings im Gefängnis blieb …

Strate stieg aus der Tram und blieb verdutzt stehen. Hatte er wirklich für einen Moment die Überlegung angestellt, den Stöckls ihre Kinder wegzunehmen und sich in dem Fall Benno Stöckl vielleicht nicht so anzustrengen, wie er es für andere Klienten tat? Wie konnte er solch schäbige Gedanken hegen?

Strate schüttelte sich, als würde er sich ekeln. Nein, es war nur ein kurzer Gedanke gewesen. So würde er sich nie verhalten. Die Kinder könnten bei ihnen bleiben, bis die Eltern sich wieder um sie kümmern konnten. Punkt. Und er als sein Anwalt würde alles tun, um Benno Stöckls Unschuld zu beweisen.

19

Minna Mayerhofer wirkte geschäftig, als Wurzer sie erneut um ein Gespräch bat.

»So viel ist zu erledigen«, klagte sie. »Ständig klingelt dieser neumodische Fernsprechapparat und ich kann doch überhaupts keine Auskunft geben, was jetzt passiert.«

Verzweifelt rang sie die Hände. »Dass der gnädige Herr tot ist, ich mag's immer noch nicht glauben. Und dann auch noch auf so eine Art und Weise. Wer tut denn einem Menschen so was an?«

Diese Frage hätte Wurzer beantworten können, hatte er es doch täglich sowohl mit Menschen zu tun, denen so was angetan wurde, als auch mit denen, die anderen so was angetan hatten.

»Wir wissen noch nicht, wer der Täter ist«, sagte er stattdessen und bemerkte den erstaunten Blick der Haushälterin.

»Aber die Polizei hat doch diesen Schreiner festgenommen!«, wunderte sie sich.

»Woher wissen Sie das denn schon?«, fragte Wurzer nach.

»Ich hab heut seine Frau gesehen, wie sie zum Anwalt gekommen ist. Ganz verzweifelt ist sie gewesen. Und wie ich nachher ganz zufällig das Hausmädchen vom Anwalt auf der Straße getroffen hab ...«

»... hat sie Ihnen das ganz zufällig erzählt«, grantelte Wurzer.

»Ganz so einfach war's nicht!«, empörte sich Frau Mayerhofer. »Nix wollt sie sagen. Jedes Wort hab ich ihr aus der Nase ziehen müssen.«

»Kann ich einen Moment reinkommen?«, fragte Wurzer, denn sie standen immer noch an der Tür.

»Ja, freilich«, antwortete die Haushälterin, trat zur Seite und ließ ihn vorbei. »Aber ich weiß nicht, ob ich Ihnen wirklich helfen kann.«

Wurzer stand in der Diele und wartete, wohin ihn die neue Herrin über das Anwesen – wenn auch nur für kurze Zeit – führen würde. Sie brachte ihn in das Arbeitszimmer des Verstorbenen. Wurzer lächelte. Genau das hatte er gehofft, dass er sich noch einmal in Ruhe würde umsehen können im Reich des Heimatdichters. Und er hatte sogar noch mehr Glück. Denn kaum saß er, klingelte das Telefon draußen in der Diele.

»Entschuldigen Sie mich«, sagte die Haushälterin. »Könnt sein, dass es was Wichtiges ist.«

Damit ging sie hinaus. Wurzer stand auf und sah sich den Schreibtisch genauer an. Wenn ihn sein Gedächtnis nicht täuschte, hatte Frau Mayerhofer hier nichts verändert. Ein bisschen unordentlich sah es aus, genau wie am Vortag. Während er die Stimme der Haushälterin hörte, die laut in den Fernsprecher redete, überflog er flüchtig noch einmal die Leserpost auf dem Schreibtisch und nahm sich dann einen Stapel vor, der daneben auf einem Beistelltisch lag. Er sah einen angefangenen Brief an den Vorsitzenden des Bayerischen Bauernbundes, in welchem von Waldfels seine Sympathie mit den Anliegen des einfachen Volkes und seinen Beitrag zu dessen Erbauung betonte. Wurzer las aber auch Sätze wie den, dass der Einfluss des Judentums auf den gesunden bayerischen Volkskörper eingedämmt werden sollte und dass dem Treiben der linken und radikalen Kräfte ein Ende bereitet werden müsste. Anscheinend war das Schreiben ein Entwurf, denn hier und da gab es noch Korrekturen und Anmerkungen, wurde eine Formulierung verschärft und noch ein wichtiger Name aus der rechtskonservativen Ecke genannt. Dazu war viel vom »heimischen Boden« und dem »reinen Blut« die Rede. Schade, dass der völkische Krampf jetzt offenbar auch die Bauern erreichte. Aber er wusste schon, dass selbst Politiker der BVP mit den ganz Rechten sympathisierten, vor allem wenn es ihnen Vorteile brachte. Er sah ja selber bei der Polizei, wie wachsam einige Leute die Entwicklung verfolgten, nur um im Zweifelsfall auch auf der richtigen Seite zu stehen, wenn es drauf ankam.

Wurzer hörte, dass Frau Mayerhofer sich zum dritten Mal von dem Anrufer verabschiedete. »Also dann, Wiederschaun, Frau Hörigl, Wiederschaun oder Wiederhören, gell.«

Wurzer blätterte noch weiter in den Unterlagen, bis er das Klacken des Hörers wahrnahm, der auf die Gabel gelegt wurde. Er wandte sich vom Schreibtisch ab und sah der Haushälterin freundlich lächelnd entgegen. Ein kurzer, misstrauischer Blick durchs Zimmer und auf den Schreibtisch, dann lächelte auch sie.

Schau, schau, dachte Wurzer, die passt schon auf.

»Das war die Cousine vom gnädigen Herrn«, sagte Frau Mayerhofer und in dem Moment bedauerte Wurzer, dass er dem Gespräch nicht mehr Aufmerksamkeit gewidmet hatte.

»Ist sie die Erbin?«, fragte er nach und die Haushälterin nickte.

»Schaut ganz so aus. Jedenfalls sind mir keine anderen Verwandten bekannt.«

»Und dass er das Haus und sein Vermögen jemand anderem vermacht haben könnte?«

Der verständnislose Blick der Haushälterin amüsierte ihn für einen Moment und er beschloss, noch etwas nachzulegen: »Herr von Waldfels war doch sicher nicht ganz und gar einsam auf der Welt.«

»Nur weil ihm viele Weiber nachgestiegen sind und gern da herin die Herrin gespielt hätten, heißt das noch gar nix«, antwortete die Haushälterin barsch.

Wurzer nickte scheinbar einsichtig. Jetzt bloß keinen Fehler machen. Er hatte Glück, denn noch einmal klingelte das Telefon. Als Wurzer wieder allein war, blätterte er schon etwas mutiger in den Papieren. Er stutzte. Der Entwurf des Briefes an den Vorsitzenden des Bauernbundes war nur einer von vielen gewesen. Es gab ähnlich lautende Schreiben auch an wichtige Leute aus anderen Parteien des rechten Spektrums sowie an rechtskonservative Persönlichkeiten mit Einfluss. Je härter die politische Haltung der jeweiligen Gruppierung, umso kaltblütiger auch die Formulierungen des Herrn von Waldfels, befand Wurzer. Es klang gut, was er da geschrieben hatte, aber kein Wunder, das war ja sein Beruf gewesen. Und Charakter brauchte man zum Schreiben anscheinend nicht.

Wurzer gab sich mehr Mühe als zuvor, die Unterlagen wieder richtig anzuordnen, dann setzte er sich, bevor der Waldfels'sche Hausdrachen mit dem prüfenden Blick zurückkam, und machte sich Notizen.

»Nein, ich weiß noch gar nix. Und das wird auch nicht besser, wenn Sie jeden Tag anrufen und nachfragen«, hörte Wurzer Frau Mayerhofer wütend in den Hörer sagen.

Oha, dachte Wurzer. Dieses Mal ist es aber ganz ohne Abschiedsfloskeln zugegangen, das hätte knapp werden können für mich.

Mit finsterem Gesichtsausdruck kam sie ins Zimmer zurück: »Der war von der Zeitung. Jeden Tag ruft einer an oder klingelt an der Tür, des Gschmeiß des. Keinen Anstand haben die, die elenden Schmierer.«

Der Kommissär nickte nur. Manchmal dachte er genauso, aber jetzt fühlte er mit dem Anrufer. Er war gerade auch einer von denen, die gerne mehr wissen wollten und nichts erfuhren.

»Die Cousine des Verstorbenen wird doch bestimmt bald anreisen«, sagte er dann.

Minna Mayerhofer nickte. »Morgen kommt sie aus Garmisch.«

»Hatten die beiden denn ein gutes Verhältnis?«

»Ich hab nie was über sie gehört, bis der gnädige Herr jetzt gestorben ist«, sagte die Haushälterin.

»Wenn die Cousine wirklich das ganze Anwesen erbt ... was wird dann aus Ihnen?«

Minna Mayerhofer zuckte die Schultern. »Wenn sie hier einziehen möcht, dann brauchts doch auch ein Personal, oder? Und wenn's nicht passt, such ich mir was anderes.«

Wurzer war beeindruckt von so viel Pragmatismus. Aber letztlich ging es für die Haushälterin auch ums Überleben und eine neue Herrschaft würde sie so und so bekommen.

Eigentlich hätte er gerne auch die anderen Räume gesehen, aber da er mehr oder minder auf eigene Faust handelte und niemand in der Ettstraße von seinem Ausflug hierher wusste, wollte er nun nicht die Pferde scheu machen. Aus Sicht der Vorgesetzten, der Zeitung und dieser einfachen Frau war der Fall geklärt und er konnte niemandem eine gute Begründung liefern, was er hier noch machte.

Natürlich bemerkte Wurzer den kühlen Blick des Anwalts.

»Was wollen Sie noch weiter ermitteln?«, fragte Strate und bat ihn nicht einmal in sein Arbeitszimmer, sondern ließ ihn im Eingangsbereich der Villa stehen.

»Ich bin nicht von der Schuld Stöckls überzeugt.«

Strate hob überrascht die Augenbrauen. »Warum haben Sie ihn dann verhaftet?«

Wurzer schwieg und sah an Strate vorbei auf ein Bild an der Wand, welches das Großstadtleben in grotesker Weise verfremdet zeigte. Nicht sein Geschmack, sehr modern. Selbst wenn er röhrende Hirsche in Öl oder lächelnde Maiden auf der Almwiese nicht schätzte, das Elend der Moderne würde er sich ebenso wenig an die Wand hängen.

»Warum haben Sie ihn verhaftet?«, setzte der Anwalt noch einmal nach.

»Das war nicht meine Idee«, antwortete Wurzer leise und spürte eine Wut auf den Anwalt, der ihn zu einer so peinlichen Antwort nötigte. »Sie wissen doch selber, wies manchmal hergeht«, brach es aus ihm heraus.

Strate nickte. »Die Justiz will einen schnellen Erfolg«, sagte er leise. »Und nach einem Schreiner vom Land kräht kein Hahn, den kann man zum Sündenbock machen.«

»Wenn ich Sie recht verstehe, werden Sie ihn verteidigen?«, fragte Wurzer.

Strate nickte: »Seine Frau hat mich darum gebeten. Und irgendeiner muss sich des armen Teufels ja annehmen.«

»Wenn Sie mir helfen, vielleicht finden wir dann ja noch den wahren Täter«, äußerte Wurzer hoffnungsvoll.

Strates Schweigen verunsicherte ihn. Hatte er sich zu weit vorgewagt? Der Anwalt konnte ihm schaden, wenn er wollte. So naiv sollte er mit seinen fast sechzig Jahren nicht sein, dass er sich mit einem Verteidiger verbündete. Aber er glaubte eben noch immer an das Gute im Menschen. Heute war wieder so ein Tag, da hoffte er nach wie vor, dass es auch anständige Leute gab.

»Kommen Sie bitte mit in mein Arbeitszimmer«, sagte Strate und wandte sich an das Dienstmädchen, das gerade vorbeiging.

»Martha, bringen Sie uns bitte eine Flasche Weißwein.« Wurzer wollte gerade etwas einwenden, da kam ihm Strate zuvor. »Lieber Bier?«

»Nein, aber Alkohol im Dienst …«

»Sie sind doch sozusagen in geheimer Mission unterwegs.«

»Als politisch engagiert habe ich den Waldfels nie gesehen«, sagte Strate, nachdem Wurzer weitere Bedenken über Bord geworfen und ihm von den Briefen des Schriftstellers erzählt hatte. »Vielleicht ein Mitläufer«, ergänzte der Anwalt.

»Aber das passt doch«, erwiderte Wurzer, schwenkte sein Weinglas und sog genussvoll das Aroma des Weines ein. »Während der Revolution den Kopf einziehen und nachher schaun, woher der

Wind weht. Da wird aus einem königlich-bayerischen Autor, der gern von der Heimat schreibt, auch schnell ein konservativ-demokratischer Heimatdichter, der immer weiter nach rechts rutscht, wenn es die politische Lage erfordert.« Wurzer wurde rot, als er Strates Blick auf sich ruhen fühlte.

»Herr Oberkommissär, Sie überraschen mich.«

»Verstehen Sie mich nicht falsch. Ich bin ein Konservativer durch und durch. Aber mehr wenn's Anstand, Glauben und Gerechtigkeit betrifft, und weniger wenn's gegen die einfachen Leut geht.«

»Was meinen Sie denn mit ›Glauben‹?«, fragte Strate nach und Wurzer hatte erneut den Eindruck, sich zu weit vorgewagt zu haben. War das ein heikles Thema?

Wurzer dachte eine Weile nach, dann gab er eine ehrliche Antwort. »Wissen Sie, als junger Bursch war mir die Kirche wurscht. Aber dann hat mich meine Frau, wie man in Bayern so sagt, katholisch gemacht. Und geschadet hat's mir nicht, dass sie mich jeden Sonntag in die Kirche mitgenommen hat, bis heut ist das so.«

»Also haben Sie etwas gegen die Menschen, die angeblich Ihren Herrn Heiland hingerichtet haben?«

Wurzer biss sich auf die Lippen. Strates Spott tat ihm weh, auch wenn ihm diese Begründung für Antisemitismus aus seiner Kindheit vertraut war.

»Ich hab was gegen Leut, die unter dem Vorwand vom Glauben anderen was antun«, antwortete Wurzer aufrichtig. »Und die zehn Gebote, die haben die Juden, die Protestanten und wir ja gleich, oder? Auf jeden Fall hab ich das mal so gelernt.«

Wurzer atmete auf, denn Strate schien sich zu entspannen. »Wir sind Mitglieder der protestantischen Gemeinde hier in Neu-Pasing«, sagte er. »In Ihren Augen also Ketzer.«

Wurzer wusste nicht recht, was er darauf erwidern sollte.

Strate schenkte nach und räusperte sich: »Kehren wir zum Thema zurück, dem Mord an von Waldfels.«

»Sie können sich also keine politischen Verwicklungen vorstellen?«, fragte Wurzer.

Strate zuckte die Schultern. »Die Rechten waren es wohl nicht, wenn er einer der ihren war, und die Linken …« Er schüttelte den Kopf. »Warum sollten sie einen Heimatdichter töten?«

Wurzer dachte für einen Moment, dass seinem Vorgesetzten wahrscheinlich ein linker Mörder noch lieber wäre als ein zorniger Mörder, aber es half nichts: Er konnte nicht einen anderen falschen Täter präsentieren, nur um den Schreiner freizukriegen.

»Vielleicht war es einfach ein armer Tunichtgut, der sich an einem wohlhabenden Herrn im Schutz der Dunkelheit bereichern wollte«, überlegte Strate.

Wurzer nickte. »Das war auch unser erster Gedanke. In der Nähe vom Bahnhof treiben sich schon mal finstere Gestalten herum. Solche, die grad angekommen sind und nicht wissen wohin, fahrende Händler, die morgen wieder anderswo sind … Aber die Geldbörse war ja noch da – und die war voll.«

»Vielleicht ist der Täter gestört worden und ohne Geld geflüchtet.«

»Zu der Zeit ist's am Bahnhof aber meist recht ruhig, sonst hätte doch schon jemand die Tat beobachtet.«

Beide schwiegen und tranken.

»Was hat eigentlich die gerichtsmedizinische Untersuchung ergeben?«, fragte Strate.

Wurzer zögerte. Strate winkte ab. »Wenn Sie es mir nicht sagen wollen …«

»Es ist recht wenig Neues rausgekommen«, gab Wurzer zu. »Das Opfer ist erstochen worden.«

»Es ist einfach jemand auf ihn zugegangen und hat ihn mit einem Messer attackiert? Oder wurde der Stich von hinten geführt?«

»Es war wohl so, dass ihm erst eine Wunde am Kopf zugefügt wurde. Er hatte eine Verletzung an der Schläfe.«

Strate sah ihn verständnislos an.

»›Wahrscheinlich war's ein Stein‹, sagte der Herr Medizinalrat.«

Strate schien nicht zu begreifen. Wurzer lächelte ihn verlegen an.

»So hab ich am Anfang auch geschaut. Aber ich denk ja schon länger drüber nach, wie das sein kann. Also entweder hat jemand einen Stein geworfen ...«

»Kann man denn so exakt zielen?«

»... oder jemand hat eine Zwistel benutzt«, ergänzte Wurzer.

Und als er den noch ratloseren Blick des Anwalts bemerkte, schob er nach: »Eine Steinschleuder mein ich. Die kann man sich aus einer Astgabel und einem Gummi ganz leicht selber basteln.«

Strate war überrascht: »Sie denken, jemand hat ihn gezielt mit einem Stein niedergestreckt, er ist bewusstlos geworden, und dann wurde er erstochen?«

»Möglich wär's, anders kann ich mir die Verletzung an der Schläfe nicht erklären.«

Strate war für einige Zeit sprachlos, dann räusperte er sich. »Man muss sehr gut zielen können, um einen Menschen genau an der Schläfe zu treffen, oder?«

»Kommt auf den Abstand an«, antwortete Wurzer. »Aber ja, da gehört schon einige Übung dazu.«

»Das ist ja wie bei David gegen Goliath«, murmelte der Anwalt.

Womit wir wieder bei der Religion wären, dachte Wurzer, aber das sagte er lieber nicht.

20

Als Martha morgens die Tür öffnete, staunte sie nicht schlecht. Draußen stand die Frau des verhafteten Schreiners mit einem jungen Burschen, der Arbeitskleidung trug.

»Grüß Gott, wir kommen zum Arbeiten«, sagte Agnes nur, und Martha nickte, mehr verblüfft als überzeugt. Der junge Mann, der hinter der Schreinersfrau stand und den Werkzeugkasten trug, schaute verlegen zu Boden. Wahrscheinlich war es ihm unangenehm, mit einer Frau zur Arbeit zu erscheinen.

»Kommen Sie herein«, sagte Martha freundlich und trat zur Seite. »Erwarten die gnädigen Herrschaften Sie?«

»Wir wollten mit dem Auftrag anfangen – die Kassettendecke im Kaminzimmer«, antwortete Agnes und ergänzte dann etwas leiser: »Mein Mann kann ja nicht kommen.«

Ein Blick in die Augen von Agnes verriet Martha, dass sie sich um Haltung bemühte. Sie wischte sich schnell die feuchten Augen und wandte sich an ihren Begleiter: »Wir kriegen das auch hin, gell, Korbinian?«

Der Angesprochene brummte nur und stellte missmutig seinen Werkzeugkasten ab.

»Ich ruf den gnädigen Herrn«, sagte Martha. »Warten Sie bittschön hier.«

Martha wusste, dass die gnädige Frau noch nicht aufgestanden war. Wie würde sie wohl reagieren, wenn sie eine Frau mit Werkzeug in der Hand sah? Martha kannte aus ihrer Kindheit genug Frauen, die Männerarbeit verrichteten, oft sogar mehr als die Männer selbst. Weil's eben nicht anders ging, weil die Burschen im Wirtshaus saßen, weil sie sich nicht um das Sach kümmerten. So taten die Frauen eben nicht nur ihre Arbeit, sondern auch noch die der Mannsbilder, wenn diese es nicht fertigbrachten, und zwar heimlich, still und leise, ohne sich zu beschweren oder gar Dank zu erwarten. Vielleicht war es das, was sie erst einmal so hatte stutzen lassen. Dass die junge Frau so selbstverständlich daherkam mit dem Burschen, der offenbar der Geselle war.

Strate nickte, stand auf und folgte ihr, um die Ankömmlinge zu empfangen. Martha beobachtete ihn, wie er seine Verwunderung verbarg und Agnes höflich begrüßte. Sie selbst war am Anfang sehr argwöhnisch gewesen, weil ihr der gnädige Herr so freundlich begegnet war. Sie wollte ihm keinerlei Gelegenheit bieten, ein Lächeln oder zu viel Freundlichkeit ihrerseits falsch zu deuten. Sie wusste selbst, dass manche Hausherren sich Freiheiten herausnahmen, die Warnungen wohlmeinender Leute hätte es gar nicht gebraucht. Aber anscheinend gehörte es dazu, die jungen Mädl an den Pfad der Tugend zu erinnern. Martha hatte von einer Bekannten gehört, wie viele Dienstmädchen sich ihrer Haut erwehren mussten, weil die Ehemänner und Söhne im Haus meinten, der Dienst ende nicht mit dem Feierabend und schon gar nicht an der Kammertür. Als wenn man sich als Hausmädchen mit Leib und Seele verkauft hätte. Martha hatte sich felsenfest geschworen, dass ihr das nicht passieren würde. Zum Glück hatte Strate immer einen distanzierten und respektvollen Umgang mit ihr gehegt.

»Trauen Sie sich das auch wirklich zu?«, hörte sie ihn fragen und merkte, dass sie mit ihren Gedanken weit in die Vergangenheit abgeschweift war.

»Freilich, der Korbinian ist ein sehr guter Schreiner und ich helf meinem Mann öfter in der Werkstatt«, antwortete Agnes selbstsicher.

»Wissen Sie auch, was genau zu tun ist?«, fragte Strate nach und wieder nickte die Schreinersfrau. »Heut vermessen wir bloß. Und nächste Woche machen wir dann in der Werkstatt die Latten fertig und die Kassetten, nach den Skizzen vom Benno. Und bis dahin ist er ja vielleicht schon wieder daheim.«

Strate zögerte kurz. Martha sah ihm an, dass auch er beeindruckt war von der Tatkraft dieser jungen Frau. Ob ihm so klar war wie ihr, dass sie ums Überleben kämpfte? Wenn die Schreinersfrau einfach abwartete, konnte sie wahrscheinlich in ein oder zwei Wochen die Werkstatt zumachen und musste zurück in ihr Dorf, wo sie als Frau eines Mörders nur Schimpf und Schande erwarteten. Vielleicht wollten ihre Eltern sie auch gar nicht mehr daheim haben, weil sie die Familie in Verruf gebracht hatte.

»Hat Ihr Mann nicht schon vermessen?«, fragte Strate. »Ich dachte, meine Frau hätte es erwähnt.«

Martha sah, dass Agnes erneut um Fassung kämpfte. »Der Benno hat bei der Verhaftung sein Notizbuch einstecken gehabt.«

Der Anwalt nickte nur. »Gut, ich gebe meiner Frau Bescheid. Sie wird sicher später selbst noch mit Ihnen sprechen wollen.« Dann wandte er sich an Martha. »Führen Sie Frau Stöckl und den Gesellen bitte hinauf und bringen Sie ihnen etwas zu trinken.«

»Wissen Sie was Neues von meinem Benno?«, brach es aus Agnes heraus und Martha hatte Mitgefühl mit der jungen Frau.

»Vielleicht später«, antwortete der Anwalt und nickte knapp. »Sie entschuldigen mich.«

Damit ging er, gefolgt von Agnes' Blicken.

Martha kannte Strate inzwischen gut genug, um zu wissen, dass er diese plötzliche Zurückhaltung, die fast wie Kälte wirkte, nur vorgab, wenn er selbst mit einer Situation nicht zurechtkam. Er tat dann so, als müsste er dringend arbeiten. In Wirklichkeit aber ging ihm die Sache mit dem Schreiner offenbar recht nah. Martha kannte es, dass einer freundlich tat und in Wirklichkeit ein hinterfotziger, scheinheiliger Patron war. Dass jemand aber zurückweisend war, um seine Menschenfreundlichkeit zu verstecken, das hatte sie noch nicht erlebt. Deshalb hatte es gedauert, bis sie sich an Strates wechselnde Launen gewöhnt hatte. Aber jetzt war er ihr eigentlich lieber als die gnädige Frau, die so in ihrer Traurigkeit gefangen war, dass sie nicht die Not und Sorgen anderer Menschen erkennen konnte.

»Kommts mit«, sagte Martha zu Agnes und dem Gesellen und verfiel sofort ins ländliche Du. »Ich zeig euch, wo's hingeht.«

Sie brachte die beiden in das Kaminzimmer. Dann ging sie in die Küche und holte Wasser und Limonade. Gut möglich, dass der Geselle gerne ein Bier gehabt hätte, aber im Hause Strate gab es das nicht am Vormittag. Vielleicht, wenn der Feierabend in Sichtweite war. Benno Stöckl aber hatte selbst dann ein Bier abgelehnt. Er trank nur Wasser. Martha hatte das gewundert. Sie kannte kaum Männer, die ein Bier ablehnten. Sogar der Herr Lehrer und der Herr Pfarrer im Dorf waren da keine Ausnahme gewesen.

Als sie die Getränke und Gläser im Kaminzimmer abgestellt hatte, blieb sie noch in der Tür stehen und beobachtete Agnes eine Weile, wie sie die Maße notierte, die der Geselle ihr nannte. Die Schreinersfrau, die war schon eine Besondere, dachte Martha, bevor sie sich wieder an ihre eigene Arbeit machte.

21

Natürlich hatte Agnes gemerkt, dass es dem Korbinian nicht recht gewesen war, als sie mitkommen wollte. Aber was blieb ihm anderes übrig? Sie brauchten den Auftrag, wenn sie überleben wollten. Und deshalb musste sie so tun, als ginge alles seinen Gang. Freilich war ihr aufgefallen, wie überrascht er geschaut hatte, weil sie gar so gut informiert war, jede Kleinigkeit wusste und die Pläne mühelos lesen konnte. Sie hatte ihrem Benno immer gern in der Werkstatt geholfen, wenn es eine Gelegenheit dazu gab.

Viele Gründe hatte der Korbinian genannt, warum sie nicht mitkommen konnte. Der Meister war doch immer mit dem Radl gefahren! Radlfahren konnte sie auch. Das gehöre sich nicht, hatte der Geselle da verlauten lassen, aber die Agnes hatte trotzig erwidert, dass sie so eine Antwort von einem fortschrittlichen Sozi nicht erwartet hätte. Da war der Korbinian still gewesen und hatte sich in sein Schicksal gefügt. Gemeinsam fuhren sie stadtauswärts, an der Nymphenburger Schlossmauer entlang, am Nymphenbad vorbei, das für Agnes so sehr nach Freizeit und Erholung aussah, dass sie gleich ganz wehmütig wurde. Denn der Benno hatte ihr im Winter versprochen, dass sie hier einmal reingehen würden, aber dazu war es bislang nicht gekommen, es war auch noch viel zu kühl im Jahr. Und außerdem ... der Gedanke an Bennos Verhaftung, an den Verdacht, an die Gefahr, die ihm drohte, die Angst, ihn nie mehr in Freiheit wiederzusehen, das alles bedrückte sie, auch wenn sie sich noch so sehr bemühte, nicht jede Minute daran zu denken.

Jetzt stand sie hier und machte seine Arbeit. Erst war er noch recht grantig gewesen, der Korbinian, aber inzwischen schien er es zu mögen, dass er jemanden zum Helfen hatte und dabei den Meister spielen konnte.

Während sie arbeiteten, betrachtete Agnes den Gesellen genauer. Dass er ein Sozi war, hatte Benno ihr gesagt, bevor er ihn eingestellt hatte. Aber Benno, der sich selbst aus allem Politischen heraushalten wollte, war es egal gewesen. Hauptsach, er packt an und ist sich für nichts zu schad, hatte er gesagt. Der Geselle war etwas jünger als sie, schätzte Agnes. Er kam aus einer Familie mit acht Kindern, die in Haidhausen wohnte und hatte dort in einer Schreinerei die Lehre gemacht. Als er erfahren hatte, dass er bei seinem Meister im Westend ein eigenes Zimmer haben würde, hatte er gleich zugesagt. Er war ein verschlossener Bursche, aber fleißig, und er trug immer noch einen Teil seines Lohns nach Haidhausen zu seiner Mutter, damit die kleineren Geschwister auch was davon hatten.

Abends war er oft bei seinen politischen Versammlungen und plante mit für die Veranstaltungen zum 1. Mai, wenn sie demonstrieren gehen wollten, gegen die Rechten, gegen die Ausbeutung der Arbeiter. Sie hatte diese Abende genossen, allein mit ihrem Benno zu sein. Wenn der Korbinian allerdings heimkam und einen über den Durst getrunken hatte, war er laut und ungehobelt und Agnes hatte sich angewöhnt, dann schon in ihrer Kammer zu sein, damit sie ihn nicht mehr antraf.

Agnes zuckte zusammen, als sie eine Frau in der Tür stehen sah, die sie beide beobachtete. Wie lange stand sie schon da? War es ihr eigentlich recht, den Gesellen und die Frau eines vermeintlichen Mörders im Haus zu haben? Die gnädige Frau war vornehm gekleidet, sehr schlank und ihr Gesicht wirkte eigenartig grau. Der Blick, mit dem sie das Geschehen in Augenschein nahm, war aufmerksam, aber trüb.

»Grüß Gott«, sagte Agnes, weil sie nicht recht wusste, was sie sonst sagen sollte. Oder hätte sie warten müssen, bis sie angesprochen wurde? Da die Frau weder antwortete noch das Zimmer betrat, ging Agnes auf sie zu und streckte die Hand aus. Korbinian stand auf seiner Leiter, hatte die Arbeit eingestellt und beobachtete sie.

Frau Strate lächelte sanft und gab Agnes kraftlos die Hand. »Guten Tag, mein Mann hat mir schon gesagt, dass Sie dem Gesellen zur Hand gehen.«

»Ja, damit was vorwärts geht, gell?«, sagte Agnes, die sich freute, dass die gnädige Frau nun doch auf ihren Gruß reagierte.

Korbinian kam von der Leiter herunter und machte eine etwas unbeholfene Verbeugung.

Frau Strate sah sich noch eine Weile schweigend um, aber Agnes hatte das Gefühl, dass sie sich nicht wirklich wohlfühlte. In ihren Augen lag fast so etwas wie Erleichterung, als Martha auftauchte und einen Knicks machte. »Der Arzt ist da, gnädige Frau.«

»Dann wollen wir ihn nicht warten lassen.«

Agnes sah ihr verwundert nach. War die Frau vom Anwalt so krank, dass der Doktor ins Haus kam? Auf jeden Fall sah sie nicht sehr glücklich aus, dachte Agnes.

Sie bemerkte, dass Martha immer noch dastand. »Der Herr Anwalt will mit dir reden«, sagte sie. »Ich bring dich hin.«

22

Strate sah mit Unbehagen auf die junge Schreinersfrau, die bei ihm im Arbeitszimmer saß und ihn erwartungsvoll mit großen Augen ansah.

»Was Ihren Mann angeht ... habe ich leider noch nicht viel erreicht«, sagte er leise und wich dabei ihrem Blick aus, weil er ihn kaum ertragen konnte. »Ich wollte ihn eigentlich heute in Stadelheim aufsuchen, aber ... ich habe leider keinen Termin bekommen.«

Strate verschwieg ihr, dass ihr Mann am Vortag bei seiner Verhaftung offenbar so verzweifelt gewesen war, dass er einen Zusammenbruch erlitten hatte, auf der Krankenstation lag und gar nicht besucht werden konnte.

»Aber die können doch nicht wirklich glauben, dass der Benno den Dichter umbracht hat!«, rief sie aufgeregt.

»Er hatte ein Motiv und die Gelegenheit, das reicht leider manchmal, auch ohne hieb- und stichfeste Beweise.«

Agnes schwieg eine Weile, sah an Strate vorbei aus dem Fenster hinüber auf die Villa des getöteten Schriftstellers.

»Sucht die Polizei überhaupts noch einen andern?«, fragte sie dann, und Strate war beeindruckt, mit welchem Scharfsinn sie das Problem an der Sache erkannt hatte. Er wollte ihr nicht den ganzen Mut nehmen.

»Sagen wir so: Die Polizei ist unter Druck. Es gibt zu viele unaufgeklärte Fälle im Moment, zum Beispiel den Sechsfachmord in der Nähe von Schrobenhausen.«

Agnes nickte. »Dabei zwei kleine Kinder, einfach so zu erschlagen ...«

Strate seufzte. Er hatte zwar das Thema Kinder ansprechen wollen, aber nicht auf diese Weise. Deshalb blieb er zunächst bei Benno Stöckl.

»Ich glaube, der Oberkommissär hat Zweifel an der Schuld Ihres Mannes«, fuhr er in Agnes' bedrückende Gedanken über den Mord in Hinterkaifeck, der die Menschen aufgeschreckt hatte.

»Wirklich?« In Agnes Stöckls Augen glomm Hoffnung. »Dann ermittelt er weiter?«

Strate hätte sich auf die Zunge beißen mögen. Er wollte der jungen Frau zwar Hoffnung machen, aber auch nicht zu viel. Wie sollte er ihr erklären, dass ein einzelner Kommissär mit seinen Bedenken wenig ausrichten konnte gegen seine Vorgesetzten, die lieber einen Schreiner in Haft sahen, als einzugestehen, dass auch dieser Mord noch nicht geklärt war?

»Zumindest ist er ein verständiger Ansprechpartner für alles, was ich zu unternehmen gedenke, um Ihren Mann möglichst bald aus der Haft zu holen.«

»Wie lang kann das denn noch dauern? Ein paar Tage?«

Strate zuckte die Schultern. »Vielleicht auch ein bisschen länger«, sagte er. Agnes Stöckl sah ihn entsetzt an. »Dann ist alles aus.«

Strate sah, dass alle Farbe aus ihrem Gesicht gewichen war. Er schenkte ein Glas Wasser ein und reichte es ihr. Sie trank es in einem Zug leer.

»Die Schreinerei wird nicht lang überleben ohne den Benno. Und heim kann ich nicht mit der Schand. Im Dorf ... da ist kein Bleiben für die Frau von einem Zuchthäusler. Auch wenn der unschuldig ist.«

Strate nahm einen Stuhl, rückte ihn etwas näher an Agnes Stöckl heran und setzte sich. »Deshalb möchte ich Ihnen einen Vorschlag machen.«

Er wartete einen Moment, bis die Schreinersfrau den ersten Schock überwunden hatte und ihn fragend ansah.

»Ihre Kinder leben derzeit bei Ihren Eltern …?«, fragte er, aber sie schüttelte gleich den Kopf.

»Bei die Schwiegerleut.«

»Und dort sind sie gewiss gut aufgehoben.«

»Mei, meine Leut haben einen schönen Bauernhof und sind deswegen bessergestellt als die vom Benno, wo der Vater sich als Tagelöhner verdingt. Aber die Stöckls haben halt mehr Herz«, gab sie vertrauensvoll Auskunft.

Strate nickte verständnisvoll. »Und darauf kommt es an. Dass die Kinder Liebe erfahren, oder?«

Die junge Frau nickte entschieden. »Das ist wichtiger als das ganze Geld. So denk ich, und der Benno denkt genauso.«

»Aber Sie haben selbst gesagt, dass Sie nicht mehr ins Dorf zurückkönnen, wenn sich die Verhaftung Ihres Mannes erst einmal herumgesprochen hat.«

»Der Schwiegermutter wird's das Herz brechen. Und die Mäderl … Alle werden mit dem Finger auf sie zeigen.«

»Es ist wahrscheinlich nur eine Frage der Zeit, bis jemand die Nachricht ins Dorf trägt, oder?«

Agnes Stöckl nickte. »Es gibt genug Bauern in der Umgebung, die Milch, Eier und Kartoffeln an die Stadterer verkaufen. Oder Leut aus München, die nausfahren und was holen. Grad jetzt, wo das Geld immer weniger wert wird und keiner in der Stadt was zu essen hat.«

»Ich mache Ihnen einen Vorschlag«, sagte Strate, der nun nicht länger um den heißen Brei herumreden wollte. »Sie holen die Mädchen in die Stadt.«

Agnes Stöckl sah ihn erschrocken an. »Freilich wollten wir sie holen. So bald wie möglich. Aber grad jetzt hab ich doch überhaupts keine Zeit, dass ich mich um sie kümmer.«

»Sie könnten bei uns wohnen«, schlug Strate vor und bevor Agnes diese Aussage überhaupt richtig zur Kenntnis nehmen konnte, schob er gleich nach: »Dann würden Sie die beiden Mädchen auch viel öfter sehen.«

Strate hatte das Gefühl, dass das Schweigen ewig dauerte. Er konnte nur ahnen, was in der jungen Mutter vor sich ging, wie weh ihr sein Vorschlag tat, dass er und seine Frau sich ihrer Kinder annehmen wollten. Er ertrug die Stille nicht und redete deshalb weiter.

»Wir wollten immer Kinder, aber leider … Der liebe Gott hat uns keine geschenkt.«

Agnes Stöckl sah zu ihm hoch. Offenbar hatte die Erwähnung einer höheren Instanz ihr Vertrauen in den Anwalt bestärkt.

»Meine Frau bedrückt das sehr. Vielleicht ist Ihnen aufgefallen, dass sie unglücklich ist«, ergänzte er. »Ich habe auch noch nicht mit ihr über meinen Vorschlag gesprochen, denn ich wollte ihr keine Hoffnungen machen, die sich dann nicht erfüllen.«

Agnes Stöckl schwieg noch immer.

»Die Mädchen … wie heißen sie eigentlich?«

»Frieda und Ilse«, antwortete sie, und Strate war froh, dass sie ihre Sprache wiedergefunden hatte, wenn auch nur für diese kurze Information.

»Und wie alt sind sie?«

»Vier und zwei.«

»Die Mädchen bekämen ein schönes Zimmer. Und sie würden es sehr gut bei uns haben.«

Agnes sagte nichts.

»Wie gesagt: Sie könnten die beiden jederzeit besuchen oder auch am Wochenende zu sich ins Westend holen …«

Letzteres fügte er an, weil er zunehmend Angst bekam, sie würde Nein sagen.

»Und Ihre Frau …?«

»Sie wäre …« Strate überlegte kurz. Er war sich absolut sicher, dass seine Frau überglücklich wäre, wenn Kinder im Haus lebten, selbst wenn es nicht ihre eigenen waren. Und dass es ihr guttun würde, sie aus ihrer Lethargie reißen könnte. Aber er wollte Agnes Stöckl nicht den Eindruck vermitteln, dass er und seine Frau die Kinder ganz und gar für sich haben wollten, auch wenn er das insgeheim nicht ausschloss.

»Sie wäre sicherlich einverstanden und würde sich sehr liebevoll Ihrer beiden Mädchen annehmen«, sagte er.

Agnes Stöckl sah ihn direkt an, schwieg und stand schließlich auf.

»Ich muss erst nachdenken«, sagte sie und verließ den Raum. Wolf Strate blieb unzufrieden zurück. Er war sich nicht sicher, wie das Ergebnis ihrer Überlegungen aussehen würde.

Bereits eine Stunde später teilte sie ihm ihren Entschluss mit.

»Wir machen es so, wie Sie gesagt haben. Wenn Sie wollen, hol ich die Mäderl jetzt an Ostern aus Gitting und bring sie bei Ihnen vorbei.«

23

Oberkommissär Wurzer war unzufrieden. Im Moment gab es in der Ettstraße so viel zu tun, dass er gar keine Zeit fand, sich mit dem Fall Stöckl zu befassen. Es war geradezu lächerlich, dass er seine Ermittlungen heimlich führen musste, dass er nicht offen sagen konnte, wie dürftig die Verdachtsmomente gegen den jungen Schreiner waren – von Beweisen konnte man ohnehin nicht sprechen. Aber der schnelle Erfolg der Kriminalpolizei war durch alle Zeitungen gegeistert und hatte abgelenkt von der grausamen Tat in Hinterkaifeck, wo man im Dunklen tappte. Die Leute hatten noch gut im Gedächtnis, dass auch der Fememord an dem armen Dienstmädchen Maria Sandmayer von vor zwei Jahren noch nicht aufgeklärt war. Und jede weitere Bluttat warf die Frage auf, warum damals die Ermittlungen scheinbar ergebnislos geblieben waren. Es hatte genug Spuren und Verdachtsmomente gegeben, aber gewissen Persönlichkeiten mit Macht und Einfluss kam die Aufklärung nicht gelegen. Ein Fememord, bei dem die Ehre über das Leben einer jungen Frau gestellt worden war. Eine Ehre, die Wurzer nicht so recht erkennen konnte. Sie hatte doch nur getan, wozu die Bevölkerung aufgerufen worden war: Ein heimliches Waffenlager ihres ehemaligen Dienstherren wollte sie melden und war als angebliche Verräterin am Vaterland von der »Schwarzen Hand«, wohl Mitgliedern einer Einwohnerwehr, ermordet worden. Er dachte an seine beiden Buben, die auch für das Vaterland ihr Leben im Schützengraben gelassen hatten. Jedes Mal, wenn er einen Burschen in ihrem Alter sah, dachte er an sie. Wie sie jetzt wohl aussähen? Was sie aus ihrem Leben gemacht hätten? Ob sie als Krüppel heimgekehrt wären? Alles wäre besser gewesen als die

Mitteilung, dass sie auf dem Feld der Ehre gefallen waren. Wurzer war immer ein gemütlicher Patriot gewesen, aber da hatte er zum ersten Mal etwas verstanden. Es gab kein Feld der Ehre und es war auch nicht schöner, fürs Vaterland zu sterben als daheim.

Noch einmal nahm er die Fotografien vom Pasinger Tatort in die Hand. Der elegant gekleidete Tote lag halb verborgen im Gebüsch. Er hatte eine Verletzung an der Schläfe, die vermutlich von einem Stein herrührte, und einen Messerstich in der Brust, der von vorne mit großer Heftigkeit geführt worden war. Wurzer erinnerte sich daran, wie er als kleiner Bub mit der Steinschleuder geübt hatte, um jedes gewünschte Ziel zu treffen. Man musste nicht unbedingt immer Steine nehmen. Manchmal tat es auch ein Papierkügelchen, zum Beispiel wenn man auf den Nachbarn sauer war, weil er das Spielen im Hof verboten hatte. So ein Kügelchen mit einem gezielten Zug in den Nacken geschossen, das konnte schon ganz schön wehtun. Und wenn es einer härteren Strafe bedurfte, fand man auf der Straße gewiss auch ein kleines Stück Draht, das passend zurechtgebogen mithilfe der Schleuder zu einer Waffe wurde. Er hatte es selbst mit seinem Schulfreund Kilian ausprobiert. Papierkügelchen fühlten sich ungefähr an wie der Stich einer Wespe. Das Kügelchen fiel auf den Boden, und wer nicht genau nachschaute, der kam nie drauf, dass ihm da ein Lausbub eins hatte auswischen wollen. Ein gebogener Draht, der konnte schon mehr anstellen. Das tat höllisch weh und im einen oder anderen Fall hatten er und sein Freund auch leicht geblutet. Aber was der Waldfels da abbekommen hatte, das war ein ganz anderes Kaliber gewesen. Der Täter wollte ihn zu Boden bringen, bevor er ihn mit dem Messer attackierte. Warum? Die Bemerkung des Anwalts über David und Goliath kam ihm wieder in den Sinn. David hatte den Riesen ebenfalls mit einer Steinschleuder niedergestreckt, bevor er ihm das Haupt abgeschlagen hatte. War der Täter hier etwa auch kleiner und schmächtiger gewesen als das Opfer? Kaum zu glauben, der Dichter war weder ein Hüne noch besonders kräftig gewesen. Wollte er nicht von ihm gesehen werden, weil es sonst vielleicht eine lautstarke Auseinandersetzung gegeben hätte, die von anderen nicht unbemerkt geblieben wäre? Dann hätte das Opfer den Täter gekannt.

Und wenn das Motiv doch irgendwo im Politischen lag? Die Briefe in seinem Arbeitszimmer hatten verraten, dass er bereit war, sich mit den nationalen Kräften einzulassen, wenn es seiner Schriftstellerkarriere nützte. Aus dem Kalender wusste Wurzer, dass das Atelierfest bei Oskar Maria Graf stattgefunden hatte. Und der war alles andere als national gesinnt. Graf war seines Wissens vor vier Jahren mit den Revolutionären gewesen und galt als links. Wie brachte der Waldfels das unter einen Hut?

Wurzer seufzte. Manchmal kenn ich mich nicht mehr aus, dachte er. Ist einer ein Rechter oder ein Linker? Ist er noch ein Linker, wenn er es vor zwei Jahren war, oder hat er das Lager gewechselt? Ist einer ein Monarchist, wenn er der guten alten Zeit nachtrauert? Ist einer gegen Berlin, wenn er für Bayern ist? Kann man, wie dieser Graf, ein urbayerisches Mannsbild vom Starnberger See sein und gleichzeitig für die Sozis mit ihren internationalen Träumen stehen?

Er lenkte seine Gedanken zurück zum Schicksal von Benno Stöckl. Wenn er keinen anderen Täter präsentierte, würde es für den Schreiner eng werden. Auch wenn es keine Beweise gab, so konnte er doch das Pech haben, als Bauernopfer zu enden. Ein vermeintlicher Erfolg für die entscheidenden Stellen, der andere Misserfolge verdecken musste.

Wurzer sah aus dem Fenster seines Büros in der Ettstraße.

Er hatte heute keine Freude an der Arbeit. Er würde noch Papierkram erledigen, Geschäftigkeit vortäuschen. Die Feiertage würden ihm sicher guttun. Er wollte über Ostern mit seiner Frau nach

Regensburg fahren und ihre Tochter besuchen. Er hatte ein bisschen Abstand zu all den entsetzlichen Dingen, die er in der Arbeit mitbekam, dringend nötig. Er wollte an den Feiertagen versuchen, nicht an den Fall und die Arbeit zu denken. So gut es eben ging.

24

Wolf Strate war gleich nach der Zusage von Agnes Stöckl ins Zimmer seiner Frau gegangen und hatte sie um ein Gespräch gebeten.

»Es ist doch hoffentlich nichts passiert«, sagte sie, aber es klang nicht aufgeregt, sondern schicksalsergeben.

»Ich glaube, es wird dich freuen«, sagte er strahlend.

Ihr Blick verriet ihm, dass sie daran zweifelte.

Strate wusste, dass sie ihn mit ihrer Traurigkeit nicht niederdrücken wollte, aber er hatte oft Mühe, den grauen Schleier, der in manchen Zimmern dieses Hauses hing, zu ignorieren, die Zeichen von Tristesse zu übersehen, sich an der Sonne, den Blüten, dem Kaffee, dem Glas Wein zu erfreuen.

»Typisch jüdische Melancholie«, hatte der Doktor behauptet, nachdem er das Zimmer seiner Frau verlassen hatte, und noch bevor Strate etwas dazu sagen konnte, verwies der Arzt auf ein Dutzend Literaten mit jüdischen Vorfahren, die seines Erachtens diese Melancholie in ihren Werken zum Ausdruck brachten. »Heine zum Beispiel«, sagte er. »Wer ein Gedicht mit den Worten beginnt ›Ich weiß nicht, was soll es bedeuten, dass ich so traurig bin‹, der hat doch die hehre Aufgabe des Menschen im Leben nicht erfasst.«

»Und die wäre?«, fragte Strate, völlig überrumpelt von diesen Ausführungen, denn er hatte seinen Arzt bislang als einen verständigen Menschen eingeschätzt.

»Seinem Volk zu dienen«, antwortete er ohne Zögern. »Aber das ist den Juden ja nicht vergönnt, die haben keinen Volkskörper wie wir, die sind über die ganze Erde verstreut. Und die Vorsehung allein weiß, warum das so sein muss.«

»Meine Frau hat keine jüdischen Vorfahren«, antwortete Strate und ärgerte sich darüber, da es doch gar keine Veranlassung gab, dieses Thema mit dem Arzt zu besprechen.

»Nicht jeder kennt seine Abstammung oder will sie wissen«, antwortete dieser und ging.

Früher hatte der Doktor schon manchmal vom Herrgott gesprochen, was bei dem alten Herrn mit dem leicht bayerischen Zungenschlag immer etwas Gemütliches hatte. Dass er neuerdings eine »Vorsehung« bemühte, irritierte Strate und er beschloss, sich nach einem anderen Arzt für seine Frau und sich umzuhören, einem, der die Kinderlosigkeit, unter der Helene litt, nicht als Melancholie eines Volkes ohne Land abtat.

Seine Frau riss ihn aus seinen Gedanken. »Du wolltest mir etwas sagen, Wolf.«

»Ja, richtig. Es geht um die Familie Stöckl.«

»Denkst du, der Geselle wird mithilfe der Frau Meisterin die Arbeit bei uns bewältigen können?«

Das war zwar nicht die Richtung, in die Strate das Gespräch lenken wollte, aber er ging diesen Umweg.

»Das glaube ich wohl. Sie ist offenbar eine sehr tüchtige Person«, versicherte er ihr und fügte schnell hinzu: »Habe ich dir erzählt, dass die Stöckls zwei Kinder haben?«

»Ach wirklich? Wo sind sie denn, wenn sie bei uns arbeitet?« Helene sah ihren Mann interessiert an.

»Die Mädchen leben bei den Eltern des Schreiners irgendwo auf dem Land, wo sie auch herkommen.«

»Sie haben die Kinder in fremde Obhut gegeben?«, fragte Helene.

Strate beneidete sie manchmal um ihre weltfremde Sicht, die sie sich erhielt, indem sie sich durch ihre Isolation möglichst wenig mit der Not und dem Elend anderer Menschen befasste.

»Vielen armen Leuten bleibt nichts anderes übrig«, antwortete er energischer als er beabsichtigt hatte.

»Es gibt immer einen Weg«, widersprach seine Frau ungewohnt kämpferisch.

»Die Stöckls hatten ja vor, die Kinder so schnell wie möglich nachzuholen, aber da er nun in Haft sitzt, und es unklar ist, wie es weitergeht …«

Helene schwieg und sah ihn fragend an. Er gab sich einen Ruck.

»Ich wollte dir vorschlagen, dass wir die beiden Mädchen aufnehmen. Sie sind vier und zwei Jahre alt und heißen Frieda und Ilse. Frau Stöckl könnte sie am Wochenende besuchen, aber unter der Woche hätten wir …«

Strate sprach nicht weiter. Helene war aufgestanden, hatte ihre Arme um ihn gelegt und drückte ihre Wange gegen die seine.

»Danke, Wolf. Danke.«

Schon lange nicht mehr hatten sich die Eheleute so in den Armen gelegen. Strate war überwältigt von der plötzlichen Zärtlichkeit seiner Frau.

»Wann können die Mädchen kommen?«, fragte sie nach.

»Wenn du willst, dann schon am Ostermontag.«

»Das wird das schönste Ostern seit Langem.«

Sie nahm ihn bei der Hand und zog ihn mit sich.

»Komm, wir müssen noch so viel vorbereiten.«

25

Agnes hatte sich hinsetzen müssen. Ihr war nicht besonders gut. Sie hatte schlecht geschlafen, die Sorge um Benno hatte sie wach gehalten. Es war alles zu viel. Mit dem Ausmessen waren sie fertig, Korbinian sah sich noch die restlichen Möbel an, die Benno noch nicht hinausgestellt hatte, ob und wie sie sich zerlegen ließen, denn sie mussten ja das Zimmer fertig ausräumen, bevor die Decke gemacht werden konnte. Sie hegte den Verdacht, dass Korbinian bis zum Mittagessen bleiben wollte. Sicher hatte Benno auch ihm erzählt, dass man bei den Strates gut verpflegt wurde.

Sie wusste nicht, ob sie etwas hinunterkriegen würde, ihr war seit Tagen schlecht.

Es waren immer dieselben Gedanken, die ihr durch den Kopf gingen. War es die richtige Entscheidung für die Kinder? Was würde Benno dazu sagen? Es fühlte sich nicht gut an, diesen Entschluss ohne ihn getroffen zu haben. Aber es sprach doch alles dafür, die Kinder zum Anwalt und seiner Frau zu geben. Es waren nette, verlässliche Leute, bei denen es die Mädchen bestimmt gut haben würden. Es würde ihnen an nichts fehlen. Und sie könnte sie viel öfter sehen. Hatte es ihr nicht im Herzen wehgetan, dass die kleine Ilse beim letzten Besuch in Gitting so sehr gefremdelt hatte? Benno hatte versucht, sie zu beschwichtigen. Das würde vorübergehen, wenn sie die Kinder zu sich nähmen. Aber wann sollte das sein? Das Vorhaben war durch Bennos Verhaftung in weite Ferne gerückt. Wann könnte sie ihn besuchen? Wann würde er freikommen? Sie wusste es nicht und nicht einmal der Anwalt konnte es ihr sagen. Bei aller Zuversicht, dass Strate ihrem Mann helfen wollte, musste sie immer wieder daran denken, dass er trotzdem nicht mehr freikommen könnte, dass er wegen eines Mordes, den er nicht begangen hatte, im Gefängnis bleiben müsste – vielleicht sogar hingerichtet werden würde.

Am Karfreitag hatte sie eigentlich mit Benno nach Hause fahren wollen, die Mäderl besuchen, bis Ostermontag bleiben, Zeit mit ihnen verbringen, wieder eine Familie sein. Aber jetzt? Sie würde allein mit dem Zug hinfahren und ihren Schwiegerleuten erklären müssen, was mit dem Benno passiert war. Sie wollte sich gar nicht ausmalen, wie sie reagieren würden.

Korbinian tat noch etwas geschäftig für den Fall, dass jemand nach ihnen sähe, aber sie schaute hinaus in den Garten, in dem sich der Frühling schon bemerkbar machte. Das frische Grün stand so ganz im Widerspruch zu ihrer Stimmung.

Doch je länger sie nachdachte, desto sicherer war Agnes, dass sie das Richtige tat. Sie hatte keine andere Wahl gehabt, als den Vorschlag des Anwalts anzunehmen. Und sie musste sogar noch dankbar dafür sein. Ohne Zweifel würde sich bald in Gitting herumsprechen, was mit dem Benno passiert war. Es reichte schon, was dann die Schwiegerleute auszuhalten hatten an Gerede. Sie wollte das nicht auch noch ihren Mädchen zumuten. Was ihre Eltern dazu sagen würden, da musste Agnes nicht lange überlegen. Beide wären sich einig, dass sie es gleich gewusst hatten: Eine Ehe mit dem Häuslerbub, das konnte ja keinen Taug haben. Sie hätte einen reichen Bauern nehmen können, aber nein ... mit dieser Tochter hatte man einfach nur sein Kreuz. Sollte sie schauen, wo sie bliebe. Die Mutter würde den Ton vorgeben und der Vater, der sich nicht zu widersprechen traute, der würde nicken und der Mutter zustimmen. Er war ein gutmütiger Kerl, aber viel zu feige, um seiner Frau, die daheim die Hosen anhatte, zu widersprechen. Agnes kannte ihre Mutter nicht anders als arbeitsam und bestimmend. Auch die Brüder, der Joseph und der Jakob, duckten sich weg, wenn sie etwas sagte. Nur der Emmeram, ihr Lieblingsbruder, wagte manchmal zu widersprechen. Das änderte zwar auch nichts an der Haltung der Mutter und führte letztendlich nur zu Streit, aber er tat es immer wieder. Emmeram war auch der Einzige, der nach ihrer Hochzeit mit Benno noch Kontakt zu ihr gehalten hatte.

Sie würde zuerst mit ihm reden und hoffte sehr, dass er ihre Entscheidung nicht missbilligte. Sie brauchte die Bestätigung, dass sie nichts Schlechtes getan hatte. Sonst war sie mit all ihrem Denken und Tun mutterseelenallein.

26

Martha war verwundert, als Frau Strate lächelnd mit ihrem Mann am Mittagstisch erschien. »Ich habe richtig Appetit«, verkündete sie und fügte hinzu: »Was gibt es denn Gutes?«

Auch der Anwalt wirkte sehr gelöst und zufrieden. Die ganze Zeit betrachtete er seine Frau, sprach sie mit »meine Liebe« an und rückte ihr den Stuhl zurecht.

Martha stand eine Weile da und starrte auf die Szene, die sie so ähnlich zwar schon erlebt hatte, aber nicht in dieser heiteren, entspannten Atmosphäre. Als sie gerade die Suppe auftragen wollte, sprach Frau Strate sie an: »Auf Sie wird heute noch einiges an Arbeit zukommen, Martha.«

»Ja, gnädige Frau«, antwortete Martha. Sie vermutete, dass die Eltern der gnädigen Frau über Ostern anreisen würden und sie deshalb entsprechende Vorkehrungen treffen sollte.

»Sie müssen das Kinderzimmer vorbereiten«, sagte Frau Strate und noch einmal musste Martha alles an Verstellungskunst aufwenden, um sich ihre Überraschung nicht anmerken zu lassen.

»Bitte, machen Sie es picobello sauber, ich will kein Stäubchen in dem Raum sehen.« Martha knickste und sah fragend zu Herrn Strate, von dem sie sich offenbar Aufklärung erhoffte, warum sie das niemals genutzte Zimmer herrichten sollte.

»Unsere Familie wird sich ab Ostern vergrößern«, erläuterte der Anwalt und musste lächeln, als er Marthas verständnislosen Blick sah.

»Wir bekommen zwei Mädchen«, platzte Helene Strate dazwischen und über ihr Gesicht zog ein Leuchten, das Martha noch nie gesehen hatte.

»Sie wissen ja, dass der Schreiner verhaftet worden ist«, sagte Strate und Martha nickte beklommen.

»Seine Kinder können nicht mehr bei den Großeltern bleiben und werden bei uns wohnen.« Frau Strate lächelte glücklich und nahm die Hand ihres Mannes, der bestätigend nickte.

»Das bedeutet, dass in Zukunft völlig neue Aufgaben auf Sie zukommen«, sagte Strate.

»Um die Kinder werde ich mich kümmern«, fiel ihm seine Frau ins Wort. Strate nickte bestätigend. »Natürlich, meine Liebe. Dennoch wird es ein völlig neues Leben werden – für uns alle.«

»Ich werde das Zimmer sauber machen und die Wiege herrichten«, sagte Martha.

»Nein, die Wiege brauchen wir nicht!«, rief Frau Strate. Martha blieb stehen und sah sie fragend an. »Die Mädchen sind bereits vier und zwei Jahre alt.«

»Aber wo sollen sie schlafen?«, fragte Martha.

»Die Frau und der Geselle des Schreiners sind doch noch da«, sagte der Anwalt. »Sie sollen eines der Betten aus dem Gästezimmer im Kinderzimmer aufbauen. Die Mädchen können sich das große Bett zunächst teilen.«

»Bis wir zwei eigene, kleinere Betten für die Mädchen haben«, ergänzte Frau Strate und wandte sich ihrem Mann zu: »Wir besorgen erst einmal Spielsachen.«

Martha stand im bisher unbenutzten Kinderzimmer und sah sich um. Seit Jahren lebten die Strates hier und hatten ein voll eingerichtetes Zimmer, das unbewohnt geblieben war. Sie betrachtete die Vorhänge, den Teppich, die Kommode, die Wiege … So viel Luxus. Martha hatte sich mit ihren drei jüngeren Schwestern eine Kammer geteilt, die nur halb so groß gewesen war. Zwei Matratzen, vier Decken, aber nur ein Kissen, um das sie sich ständig balgten. Im Winter lagen sie eng zusammen, weil es so kalt war. Drei kleine Mädchen, die sich an sie kuschelten, die sich von ihr die Wärme erhofften, die es sonst nirgends gab.

Wie sehr sich die Strates freuten, dass die Kinder zu ihnen kamen. Martha kannte das von zu Hause nicht. Bei ihnen war ein neues Kind nur eine zusätzliche Belastung gewesen, ein Mädchen gleich doppelt. Sie hörte noch die Flüche des Vaters, auch weil die Mutter ein paar Tage ausfiel, wenn es eine schwere Geburt gewesen war.

Spielzeug, dachte Martha. Man kann in der Stadt Spielzeug kaufen. Man muss es sich nicht selber basteln und verstecken, weil der Vater es sonst wegwirft und einen noch verspottet.

Sie hatte für sich und ihre Schwestern Puppen aus Stroh gebastelt, ihnen aus Lumpen Kleider genäht, auf den hellen Stoff, den sie für den Kopf hergenommen hatte, Gesichter gemalt. Als Älteste musste sie am meisten auf dem Feld, im Stall und im Haushalt helfen, aber mit den kleinen Schwestern, da konnte sie für den einen oder anderen Moment auch wieder Kind sein.

Sie war sicher, dass es den Mädchen hier an nichts fehlen würde, sie bekämen jede Menge Spielzeug, schöne Kleider und reichlich zu essen.

Dennoch war sie erstaunt, dass Agnes ihre Kinder einfach so in fremde Hände gab. Martha hatte die junge Frau auf Anhieb gemocht. Sie war ein paar Jahre älter und verheiratet, aber irgendetwas verband sie. Das hatte sie gespürt, als sie gekommen war und den Anwalt um Hilfe für ihren Mann gebeten hatte. Agnes war vielleicht weniger armselig groß geworden, aber sie sah nicht verwöhnt aus, sondern eher wie eine, die zupacken gelernt hatte. Was war das wohl für ein Gefühl, für seine eigenen Kinder in einem fremden Haus ein Bett aufzubauen? Hatte sie keine Angst, dass die Strates ihr die beiden Mädchen ganz wegnehmen würden? Dass sie sie nie mehr bei sich haben könnte?

Vielleicht war es schön für die Kinder, zunächst einmal zusammen in einem Bett zu schlafen. Sie kamen ja zu fremden Leuten. Es war selbst ihr so gegangen, als sie hier Hausmädchen wurde. Das große Haus, der gepflegte Garten, die schönen Zimmer, das vornehme Geschirr und Besteck, wie die Menschen sich unterhielten, wie sie sich anzogen ... Es war überwältigend gewesen, so anders als sie es kannte. Das würde den Mädchen sicher genauso gehen.

Martha beschloss Agnes zuliebe, für sie da zu sein, so gut wie möglich. Natürlich hatte sie gehört, dass Frau Strate sich um die Kinder kümmern wollte. Aber es würde sicherlich auch Zeiten geben, wo sie die Mädchen versorgte. Sie wollte alles daransetzen, dass es den Mädchen hier gut gehen würde.

Irgendwann sollten zwei neue Betten ins Zimmer kommen, hatte die gnädige Frau gesagt. Wer würde sie schreinern? Der Geselle? Oder der Schreiner selbst, wenn er bis dahin hoffentlich aus der Haft entlassen war? Wie würde es sich anfühlen, Betten für seine Kinder zu bauen, die bei fremden Leuten wohnten? Oder würden die Mädchen, wenn der Schreiner freikam, zu ihren Eltern zurückkehren? Es wäre sicher ein ärmlicheres Leben.

Agnes tat ihr furchtbar leid. Die Gedanken, die sie sich um Benno und die Mädchen machen musste ...

Martha ging in die Küche und sah auf die Uhr. Wenn die Herrschaften aus dem Haus waren, ergab sich vielleicht eine Möglichkeit, einmal mit Agnes zu reden.

27

Agnes war übel geworden, als Strate darum gebeten hatte, der Geselle möge noch ein Bett aus dem Gästezimmer im Kinderzimmer aufbauen. Nun stand sie allein im Kinderzimmer und sah sich um.

Hier also würden Frieda und Ilse wohnen. Einschlafen und aufwachen, spielen und lachen. Spielzeug würde herumliegen, denn die Strates waren gerade in die Stadt gefahren, um welches zu besorgen.

Agnes merkte erst jetzt, wie sich ihre Hände ineinander verkrampft hatten. Sie hatte das Gefühl, dass ihr ihre Kinder weggenommen wurden. Dabei konnte sie die beiden doch in Zukunft öfter sehen, mehr Zeit mit ihnen verbringen! Was machte es so schwer für sie, Frieda und Ilse in die Obhut des Anwalts und seiner Frau zu geben? Sie würden es gut haben hier, sagte sie sich immer wieder. Sie konnten nicht in Gitting bleiben.

Es ist das Beste für alle, flüsterte sie. Es ist das Beste, es ist das Beste … Es gibt keine andere Lösung, dachte sie dann. Und hielt sich an der Hoffnung fest, dass alles anders würde, wenn Benno aus der Haft entlassen wäre – wenn …

»In der Küche drunten steht noch euer Essen«, hörte sie Martha draußen sagen, und dann Korbinian aus dem Gästezimmer rufen: »Des kann ich brauchen!« Agnes verließ das Kinderzimmer, der Geselle kam zu ihr und legte kurz den Arm um sie. »Komm, des haben wir uns verdient.«

Agnes drehte sich mit einer geschickten Bewegung aus seinem Arm und ging hinter Martha her. Korbinian folgte ihnen.

Martha füllte die Teller. Erst den von Agnes, dann den des Gesellen, der sich freute, als er den dicken Eintopf sah. »So viel Fleisch ...«, staunte er.

Agnes war es nicht recht, dass er sofort gierig mit dem Essen begann. Sie sprach still ein Tischgebet, fühlte sich dabei aber von Martha beobachtet. Als sie die Augen hob, wandte das Hausmädchen sich ab und gab sich geschäftig.

»Wann isst denn du?«, fragte Agnes.

»Nachher«, antwortete Martha.

»Magst dich ned hersetzen zu uns?«

Martha zögerte einen Moment. Korbinian deutete auf einen freien Stuhl. »Stell dich ned an. Die Suppn wird doch kalt, und dann is sie bloß halb so gut wie jetzt.«

Agnes hatte das Gefühl, dass sich Martha nicht gerne zu ihnen setzte. Aber vielleicht wollte sie ihnen nicht das Gefühl geben, dass sie sich für was Besseres hielt. Immer noch schlang Korbinian den Eintopf schnell und geräuschvoll in sich hinein, nahm sich eine weitere Scheibe Brot und sah immer wieder zum Topf auf dem Herd, obwohl sein Teller noch nicht leer war.

»Gibt's noch was ...?« Fragend sah er zu Martha.

»Jetzt lass halt die Martha auch mal essen«, ermahnte ihn Agnes, aber die winkte nur ab. »Passt scho.«

Agnes beobachtete, wie langsam und ruhig Martha aß, den linken Arm leicht auf die Tischplatte gestützt. In der rechten Hand hielt sie den Löffel, nicht in der Faust wie Korbinian, sondern locker aufliegend, wie es die vornehmen Leut machten. Sie versuchte sich an Marthas Manieren zu orientieren. Sicherlich war es für das Hausmädchen am Anfang auch nicht leicht gewesen, sich an die Sitten hier anzupassen. Bald würden Frieda und Ilse auch so essen, nicht mehr alles mit den Fingern anlangen, eine Serviette benutzen und zur Begrüßung knicksen.

Korbinian leerte seinen Teller und rülpste leise. »Ich geh scho mal nauf und mach weiter.«

»Ich komm gleich nach«, sagte Agnes, blieb aber sitzen. Sie fühlte sich müde und erschöpft.

Nachdem der Geselle gegangen war, sahen Martha und sie sich schweigend an.

»Wie lang bist scho da?«, fragte Agnes schließlich.

»Ein paar Monat.«

»Gfallt's dir?«

Martha nickte.

»Hast Heimweh?«

»Gwieß ned.«

Agnes sah Martha fragend an, aber sie räumte schnell die Teller weg und wandte sich ohne Erklärung von ihr ab.

»Wo bist denn her?«, fragte Agnes.

»Aus Niederöd«, antwortete Martha.

»Da gibt's einige, glaub ich.«

»Oberhalb von Regensburg.«

Agnes lächelte. »Ich bin von unterhalb von Regensburg. Aus Gitting.« Martha schwieg.

»Bist auch von einem Bauernhof raus, gell?«, fragte Agnes und Martha nickte.

»Hab ich mir scho denkt«, lächelte Agnes wieder, aber Martha ging nicht darauf ein.

»Wir sind vor einem knappen Jahr nach München kommen«, erzählte Agnes. »Die Mäderl sind noch bei meine Schwiegerleut.«

Martha sah sie jetzt interessiert an. Aha, sie ist ja doch neugierig, dachte Agnes und redete weiter: »Wir wollten sie bald holen ... Dass sie jetzt kommen und es is so anders ...«

»Is gwieß hart«, antwortete Martha.

Agnes' Augen wurden feucht. Martha wandte sich ab.

»Magst einen Kaffee?«

»Meinst, des is deiner Herrschaft recht?«

»Die sind ned aso«, antwortete Martha und holte schon die Dose mit den Kaffeebohnen aus dem Schrank.

»Echter Bohnenkaffee«, flüsterte Agnes andächtig, stand auf und schnupperte an der geöffneten Dose. Martha lächelte. »Wart erst mal, wie des duftet, wenn ich die gmahlen hab.«

Agnes sah das Hausmädchen voller Zutrauen an. »Versprichst mir was?«

Martha, die gerade die Bohnen in die Kaffeemühle füllte, unterbrach ihre Tätigkeit und sah hoch.

»Wenn's meinen Mäderl hier ned gut geht, dann sagst mir des, gell?«

Martha nickte. »Und ich kümmer mich um sie. Kannst dich drauf verlassen.«

28

Strate schlenderte mit seiner Frau durch Münchens Innenstadt. Seit Jahren hatten sie das nicht mehr getan. Viele Menschen waren unterwegs und kauften für die Feiertage ein, wollten wenigstens so tun, als ob es ihnen gut ginge. Das Geld verlor jeden Tag an Wert, alle versuchten, möglichst viel dafür zu bekommen. Lebensmittel waren knapp, wenn man nicht reich war. In vielen Familien musste die Hausfrau wohl einiges an Fantasie aufbringen, um am Ostersonntag ein Festtagsessen zu zaubern, das den Namen auch verdiente.

Der Anwalt war sich bewusst, in welch glücklicher Lage er war, dass die Not und die Inflation ihm und seiner Frau weniger anhaben konnten als anderen. Er hatte aus Liebe geheiratet, und gerade heute stellte sich dieses Gefühl der Anfangszeit wieder ein, als er dachte, gemeinsam könnten sie alles schaffen. Er ließ sich anstecken von der Freude seiner Frau, noch dies und jenes für die Mädchen zu besorgen. Nur selten versuchte er, ihr Einhalt zu gebieten.

»Liebes, übertreib es nicht. Lass sie erst einmal ankommen. Sie werden vielleicht überfordert sein, weil sie so viel Spielzeug noch nie hatten.«

»Ich will, dass sie bei uns glücklich sind«, antwortete Helene und deutete auf eine Puppe. »Ist die nicht entzückend?«

Strate lächelte. Das hatte er doch früher am meisten geliebt, dass sie aus ihm, dem stillen, fleißigen Juristen die Lebensfreude herauslocken konnte – bis sie diese selbst verloren hatte. Jetzt war sie wieder da, die Helene von früher, in die er sich verliebt hatte. Er mochte gar nicht daran denken, dass die Mädchen nicht für immer bei ihnen bleiben würden. So, wie er Frau Stöckl kennengelernt hatte, würde sie alles tun, damit die Mädchen bald zu ihr ins Westend ziehen konnten. Und er als Anwalt des Schreiners würde alles dafür tun, damit er wieder freikam. Selbst wenn es ihm und seiner Frau das Herz brechen würde, wenn sie die Kinder verlören ...

Strate war überfordert mit den vielen Schachteln, die bei ihrem Einkauf zusammengekommen waren. Dennoch freute er sich, dass Helene sich noch ein neues Kleid für Ostern kaufen wollte. Auch das hatte sie schon lange nicht mehr gemacht. Sie schaute sich interessiert die neuesten Modelle an und probierte dies und das, während er sich etwas gelangweilt im Kaufhaus umsah.

»Das Geschäft kann doch sicher heute noch liefern?«, fragte Helene und Strate schmunzelte. Auch diese Facette seiner Frau kannte er von früher: die Prinzessin, der alle zu Diensten waren, die nur mit dem Finger zu schnippen brauchte, und schon wurden ihre Wünsche erfüllt. Mit Geld in der Tasche kann man auch liefern lassen, dachte er. Und hier im Kaufhaus spürte man ohnehin nicht viel von der Armut, die sich wie eine Krankheit in der Stadt ausbreitete.

Als sie nach Hause kamen, standen die Einkäufe bereits im Kinderzimmer neben dem großen Bett.

»Vielleicht wartest du mit dem Auspacken, bis Frau Stöckl gegangen ist«, sagte Strate leise zu seiner Frau, die trotz des langen Tages in München keineswegs erschöpft wirkte.

»Aber warum? Sie wird sich freuen, es ist doch für ihre Kinder!«

»Es tut ihr sicher weh, dass sie ihnen das nicht bieten kann.«

»Umso glücklicher sollte sie sein, dass wir das tun«, wehrte sie seine Versuche ab.

Strate konnte nicht verhindern, dass seine Frau in ihrem Überschwang alle Schachteln öffnete, das Zimmer mit Spielzeug ausstattete und der Schreinersfrau die Pracht zeigte. Er beobachtete, wie Frau Stöckl alles bestaunte, die Puppen und die Puppenstube, das Schaukelpferd …

»Wir dachten, um neue Kleider kümmern wir uns erst, wenn die Mädchen da sind«, sagte Frau Strate zu der schweigenden Agnes. »Wir wissen ja gar nicht, wie groß sie sind, nicht wahr?«

Der Anwalt wollte sich erst einmischen und sagen, das hätte doch alles noch Zeit, aber er befürchtete, dass seine Frau ihm widersprechen und ausführlicher ihre Pläne und Ideen erläutern würde. Strate sah der jungen Mutter an, dass die Situation für sie fast unerträglich war. Zum Glück kam gerade der Geselle mit seinem Werkzeug in den Flur.

»Wir sind dann so weit fertig«, sagte er.

Strate zahlte ihnen einen ansehnlichen Betrag.

»So viel war nicht ausgemacht«, sagte Agnes leise.

»Es ist auch für die Reise der Mädchen«, antwortete Strate und hoffte, dass es nicht so aussah, als würde er ihr die Kinder abkaufen wollen.

»Nächste Woch machen wir erst mal in der Werkstatt weiter und dann kommen wir wieder«, kündigte Korbinian an und bemühte sich, mit dem Anwalt hochdeutsch zu sprechen.

Strate sah den leicht verärgerten Blick der Schreinersfrau. Offenbar missfiel es ihr, dass sich der Geselle als Meister aufspielte.

»Die Decke hat doch noch Zeit«, sagte er. »Wollen Sie nicht erst die beiden Betten für die Mädchen machen?«

Agnes biss sich auf die Lippen, aber dann nickte sie tapfer.

»Gut, dann fangen wir damit an«, antwortete Korbinian.

Als sie die Treppe hinuntergehen wollten, bat Agnes den Gesellen, schon einmal vorzugehen.

Korbinian nickte. »Ich bin vorn im Wirtshaus und kauf mir noch ein Bier.«

»Ich hab noch eine Bitte.« Agnes sah den Anwalt ernst an und er fürchtete schon, sie würde neue Bedingungen stellen, was das Leben der Kinder in seiner Familie beträfe.

»Worum geht es?«

»Wir haben keinen Fernsprechapparat. Aber ich würd gern meinem Bruder Bescheid geben, wann ich mit dem Zug ankomme.«

»Hat er denn ein Telefon?«

Agnes lächelte und schüttelte den Kopf. »Aber der Wirt in Schierling hat eins. Und die Bedienung ist die Freundin vom Emmeram.«

Strate war erleichtert, dass es nur eine Kleinigkeit war, um die sie ihn bat.

»Auf dem Land kennen sich alle, nicht wahr?«

Agnes nickte. »Ich hab das immer schön gefunden. Aber jetzt ... weiß ich nicht so recht.«

Strate stellte für sie die Verbindung her, dann reichte er ihr den Hörer und verließ sein Arbeitszimmer. Agnes aber sprach so laut, dass er draußen noch hörte, wie sie den Wirt bat, ihr die Gundi ans Telefon zu holen, wie sie sich entschuldigte, dass sie einfach so anrief, wie sie der Bedienung ausrichtete, dass der Zug am übernächsten Tag um ein Uhr ankommen würde und dass der Emmeram bittschön da sein sollte, weil sie was mit ihm zu bereden hätte. Und dass er ihren Eltern erst mal nichts davon sagen sollte. Offenbar versprach die Gundi, dies alles auszurichten.

»Also dann, pfiat di, servus ... Ja, vielleicht sehn wir uns ... Grüß deine Eltern ... Ja, passt. ... Pfiat di. Pfiat di, Gundi.«

»Herr Strate ...?«, hörte er Frau Stöckl zaghaft rufen und er ging zurück ins Zimmer. Sie hielt den Hörer noch in der Hand und sah ihn fragend an.

»Einfach auflegen«, sagte er.

»Danke fürs Telefonieren«, antwortete sie und wollte an ihm vorbei das Zimmer verlassen.

»Ich weiß, dass Ihnen ein schwerer Gang bevorsteht.«

Agnes Stöckl blieb noch einmal stehen und sah den Anwalt mit schmerzerfüllten Augen an.

»Passt zu den Kartagen.« Damit wollte sie weitergehen.

»Aber es kommt ja auch noch Ostern.«

Agnes Stöckl nickte. »Für meine Mäderl beginnt jedenfalls ein neues Leben.«

»Tut es Ihnen schon leid, dass Sie zugestimmt haben?«

»Für die Mäderl ist es das Beste – und nur darum geht's mir«, antwortete sie und ging.

Sie will ihren Kummer wegsperren, dachte Strate. Und ich kann sie sehr gut verstehen.

29

Für Agnes war es der bitterste Karfreitag ihres bisherigen Lebens. Sie war vor dem Morgengrauen aufgestanden und über die Schwanthaler Höh geirrt, voller Sehnsucht nach Benno, den Kindern und nach der Weite ihrer niederbayerischen Heimat. Hier stieß der Blick nach wenigen Metern schon an kalte Mauern, hier konnte man die Bäume zählen, so wenige waren es, seit für die Arbeiter Wohnraum geschaffen worden war. Ein Haus am anderen, und Hinterhöfe, in denen die Kinder auf engstem Raum spielten, immer wieder geschimpft von den Erwachsenen, die Ruhe forderten. Sie wollte nicht, dass ihre Kinder in so einer Umgebung groß wurden. Sie sollten Platz und Raum haben zum Lachen, Schreien, Laufen und Toben. Und den hatten sie bei den Strates. Ihre Entscheidung war also bestimmt richtig gewesen – auch wenn es sich nicht so anfühlte …

Sie ging den Kreuzweg in der Kirche St. Rupert und betete mit Inbrunst die einzelnen Stationen des Leidens und Sterbens Jesu Christi. Zum ersten Mal unter dem Kreuz gefallen, zum zweiten Mal, zum dritten Mal … Der Pfarrer in der Schule hatte ihnen im Kommunionsunterricht in aller Ausführlichkeit ausgemalt, was der Herr Jesus alles erduldet hatte wegen der Schuld der Menschen, auch wegen ihrer Schuld. Agnes hatte damals nicht verstanden, warum ihre Schuld den Heiland vor eintausendneunhundert Jahren ans Kreuz gebracht hatte. War es nicht Pilatus gewesen? Und waren es nicht seine eigenen Landsleute gewesen, die lauthals »Kreuzige ihn« geschrien hatten? Warf man den Juden nicht heute noch vor, dass sie Jesus ans Kreuz genagelt hatten?

Sie hatte sich nicht getraut, dem Herrn Pfarrer diese Fragen zu stellen, aber sie hatte zu Hause bei der Mittagssuppe gefragt und sich eine Watschn von der Mutter gefangen. »Versündige dich ned.« Damit war das Thema erledigt gewesen. Heute fragte sie nicht mehr danach. Sie fühlte sich für den Moment geborgen beim Gebet im Gedenken an einen Mann, der noch viel mehr hatte ertragen müssen als sie.

Am Nachmittag kümmerte sie sich um den Onkel, der seit Tagen im Bett lag und immer wieder aufstehen wollte, was sie mit allen Mitteln zu verhindern versuchte. Der Doktor war da gewesen und hatte sie gewarnt. Der Onkel brauche viel Ruhe und dürfe sich keinesfalls aufregen. Sie sprach ihm Mut und Zuversicht zu, die sie selbst nicht empfand. Schlecht sah er aus, fand Agnes. Die Sache mit dem Benno ging ihm sehr nahe.

»Wenn einer keinem Menschen nix antun kann, dann doch der Benno«, sagte er und die Tränen rannen ihm über die faltigen Wangen.

»Reg dich ned auf, Onkel Fritz«, antwortete sie und nahm seine Hand. »Des is ned gut für dein Herz.«

»Ich soll mich ned aufregn bei so einer Ungerechtigkeit«, klagte der Onkel. »Da hat der Bub den Krieg heil überstandn, wo so viele sinnlos gstorben ...«

»Des darfst ned so laut sagen, gell Onkel«, mahnte Agnes.

Sie wusste, dass es noch genug Menschen gab, die anders dachten, die einem mangelnde Liebe zum Vaterland unterstellten, nur weil man nicht stolz drauf war, dass der eigene Mann, Sohn oder Bruder im Krieg gefallen war.

»Wenn's doch wahr is!«, brummte er. »Mei Bub is elendig im Schützengraben verreckt, des hat mir sein Kamerad erzählt, der wo des überlebt hat. Soll ich jetzt stolz sein oder froh?«

»Du sollst dich vor allem ned aufregn«, wiederholte Agnes und drückte seine Hand. Einen Moment schwiegen sie beide.

»Fahrst morgen«, sagte er nun, und sie nickte.
»Meinst, dass du das Rechte tust?«, fragte er.
Agnes überspielte ihre eigenen Zweifel und nickte. »In Gitting könnens ned bleiben und bei uns is kein Platz und keine Zeit ned.«
»Ich denk, die Mäderl ghörn zu euch Eltern«, sagte der Onkel und bohrte damit nur noch tiefer in ihrer Wunde.
»Da werdens auch sein, wenn der Benno wieder frei is.«
»Und du meinst, der Herr Anwalt und sei Frau geben die Mäderl einfach so wieder her«, unkte der Onkel.
»Des sind ehrenhafte Leut«, versicherte ihm Agnes, obwohl er damit ihre größte Angst ausgesprochen hatte.
»Oh mei, davon hab ich in meinem Leben schon so viele troffen«, meinte der Onkel und machte eine abwehrende Handbewegung.
»Es gibt ja auch noch Gsetze«, versuchte Agnes sich selbst Mut zu machen.
Der Onkel winkte ab: »Die kann man aso oder aso auslegn. Hast ja gsehn bei deinem Benno.«

Entmutigt ging Agnes in ihre Kammer. Der Onkel hatte alle ihre Bedenken in Worte gefasst, aber sie musste sie wegpacken, irgendwohin, wo sie sie nicht handlungsunfähig machen konnten. Mit jedem Stück, das sie für die Reise einpackte, sagte sie sich, dass alles gut werden würde. Als sie fertig war, konnte sie fast daran glauben. Sie würde auf den Herrgott hoffen. Sonst hatte sie im Moment niemanden. Als sie den alten Rucksack vom Benno in den Flur stellte, war er bis auf ihre wenigen Habseligkeiten leer. Am Montag würde er mit den Sachen der Mädchen gefüllt sein, die sie dann bei Strates abgeben würde. Und irgendwann in hoffentlich nicht allzu ferner Zukunft würde dieser Rucksack die Sachen ihrer Kinder auch zu ihnen hier ins Westend tragen. Sie dachte an die vielen Dinge, die der Anwalt und seine Frau jetzt schon für die Mäderl gekauft hatten und Unbehagen beschlich sie. Würden die Kinder überhaupt in das einfache Leben zurückwollen, wenn sie erst einmal erlebt hatten, was die Welt sonst noch alles zu bieten hatte?

Agnes schob auch diesen Gedanken weit von sich. Eins nach dem andern, redete sie sich ein. »Ich fahr nach Gitting, ich red mit dem Emmeram, dann mit den Schwiegerleuten, ich bring die Mäderl zum Anwalt, dann muss der Benno bald freikommen …«, sagte sie sich die einzelnen Schritte immer wieder vor, während sie noch eine Suppe für den Onkel kochte, damit er die nächsten Tage was zu essen hatte.

Am Abend kam Korbinian. Überrascht sah sie ihn an. »Ich hab denkt, du wolltest über Ostern zu deine Leut.«

»Ich hab's mir anders überlegt. Ich wollt nach dem Onkel schaun.«

Sie lächelte erleichtert. »Und was hast heut den ganzen Tag gmacht?«, fragte sie. »Hast dich mit den Genossen troffen?«

»Naa, bin a weng an der Isar gsessen«, sagte er. »Hab dir was gmacht.« Aus der Hosentasche zog er eine kleine Kuh aus Holz und überreichte sie ihr, halb trotzig, halb verlegen.

»Weilst gsagt hast, dass du die manchmal so vermissen tust.«

»Dank dir«, sagte sie. Sie strich dem geschnitzten Tier über den Rücken. »Die is wirkli schee worden.«

Fast sah es für sie aus, als wäre er ein wenig rot geworden. »Morgen siehst ja wahrscheins echte, wennst heimfahrst«, sagte Korbinian, und sie verschwieg ihm, dass sie gar nicht vorhatte, ihre Eltern zu besuchen. »Ja, aber am Montag bin ich wieder da – und dann hab ich immer eine Erinnerung und vergiss nie, wie eine Kuh ausschaut.«

»Machst dich lustig«, sagte Korbinian, aber sie schüttelte den Kopf: »Ich gfrei mich wirkli. Hab ja im Moment ned grad viel zum Freuen.«

Einen Moment schwiegen sie beide, dann sah Korbinian sich in der Küche um. Agnes missverstand seinen suchenden Blick. »Hast noch nix gegessen?« Er schüttelte den Kopf. »Ich hab denkt, dass noch ein Rest Bier von gestern Abend da gwesen wär.«

Erschrocken sah sie ihn an: »Aber heut is doch Fasttag!«

Er zuckte nur die Schultern. »Sieht doch keiner, und dem Herrgott is es gwieß wurscht«, sagte er und Agnes wusste nicht, was sie darauf erwidern sollte.

Eine Weile saßen sie stumm beisammen. Korbinian trank den Rest vom Dünnbier, das er am Tag zuvor aus dem Wirtshaus geholt hatte. Agnes hatte ihr Nähkästchen aufgemacht und begonnen, Socken zu stopfen.

»Hast auch noch was zum Stopfen?«, fragte sie den Gesellen. Der schüttelte den Kopf. »Des musst ned machen, des trag ich der Mutter hin.«

»Meinst, die hat mehr Zeit als wie ich?«

Korbinian zuckte die Schultern. »Sie sagt, sie macht's gern.«

Das hätte ihre Mutter nie gesagt, dachte Agnes. Ihre hatte sie immer dazu angehalten, nicht nur die eigenen Sachen in Ordnung zu halten, sondern auch die der drei Brüder.

»Bist scho eine Bsondere, Agnes«, sagte Korbinian mitten in ihre Gedanken hinein, und als sie die Augen hob, bemerkte sie einen Blick, der ihr durch Mark und Bein ging. Mit solch einem Blick hatte sie zuletzt der Ermordete bedacht. Nur dass sich in das Begehren bei Korbinian auch noch echte Zuneigung gemischt hatte. Sie wollte nicht, dass sie irgendeiner so ansah – außer ihr Benno.

»Ich bin wie jede andre auch«, erwiderte sie abweisend, packte die Stopfsachen zusammen und stand auf.

»Zeit is, morgen wird ein harter Tag. Gut Nacht.«

Schnell zog sie sich in ihr Schlafzimmer zurück, lehnte sich an die Tür und atmete tief durch.

Sie hörte, wie Korbinian in seine Kammer ging. Eine Weile horchte sie noch an der Tür. Schließlich zog sie sich aus, sprach ihr Nachtgebet, schlüpfte unter die Decke und versuchte, den Blick, mit dem der Geselle sie bedacht hatte, zu vergessen.

Sie fand auch in dieser Nacht kaum Schlaf, stand schon vor Tagesanbruch auf und machte sich einen Tee aus den Kräutern, die ihr die Schwiegermutter beim letzten Besuch mitgegeben hatte. Die sollten Kraft geben und Kraft hatte sie dringend nötig.

Sie hatte gehofft, sie könnte Korbinian aus dem Weg gehen, aber er stand so unvermutet in der Küche, dass sie erschrak.

So saßen sie wieder gemeinsam am Tisch und die Stille, die am Abend zuvor zunächst so vertraut gewesen war, fühlte sich jetzt unbehaglich an.

»Am Montag bist wieder da, gell?«, fragte Korbinian.

Sie nickte. »Am besten, ich bring die Mäderl gleich zum Anwalt. Ich denk, auf d'Nacht komm ich dann.«

Früher hätte Agnes die Zugfahrt über Land genossen. Je weiter sie aus München in Richtung Norden hinauskam, desto vertrauter wurde ihr die Gegend. Der leicht hügelige Wald, die grünen Wiesen, die gelben Getreidefelder, hier und da ein Kirchturm und irgendwann kannte sie auch die Namen der Ortschaften. Sie wollte nicht an das denken, was ihr bald bevorstand, deshalb hatte sie lieber angestrengt nach draußen geblickt. War das Getreide letztes Jahr um die Zeit nicht schon höher gewesen? Ihr Vater hatte ihr allerhand über Pflanzen beigebracht, auch wenn die Mutter ihn deshalb geschimpft hatte, weil sie es für Zeitverschwendung hielt. Einmal hatte sie wissen wollen, warum die Mutter allerweil so unzufrieden war. »Mei, sie hat sich des halt anders vorgstellt ghabt, des Leben mit uns«, hatte der Vater ihr traurig geantwortet.

Als der Zug langsam in den Bahnhof einfuhr, sah sie gleich den Emmeram. Er lehnte lässig an der Mauer. Eine Hand steckte in der Tasche seiner weiten, bequemen Hose, in der anderen hielt er eine Zigarette, an der er genussvoll zog. Früher hatte sie manchmal gedacht, aus dem Emmeram würde ein Filmstar werden. Mit seinen dunklen, nach hinten gekämmten Haaren, der scharfkantig gebogenen Nase, den vollen Lippen und den Augen, die immer zu lachen schienen, sah er so gut aus, dass alle Mädl ihn anschmachteten. Er nahm das Leben leicht und wollte es genießen. Er war der Einzige der drei Brüder, der nicht in den Krieg hatte ziehen müssen. Vielleicht konnte er deshalb das Schöne in der Welt eher sehen als die anderen.

Als er sie aussteigen sah, nahm er noch schnell einen letzten Zug, warf die Zigarette auf den Boden, stieß sich von der Wand ab und kam auf sie zu. Er blies ihr den Rauch ins Gesicht und lachte.

»Hat des jetzt sein müssen?« Hustend wedelte sie mit der Hand.

»Ich gfrei mich auch, dich zu sehn«, grinste er und drückte sie fest an sich. »Agnes, du wirst ja allerweil fescher.«

»Und du immer frecher.«

Emmeram schaute sich um. »Wo isn der Benno?«, fragte er. In diesem Moment war es mit Agnes' Selbstbeherrschung vorbei. Die Tränen traten ihr in die Augen und sie drückte sich fest an ihren kleinen Bruder.

»Was isn passiert?«, wollte Emmeram wissen.

»Ned da«, antwortete sie nur.

»Dann komm«, sagte er, nahm ihre Hand und zog sie mit sich fort.

Agnes setzte sich hinter ihn auf sein Moped und hielt sich an ihrem Bruder fest, fester als es nötig gewesen wäre. Sie brauchte gar nicht zu fragen, wohin er sie bringen würde. Sie wusste es. Sie fuhren an den einzigen Ort, an dem sie sich schon als Kinder sicher und geborgen gefühlt hatten.

Sie saßen auf dem Hochsitz am Waldrand und überblickten die weite Wiese.

Agnes lehnte sich an Emmeram und schloss die Augen. Tief sog sie die frische Landluft ein, die bereits nach Frühling duftete. Wie sehr ihr dieser Geruch in der Stadt doch fehlte! Im Alltag merkte sie es nicht oft, aber wenn sie jetzt so dasaß und durchatmete … War es richtig gewesen, von hier wegzugehen? In den Momenten des Heimwehs vergaß sie ganz, wie sehr sie unter der Fuchtel der strengen Mutter gelitten hatte, die die Beziehung zu Benno niemals gutheißen wollte. Und der Benno hatte nach dem Ende der Lehre bei seinem Meister auch keinen Platz mehr gehabt …

»Magst mir ned endlich sagn, was passiert is?«, fragte Emmeram in ihre Erinnerungen hinein.

»Erzähl erst du.« Agnes war noch nicht so weit, ihm ihre Sorgen anzuvertrauen. Emmeram tat ihr den Gefallen.

»Dem Sepp geht's wie allerweil. Er redt fast nix. Noch weniger als wie vorm Krieg.«

Einen Moment schwiegen sie und dachten an ihren ältesten Bruder, der schon immer eigen gewesen war, aber sich durch den Krieg ganz in sich verschlossen hatte.

»Die Mutter hat ihm eine Frau gsucht, die Resl vom Schöninger-Hof hinter Paring.«

»Geld zu Geld«, sagte Agnes nur.

»Dem Sepp is wurscht, zu wem er nix sagt. Ob die Resl des mag …«

»Und wann willst du heiraten?«

»Erst mal kommt die Gaudi. Aufn Tanzboden gehn, essn, trinkn, lachn …«

»Und was sagt die Gundi dazu?«

»Die kennt mich doch.«

Sie schwiegen eine Weile. Agnes hatte immer noch nicht den Mut gefunden, ihm alles zu erzählen. Emmeram setzte seine Schilderung fort.

»Der Jakob is jetzt fast fertig als Pfarrer. Die Mutter redt bloß noch von der Primizfeier.«

»Der eine redt gar nix und der andere redt nur noch fromm. Und du … ein Hallodri.«

»Und des Mädl is in die Stadt gangen«, antwortete Emmeram, »und sollt mir endlich verzählen, was passiert is. Weil es muss schon was Größers sein, wenn du ned glei vom Bahnhof zu deine Kinder fahrn willst.«

Zum ersten Mal erzählte Agnes die ganze Geschichte: von den beiden Auftraggebern in Pasing, der unanständigen Annäherung des Schriftstellers, seiner Ermordung, Bennos Verhaftung, dem Anwalt und seinem Vorschlag, die Kinder bei ihnen unterzubringen.

Emmeram unterbrach sie nicht. Je länger sie erzählte, desto näher rückte sie zu ihm und er legte den Arm fest um seine Schwester im hilflosen Bemühen, ihr Kraft zu geben.

»Mei, was du alles mitgmacht hast die letzte Woch«, sagte er nur, als sie ihre Erzählung beendet hatte.

»Bin ich eine schlechte Mutter, wenn ich jetzt meine Mäderl zu fremden Leuten geb?«

»Sie sind hier nimmer gut aufghoben, wenn sich rumspricht, was mit dem Benno passiert is«, antwortete der Bruder. »Deswegen is es scho gscheit, wenn du des so machst.«

Es wurde immer später und Agnes wusste, dass sie sich nicht mehr länger vor dem entscheidenden Gespräch drücken konnte. Emmeram fuhr sie zu den Schwiegereltern und bot ihr an, mit hineinzugehen, aber Agnes schüttelte den Kopf.

»Des muss ich selber machn.«
»Wann fahrst denn zruck?«
»Am Ostermontag.«
Die zwei verabschiedeten sich und Agnes atmete tief durch, bevor sie das Haus betrat.

Agnes hatte sich darauf eingestellt, dass Frieda und Ilse sie ansehen würden wie eine Fremde. Zu lange waren Benno und sie nicht mehr zu Besuch gewesen. Aber es tat trotzdem weh. Verhalten schauten die Kinder sie an, die kleine Hand fest in der ihrer Großmutter. Dann sagten sie artig »Grüß Gott« und Frieda machte sogar einen Knicks.

Es gab ein schlichtes Essen, aber Hunger hatte sowieso keiner mehr, nachdem der Schwiegervater schon eingangs die entscheidende Frage gestellt hatte: »Wo isn der Benno?«

Agnes bat darum, die Kinder zum Spielen zu schicken, dann erzählte sie zum zweiten Mal an diesem Tag die Geschichte, allerdings hoffnungsfroher als beim Emmeram. Dass es ein Versehen gewesen sei, die Verhaftung, dass sich das in ein paar Tagen aufklären würde, dass das der Anwalt auch gesagt hatte. Der Schwiegermutter liefen die Tränen übers Gesicht, sie zündete eine Kerze an, nahm sich den Rosenkranz und bewegte lautlos die Lippen. Die Hände des Schwiegervaters zitterten leicht, er legte sie aufeinander und starrte stumm vor sich hin.

Agnes kam zum zweiten Teil ihrer Geschichte. Die Stöckls hörten still zu, die Schwiegermutter murmelte ein ums andere Mal: »Naa, ned zu Fremden«, aber der alte Stöckl nickte am Ende: »Des is des Beste so.«

»Es wird schlimm genug für euch allein, wenn die Gschicht durchs Dorf geht«, sagte Agnes.

»Des is mir wurscht«, antwortete die Stöcklin. »Wenn nur der Benno wieder freikommt und es den Mäderln gut geht.«

Agnes nickte. Sie hatte so sehr gehofft, dass ihr die Schwiegereltern nicht auch noch Vorwürfe machen würden wegen ihrer Entscheidung.

»Wie geht's denn dir?«, fragte der Schwiegervater.

»Es is, als wär die ganze Woch Karfreitag gwesen.«

Und nach einer Pause schob sie nach: »Jetzt müssn wir es noch den Mäderln sagn, ich weiß ned, ob ich des pack.«

»Des machn wir erst am Montag, wenn's so weit is«, entschied der Schwiegervater.

30

Als Frau Strate sich sofort den Kindern zuwandte und sie herzlich in ihrem Haus begrüßte, galt Marthas Aufmerksamkeit nicht den beiden Mädchen, die sich fest an den Händen hielten und etwas verschreckt auf die fremden Menschen schauten, sondern Agnes. Sie sah aus, als hätte sie seit einigen Nächten nicht geschlafen, und das dankbare Lächeln, das sie sich ins Gesicht gemeißelt hatte, wollte nicht zu dem Schmerz in ihren müden Augen passen.

Martha bemerkte, dass auch der Hausherr die Schreinersfrau besorgt betrachtete, sich aber gleich wieder auf seine Frau konzentrierte, die mit den beiden Mädchen sprach.

»Kommt, ich zeige euch euer Zimmer«, sagte sie und versuchte, nach der Hand des älteren Mädchens zu greifen. Frieda sah fragend zur Mutter, die nickte, und reichte der fremden Frau gehorsam die Hand.

Martha dachte plötzlich an die Schwestern ihrer Mutter. Sie hatte ihr erzählt, dass die Tanten als Kinder verschenkt worden waren, damit sie nicht weiter zu Hause mitaßen und Geld kosteten. Sie hatten in fremden Haushalten gearbeitet und waren wie Dienstboten gehalten worden, nur dass sie nicht hatten kündigen können. Höchstens weglaufen. Aus einem armseligen Leben in ein noch armseligeres. Martha wusste nicht, was mit ihnen geschehen war.

Sie sah Agnes an, wie schwer es ihr fiel, ihre Mädchen herzugeben. Es war keine herzlose Entscheidung wie bei ihren beiden Tanten, wo der Vater sparen und Platz für die jüngeren Kinder schaffen wollte. Agnes war verzweifelt. Die Kinder konnten nicht im Heimatdorf bleiben und sie hatte weder Zeit noch Geld, um sie durchzubringen. Martha hatte vollstes Verständnis für die junge Frau, denn sie kannte das Elend des Landlebens genau. Was so eine Geschichte wie die vom Benno für eine Familie bedeutete, wenn sich das erst einmal herumsprach, das konnten die Leute aus der Stadt nicht wissen.

Martha folgte den anderen in den ersten Stock und beobachtete, wie die Kinder sich mit großen Augen, die eher schreckgeweitet als begeistert wirkten, in ihrem künftigen Zimmer umsahen.

»Das sind jetzt alles eure Sachen«, sagte Frau Strate mit Begeisterung. »Damit könnt ihr spielen, so viel ihr wollt.«

Wieder sah die kleine Frieda zu ihrer Mutter, die leicht nickte. Dann nahm sie eine Puppe in die Hand und betrachtete sie wie ein fremdes Wesen.

Bestimmt hatte Agnes die Kinder darauf vorbereitet, wie sie sich benehmen sollten. Endlich hatte sie mal wieder Zeit mit ihnen verbringen können und dann musste sie ihnen sagen, dass sie zu fremden Leuten kommen werden.

Die Mädchen würden sich anpassen müssen, genau wie sie es getan hatte, das war Martha klar. Auch wenn die Strates es sicherlich gut meinten, so würden sie doch andere Kinder aus Agnes' Kindern machen, nämlich ihre eigenen. Und ob und wann die Schreinersfrau ihre Mädchen zurückbekam – das war ohnehin unklar.

Martha beobachtete, wie Frau Strate versuchte, die Mutter der Kinder loszuwerden, damit sie die Mädchen endlich für sich allein hatte.

»Danke, dass Sie die Kinder gebracht haben, Frau Stöckl«, sagte sie nun mit einem freundlichen, aber distanzierten Lächeln. »Sie haben sicherlich noch sehr viel zu tun, wir wollen Sie nicht länger aufhalten.«

Agnes brauchte eine Weile, bis sie verstand, dass sie nun zu gehen hatte. Sie tat Martha leid. Fragend sah Agnes den Anwalt an, doch er blickte verlegen zu Boden. Frau Strate lächelte zwar noch immer, zeigte aber ungeduldig in Richtung Tür. Agnes' letzter Blick galt ihren beiden Mädchen. Frieda hatte die Puppe fest im Arm, Ilse lutschte am Daumen. Beide sahen Agnes mit großen Augen an. Sie presste die Lippen aufeinander, beugte sich entschlossen zu ihren Mädchen, strich ihnen über den Kopf und flüsterte: »Seid schön brav.« Wahrscheinlich traute sich Agnes nicht, ihnen zu sagen, wie lieb sie sie hatte, dachte Martha.

So einfach aber wollte Agnes Frau Strate das Feld offenbar doch nicht überlassen.

»Ich hol sie nächsten Sonntag nach dem Mittagessen, wie ausgemacht«, sagte sie und sah dabei fordernder als zuvor zu Strate, der nickte: »Wie vereinbart, ja.«

Dann ging sie schnell, ohne ihre Kinder noch einmal anzusehen, deren ratloser Blick ihr vermutlich vollkommen die Fassung geraubt hätte.

Martha hatte an diesem Nachmittag frei. Eigentlich hatte sie lesen wollen, aber die Sonne schien so schön, da trieb es sie hinaus an die frische Luft. Wenn sie zur Würm ging, den Fluss sah, die grünen Bäume und Sträucher, wenn der Blick wenigstens ein bisschen ins Weite ging, weil er nicht ständig an Häusern hängen blieb, fühlte sie sich für einen Moment so frei wie früher, wenn sie für eine Stunde weggelaufen war. Über die Felder und Wiesen hin zum Wald, wo ihr keiner was konnte. Keine Arbeit, keine Watschen, keine bösen Worte. Da war nur Ruhe und Frieden. Und selbst eine Bremse, die sie stach, war ihr lieber als jedes Wort, das sie daheim zu hören bekam.

Martha setzte sich an die Würm und sah auf den Fluss, der nicht besonders breit war, aber überraschend schnell dahinfloss. Aus dem Würmsee kam er, hatte der Anwalt ihr erklärt, aus Starnberg. Und er hatte ihr versprochen, dass sie im Sommer einmal hinfahren würden an den See und sie mitnehmen. Wenn das Wetter schön war, konnte man von dort auch die Berge sehen.

Berge gab es bei ihnen nicht in Niederöd. Zwar hatte sie die Leute davon reden hören, dass es den Arber gab oder den Rachel, aber so weit war sie niemals gekommen. Sie kannte nur Hügel, richtige Berge waren bestimmt ganz was anderes.

In Niederöd hätte sie jetzt die Schuhe ausgezogen und die Füße ins klare, eiskalte Wasser gehalten, wenn sie überhaupt Schuhe angehabt hätte. Aber hier in der Stadt durfte man das vielleicht nicht. Wahrscheinlich durfte man nicht einmal am Flussufer sitzen. Sie bemerkte die Blicke der Spaziergänger, und so stand sie auf, klopfte ihr Kleid ab und ging weiter.

Da saß noch jemand am Ufer, ganz in der Nähe der Blutenburg zwischen zwei Sträuchern, sodass es vom Weg aus nicht gleich zu sehen war. Eine Frau. Die traute sich anscheinend mehr als sie. Erst als Martha schon fast an ihr vorbeigelaufen war, bemerkte sie, dass es Agnes war. Ihre Schultern zuckten. Einen Moment zögerte Martha, ob sie die weinende Frau stören sollte, dann überkam sie großes Mitleid und sie setzte sich neben sie. Agnes hob den Blick und sah sie fragend an.

»Des is ein harter Tag«, sagte Martha.

Agnes nickte: »Wie sie den Benno gholt haben, da hab ich denkt, schlimmer geht's ned. Aber jetzt …«

Sie schnäuzte sich. »Bin ich eine schlechte Mutter, weil ich meine Kinder weggeb?«

Martha schüttelte den Kopf. »Es geht halt ned anders«, antwortete sie. »Und bei den Herrschaften, da haben's die Mäderl scho gut.«

»Des hab ich mir auch denkt.« Agnes wirkte tatsächlich etwas erleichtert. »Trotzdem …«

»Bald sind sie gwieß wieder bei euch.« Martha konnte nicht anders, sie wollte der jungen Mutter unbedingt Hoffnung machen.

»Meinst ...?« Agnes' Augen suchten Bestätigung.

Martha nickte. »Ganz gwieß.«

»Ich hab sie ned im Dorf lassen können«, fuhr Agnes fort.

»Ich kenn des scho, wie des is«, antwortete Martha. »Wenn jeder alles von jedem weiß und jeder froh is, wenn dem andern was passiert und ned ihm selber.«

»Aber in der Stadt ... da is es auch ned immer schön.«

»Trotzdem, ich geh nimmer nach Niederöd«, sagte Martha und stand auf.

»Komm, wir gehn ein bisserl spaziern. Wenn scho mal Feiertag is und gutes Wetter.«

»Und du schaust bestimmt auf meine Mäderl?« Agnes sah sie bittend an. Martha nickte entschlossen. »Des hab ich dir doch scho versprochen. Und mir auch.«

»Und wenn was is, gibst mir Bscheid?«

»Denen tut niemand was. Des schwör ich«, nickte Martha.

31

Benedikt Wurzer hatte das Gefühl, dass dieser Dienstag kein guter Tag werden würde. Zwar hatte das wärmere Wetter der letzten Tage dazu geführt, dass ihn sein Rheumatismus nicht mehr so plagte, und tatsächlich hatte er es geschafft, während der Feiertage nicht an seine Arbeit zu denken, aber schon der Morgen hatte nichts Gutes verheißen. Er war früher als sonst aufgewacht, weil seine Frau nicht mehr neben ihm gelegen hatte. Als er in seinen Schlappen in die Küche gekommen war, hatte er sie vor dem Bild ihrer beider Buben stehen und weinen sehen.

Hört das denn nie auf, war sein erster Gedanke gewesen. Doch ihm ging's ja auch nicht besser, der Schmerz würde nie vergehen. Statt seiner Frau in ihrem Kummer beizustehen, zog er sich leise und leicht gekränkt zurück, da sie offenkundig mit ihren Tränen allein sein wollte. Keiner der beiden verlor beim Frühstück ein Wort darüber. Er gab ihr einen kleinen Kuss zum Abschied, und als er noch überlegte, ob er sie in den Arm nehmen sollte, war die Gelegenheit vorbei, und sie drückte ihm die eingewickelten Brote in die Hand.

»Bis auf d'Nacht«, sagte sie und er nickte bloß.

In der Arbeit war es auch nicht besser geworden. Er hatte Löffler wartend in seinem Büro angetroffen. Offenbar hatten sie ihn bei den Ermittlungen, was die Morde in Hinterkaifeck betraf, nicht brauchen können und zu ihm zurückgeschickt. Es erstaunte Wurzer nicht, dass auch seine Kollegen jede Gelegenheit nutzten, diese Ausgeburt an Ignoranz und Dummheit wieder loszuwerden. Vielleicht ahnten viele auch, dass Löffler gerne Informationen an Vorgesetzte weitergab und sich mit fremden Federn schmücken wollte. Und den hatte er jetzt wieder am Hals.

»Guten Morgen, Löffler, wieder da?«

»Ja, ich bin zu Ihnen zurückbeordert worden«, antwortete der Assistent, stand höflich auf und machte einen knappen Diener. »Guten Morgen, Herr Oberkommissär.«

»Sie hätten doch den Kollegen gute Dienste leisten können«, meinte Wurzer und bemühte sich, nicht ironisch zu klingen.

»Mit Verlaub, Herr Oberkommissär, heute Nacht hat's zwei Morde in München gegeben. Ich glaub, da können Sie meine Hilfe auch brauchen.«

Wurzer sah seinen Mitarbeiter überrascht an. »Was ist denn passiert?«

»Eine Leiche in der Au. Der Kopf lag in der Isar, aber anscheinend ist er vorher recht verprügelt worden. Ob er sich dann abkühlen wollt oder einer nachgeholfen hat, das ist nicht sicher. Aber schaut ganz nach einer Rauferei mit schlechtem Ende für einen der Beteiligten aus.«

»Weiß man denn schon so viel über den Tathergang?«, fragte Wurzer scheinheilig, der daran zweifelte, dass bereits Ergebnisse vorlagen.

»Nein, aber ich hab in der Gerichtsmedizin Dampf gemacht und bei den Kollegen, die vor Ort waren und die Spuren gesichert haben, genauso.«

»Und der zweite Tote?«

»Der ist in Laim gelegen in der Nähe vom Hirschgarten. Erstochen.«

Wurzer sah Löffler überrascht an. »Erstochen – so wie unser Dichter in Pasing?«

Löffler nickte beflissen. »Möglicherweise war's ein Messer zum Fleischzerlegen, hat der Kollege gesagt«, erwiderte er. »Und er ist auch von vorn erstochen worden.«

Wurzer spürte, dass er seine Neugier kaum bezähmen konnte. »Hat er auch diese seltsame Wunde am Kopf wie der Waldfels?«

»Anscheinend nicht«, antwortete Löffler, »auf jeden Fall hab ich darüber nichts gehört.«

Wurzer nahm sich vor, selbst so schnell wie möglich mit den Kollegen zu sprechen, die den Fall aufgenommen hatten. Solche Kleinigkeiten wurden schnell mal übersehen, wenn die Stichwunde offenkundig zum Tod geführt hatte.

»Es kann ja gar nicht derselbe Täter gewesen sein«, unterbrach Löffler ihn in seinen Gedanken, »der Mörder vom Waldfels sitzt ja schon ein.«

»Noch ist er nicht verurteilt«, korrigierte Wurzer, aber das focht einen Löffler nicht an. »›Justitias Mühlen mahlen langsam, aber unerbittlich.‹«

Wurzer überging diese Binsenweisheit und holte Notizblock und Stift heraus.

»Was weiß man denn über den Ermordeten in Laim?«

»Bartholomäus Langner heißt er. Ein Privatier. Hat schon recht früh reich geerbt und sich zur Ruhe gesetzt, bevor er mit der Arbeit überhaupt angefangen hat.«

»Familie?«

»Auf die Schnelle haben wir niemanden gefunden.«

»Also keine Frau, keine Kinder.«

»Manche legen da nicht so viel Wert drauf«, antwortete Löffler und grinste anzüglich.

Wurzer schickte seinen Assistenten in die Au, um weitere Ermittlungen anzustellen. Er sollte in mehreren Wirtshäusern rund um den Tatort fragen, ob es irgendwo zu einer Auseinandersetzung gekommen war, und er sollte eine Fotografie des Toten mitnehmen. Damit würde Löffler einige Zeit beschäftigt sein und er könnte in Ruhe der Sache in Laim nachgehen. Insgeheim hoffte er, dass der Fall des toten Privatiers etwas mit der Ermordung des Dichters zu tun haben könnte und Benno Stöckl entlastete.

Auch von Waldfels war Junggeselle gewesen, auch er hatte im Wohlstand gelebt, auch er war erstochen worden. Noch wusste Wurzer nicht, ob Löfflers anzügliche Bemerkung über den Privatier der Wahrheit entsprach. Während der Ermittlungen im Fall Waldfels waren keine solchen Hinweise aufgetaucht. Im Gegenteil hatte er ja Agnes Stöckl unangemessene Avancen gemacht. Die Haushälterin hatte allerdings ausgesagt, dass er nie Damenbesuch mit nach Hause gebracht hätte. Es wäre nicht das erste Mal gewesen, dass einer seine strafrechtlich relevanten Neigungen kaschierte, indem er sich als Schürzenjäger tarnte. Er wollte in dieser Richtung nachforschen.

Aber es half nichts, er musste mit dem Laimer Fall beginnen. Dann würde sich erweisen, ob es eine Verbindung zum Pasinger Mordfall gab.

Wurzer war verblüfft, als ihm die Haushälterin des ermordeten Privatiers öffnete. Sie sah Minna Mayerhofer recht ähnlich.

»Kommen Sie doch herein, ich bin die Therese Grubinger«, gab sie bereitwillig Auskunft, führte Wurzer in den Salon und nahm wie selbstverständlich auf einem Sessel Platz.

»Was wollen Sie wissen?«, übernahm sie die Initiative und Wurzer wunderte sich nicht darüber, dass sie offensichtlich auch die gleiche Resolutheit an den Tag legte wie Frau Mayerhofer.

»Wo wollte er denn abends am Ostermontag hin, der Herr Langner?«, fragte Wurzer und sah sich dabei ein bisschen um. Die Einrichtung war gediegen und sicher nicht billig, soweit er das beurteilen konnte. König Ludwig II. und der Prinzregent sahen würdevoll von der Wand auf ihn herunter. Frau Grubinger räusperte sich.

»Entschuldigung, könnten Sie das wiederholen?«, wandte er sich verlegen an die Haushälterin, da er ihre Antwort auf seine Frage überhört hatte. »Ich war gerade abgelenkt.«

»Von der schönen Einrichtung, gell?« Therese Grubinger sah sich stolz um. »Ja, der gnädige Herr hat schon einen guten Geschmack gehabt.«

Wurzer nickte nur. »Also?«

»Er hat mir nicht gesagt, wohin er wollte«, wiederholte die Haushälterin. Noch bevor Wurzer enttäuscht sein konnte, redete sie schon weiter. »Aber meistens ist er zum Stachus. Das weiß ich, weil er manchmal mit der Droschke gefahren ist.«

»Sie haben gehört, was er dem Fahrer gesagt hat.«

Sie nickte. »Aber wo er von dort aus hingegangen ist, das weiß ich nicht.«

»Hatte er oft Besuch?«, wollte Wurzer wissen.

Frau Grubinger schüttelte den Kopf. »Eher selten. Für mich war das praktisch, weil's weniger Arbeit macht. Keine Gäste, kein Dreck. Man muss sich nicht so viel ums Essen kümmern, nicht servieren und schon gar nicht hinterher aufräumen.«

Tatsächlich klang das ähnlich wie bei von Waldfels, der sich offenbar auch am liebsten anderswo amüsiert hatte.

»Gab es eine Frau im Leben vom Herrn Langner?«

»Ich wüsst keine außer mir.«

Wurzer grinste, aber sie meinte das vollkommen ernst. Sie war die Einzige gewesen, und darauf war sie stolz.

»Wie lange arbeiten Sie denn schon hier?«, fragte er nach.

»Im Februar waren's zwölf Jahre«, sagte sie und setzte eine bedeutsame Miene auf. »Und in der Zeit hat er nie ein Weibsbild mit heimgebracht.«

»Und wenn dann mal ein Besuch kam, wer war das denn?«

»Erst waren's ein paar Spezl vom Stammtisch, wo er einmal die Woch hingegangen ist. Aber dann hat er gesagt, die sollen im Wirtshaus saufen und selber zahlen, er ist doch nicht der Depp für alle.«

»Sonst niemand?«

»Eine Zeit lang hat er öfter mal einen Freund eingeladen. Der hat dann hier mit ihm gegessen, und sie haben sich unterhalten.«

»Wie heißt der Freund?«

»Er hat ihn ›Simmerl‹ genannt.«

»Worüber haben die zwei geredet?«

»Des weiß ich nicht. Weil der ist immer am Sonntag gekommen, wenn ich meinen freien Nachmittag gehabt hab.«

»Aber gesehen haben Sie ihn schon?«

Therese Grubinger nickte. »Ich bin ein oder zwei Mal später weggegangen, weil ich schauen wollt, wer bei uns im Haus da ein- und ausgeht.«

Diesmal verkniff Wurzer sich das Grinsen.

»Ein junger, hübscher Bursch war das«, ergänzte sie noch.

»Sind Sie auch mal früher heimgekommen?«

»Ja, aber bloß, weil's so stark geregnet hat. Da war der Spaziergang früher zu Ende«, sagte sie und schaute den Kommissär entschuldigend an.

Wurzer versuchte, sich seine Skepsis nicht anmerken zu lassen. »Und da sind die beiden hier gesessen so wie wir zwei und haben sich nett unterhalten?«

Therese Grubinger schwieg einen Moment. Dann setzte sie ihre Worte sehr bewusst. »Sie waren oben im Arbeitszimmer vom gnädigen Herrn. Mehr weiß ich auch nicht.«

»Darf ich das Arbeitszimmer mal sehen?«

»Ja, freilich, kommen S' mit.«

Die Haushälterin führte ihn in den ersten Stock und öffnete die erste Tür. Ein abgestandener Geruch schlug Wurzer entgegen, offenbar wurde das Zimmer selten genutzt und noch seltener gelüftet. Der Schreibtisch war nahezu leer, im Bücherschrank standen nur wenige Werke bayerischer Autoren. An der Wand hing ein Gemälde, das einen Hopfengarten zeigte. »Damit sind seine Eltern reich geworden«, sagte Therese Grubinger ungefragt.

Wurzer sah sich noch die restlichen Räume des Hauses an, entdeckte aber nichts Ungewöhnliches. Das Schlafzimmer war vielleicht ein bisschen pompös, der Privatier schien gern auf den Spuren des romantischen Bayernkönigs zu wandeln.

»Wer erbt das alles?«, fragte Wurzer und Therese Grubinger zuckte die Schultern.

»Gibt's denn Verwandte?«

»Ich kenn keine, aber irgendeinen gibt's doch immer, wenn's was zu holen gibt.«

»Und was machen Sie jetzt?«

»Es gibt auch immer irgendeinen, der eine Haushälterin sucht«, antwortete sie. »Aber so schön wie hier werd ich's wahrscheins nimmer haben.«

Als Wurzer draußen auf der Straße stand, plante er seine nächsten Schritte. Nach Pasing war es nicht weit. Er würde noch einmal mit dem Anwalt reden.

32

Wolf Strate stand in der Tür zum Kinderzimmer und beobachtete die Mädchen. Sie saßen auf dem Boden und spielten mit ihren Puppen. Sie sprachen leise miteinander und hatten ihn noch nicht bemerkt. Er konnte nicht verstehen, was sie redeten. Nicht nur weil sie flüsterten, sondern auch wegen des stark ländlichen Dialekts. Das würde aber sicher nach einer Weile hier bei ihnen vergehen. Frieda wandte sich um und sah ihn in der Tür stehen. Ihr Blick war interessiert, aber unsicher.

»Guten Tag«, sagte er und lächelte. Statt zu antworten, stand sie auf, kam auf ihn zu, gab ihm die Hand, machte einen Knicks und sagte »Grüß Gott«. Es sah gerade so aus, als hätten sie das zu Hause noch geübt, bevor sie auf eine Reise in die fremde Welt geschickt worden waren.

»Habt ihr euren Puppen denn schon Namen gegeben?«, fragte Strate und Frieda nickte. »Frieda und Ilse.«

Strate war nicht überrascht. Der Mensch suchte immer Sicherheit in unsicheren Umständen und die Kinder machten es hier in der Fremde nicht anders. Durch das Spiel verarbeiteten sie die vielen Eindrücke der letzten Zeit. Strate hatte sich ausgiebig mit der menschlichen Seele beschäftigt. Er wollte verstehen, warum Menschen so waren, wie sie waren, und warum sie taten, was sie taten. Erst hatte er seine Recherchen nur im Zusammenhang mit seinen Mandanten geführt, aber als es seiner Frau immer schlechter ging, hatte er seine Nachforschungen auch in diese Richtung erweitert. Leider hatte er keine zufriedenstellenden Erklärungen für die Traurigkeit seiner Frau gefunden. Er glaubte zwar, dass es nicht allein an der Kinderlosigkeit lag, aber sicher war er sich nicht.

Über sich selbst intensiv nachzudenken, das hatte er bisher immer vermieden. Er wusste nicht mehr allzu viel aus seiner Kindheit und Jugend. Als er Helene kennengelernt hatte, war ihm sozusagen ein neues Leben geschenkt worden.

Er wandte seine Gedanken wieder den beiden Mädchen zu, ging in die Hocke und lächelte sie an. »Hat euch die Martha so hübsch angezogen?«

Frieda nickte. Strate betrachtete die beiden Mädchen, die ihre alten Sonntagskleider trugen, der Besuch bei der Schneiderin stand erst heute an.

Frieda riss Strate aus seinen Gedanken.

»Wie bitte?«, fragte er, weil er sie nicht verstanden hatte. Frieda sah ihn stumm an. »Kannst du den Satz bitte noch einmal wiederholen?«, probierte er es erneut. Als sie immer noch nicht reagierte, wurde er noch deutlicher: »Was hast gsagt?«, bemühte er sich, bayerisch zu klingen.

»Mia ham a Muich kriagt«, antwortete Frieda lächelnd, weil sie ihn endlich verstanden hatte.

»Eine Milch?«, versicherte er sich. Frieda nickte und fügte hinzu: »Und a Semmel mit am echten Butter.« Da lächelte auch Ilse und nickte. Strate freute sich. Wenigstens das Essen schmeckte den Mädchen. Das war ein gutes Zeichen.

»Und was wollt ihr zum Mittagessen?«

Die Mädchen sahen sich mit großen Augen an. Vermutlich waren sie das noch nie in ihrem Leben gefragt worden.

Frieda lächelte fröhlich und sah ihn verschwörerisch an: »Ich hab a Fleisch gsehn.«

Strate verkniff sich ein Lächeln. Bei ihnen gab es mehrmals die Woche Fleisch, aber für die Mädchen war es offenbar etwas Besonderes. Dabei hatte er gedacht, die Versorgungslage auf dem Land wäre besser als in der Stadt.

»Dann spielt schön weiter«, sagte er. Frieda ging gehorsam zurück in die Puppenecke zu ihrer Schwester. Zu gern hätte Strate gefragt, ob er mitspielen dürfe, aber irgendetwas hielt ihn davon ab. Noch einen langen Moment blieb er stehen und konnte seinen Blick nicht abwenden. Er hatte es nicht eilig zu seinem Schreibtisch zurückzukehren, auf dem der Fall Stöckl auf ihn wartete. Er sollte endlich etwas unternehmen, den Vater der Mädchen freizubekommen. Aber wollte er das überhaupt noch? Dann würden ihm die Mädchen weggenommen werden. Bei diesem Gedanken erschauderte er.

Er hörte die Türglocke, schenkte dem Klingeln aber keine Beachtung. Erst als er Stimmen und kurz darauf Schritte auf der Treppe hörte, riss er sich vom Anblick der beiden Mädchen los und ging den Flur entlang. Es sollte ihn niemand dabei erwischen, wie er dastand und die Mädchen beim Spielen beobachtete.

Martha kam ihm entgegen, blieb stehen und knickste, als sie ihn sah. »Der Herr Kommissär ist da«, sagte sie, und Strate nickte. »Danke, Martha. Bringen Sie doch bitte Kaffee und etwas Gebäck in mein Arbeitszimmer.«

Während er die Treppe hinunterging, um Wurzer in Empfang zu nehmen, spürte er sein schlechtes Gewissen noch deutlicher. Der Kommissär, für den der Fall eigentlich geklärt sein könnte, wollte die Ermittlungen nicht ruhen lassen, während er selbst das Interesse an der Freilassung des Schreiners verloren zu haben schien.

»Was verschafft mir die Ehre, Herr Oberkommissär?«, begrüßte er Wurzer und führte ihn nach oben in sein Arbeitszimmer.

»Es hat einen Mord in Laim gegeben«, sagte Wurzer. »Letzte Nacht. Ein gut situierter Mann in den besten Jahren, ebenfalls erstochen.«

Strate sah ihn überrascht an. »Sie denken, es könnte ein Zusammenhang bestehen zum Tod von Waldfels?«

Wurzer zuckte die Schultern. »Wir wissen noch nicht viel, aber spekulieren wird man ja noch dürfen, gerade in Ihrer Situation, wo Sie doch einen vermeintlichen Mörder zu verteidigen haben.«

»Interessant ist das schon«, sagte Strate und begann, sich Notizen zu machen. »Dürfen Sie mir denn sagen, um wen es sich handelt und wie Sie auf den Verdacht ...«

»Bloß eine Spekulation«, unterbrach Wurzer ihn. Strate ließ ihm seine Wortklauberei. »Wie sind Sie auf diese Spekulation gekommen?«

»Wohlhabend, ähnliches Alter, alleinstehend .... Und vor allem: Ihr Mandant kann's in diesem Fall nicht gewesen sein.«

Strate merkte, dass Wurzer ihm noch mehr sagen wollte, aber dass ihn die Anwesenheit Marthas daran hinderte. Es wunderte ihn ohnehin, dass das Dienstmädchen so umständlich und langwierig mit dem Kaffee hantierte. Das war sonst nicht ihre Art. Er kannte Martha nicht als neugierig oder indiskret.

Strate bot Wurzer eine Zigarre an. Sie pafften schweigend, bis Martha sich mit einem Knicks entfernt hatte.

»Entschuldigen Sie«, sagte Wurzer leise, »aber ich wollte die Sache nicht vor Ihrem Hausmädchen ansprechen, sie ist doch zu delikat.«

»Ich höre.«

»Ich hab mit der Haushälterin des Ermordeten gesprochen«, sagte Wurzer. »Und aus einigen Andeutungen glaube ich entnehmen zu können, dass sich der Ermordete in homosexuellen Kreisen bewegte.«

»Was für Andeutungen?«, fragte Strate.

»Dass er nie Damen mit nach Hause brachte, sondern nur Herren. Und irgendwann sogar nur noch einen bestimmten und auch nur, wenn das Dienstmädchen freihatte.«

Strate überlegte. Das waren tatsächlich nur Spekulationen. Bevor er das äußern konnte, fuhr Wurzer fort.

»Ich hab mich gefragt, warum eigentlich der Waldfels Junggeselle war. Laut seiner Haushälterin hat auch er nie Damenbesuch gehabt.« Der Kommissär sah ihn herausfordernd an.

Strate stutzte. »Sie meinen, er war auch homosexuell? Und Sie suchen einen Täter, der in diesem Umfeld mordet?«

»Ich überlege nur laut«, antwortete Wurzer und zog an seiner Zigarre, die er offenbar sehr genoss.

»Das kann ich mir nicht recht vorstellen. Wir hatten zwar nicht so viel miteinander zu tun, aber in den wenigen Gesprächen, die wir geführt haben, hat er den Eindruck erweckt, er genieße die Vorzüge des Junggesellenlebens mit mehreren verschiedenen Damen«, sagte Strate und begann, im Zimmer auf und ab zu gehen. Dabei warf er auch einen kurzen Blick auf die geschlossene Tür und überlegte, ob Martha dahinterstehen und lauschen könnte. Sie hatte sich vorhin so seltsam benommen.

»Schauen Sie lieber nach«, sagte Wurzer leise. »Mir ist nämlich wichtig, dass das unter uns bleibt.«

Strate öffnete schnell die Tür einen Spalt, aber der Flur war leer. Er war zufrieden – Martha wusste also doch, was sich gehörte.

»Und Frau Stöckl hat er doch auch schöne Augen gemacht. Warum hätte er seinen Schreiner deshalb in Wut versetzen sollen, wenn er gar nicht an Frauen interessiert war?«, führte Strate seine Gedanken weiter aus.

»Das stimmt … Aber vielleicht gehörte das alles zu seiner Tarnung. Schließlich geht es bei einer solchen Geschichte nicht bloß um den guten Ruf, sondern im Fall des Falles auch um Gefängnis und das Ende einer bürgerlichen Existenz.«

Strate nickte, er wusste um das Elend all derer, die sich nicht in die vorgesehene Ordnung von Männern und Frauen fügten.

»Wenn Sie einverstanden sind, werde ich das Gespräch mit der Haushälterin unseres verstorbenen Nachbarn suchen. Vielleicht erzählt sie mir ja mehr als jemandem von der Polizei.«

Wurzer nickte zufrieden und paffte vor sich hin. »Genau darum wollt ich Sie bitten.«

Umständlich stand er auf.

»Rauchen Sie doch in Ruhe fertig«, bot Strate ihm an, »und trinken Sie Ihren Kaffee aus. Es eilt doch nicht.«

Wurzer nickte behaglich. Endlich einmal jemand, der sah, dass so ein Oberkommissär auch nur ein Mensch war.

33

Wie eine »Heilige Woche« hatte sich die Woche nach Ostern für Agnes nicht angefühlt. Jeden Morgen war sie in den Schwanthaler Dom gegangen, wie die Leute die große Kirche St. Rupertus nannten, in der Hoffnung, ihre Gedanken beruhigen zu können. Aber weil der Onkel an Ostern ins Krankenhaus gebracht werden musste, hatte sie nun noch eine Sorge mehr, die ihr keine Ruhe ließ. Sie wollte nicht daran denken, was es bedeuten würde, wenn der Onkel … und der Benno. Sie riss sich zusammen. Wenigstens hatten Korbinian und sie die nächsten Tage genug zu essen. Der Emmeram hatte ihr so viel mitgegeben, wie sie unauffällig hatte tragen können. Nicht dass es irgendein armer Lump bemerkt und ihr einfach weggenommen hätte. Die Leute hatten so viel Hunger, da blieb der Anstand auf der Strecke. Jeden Tag hörte man solche Geschichten. Aber seit Bennos Verhaftung war Agnes der Appetit sowieso vergangen, und neuerdings war ihr den ganzen Tag übel, sodass sie gleich gar nichts mehr hinunterbrachte.

Sie hatten angefangen, die Betten für die Kinder zu bauen. Korbinian schien die Arbeit Spaß zu machen, während Agnes sich am liebsten hingelegt und die Augen geschlossen hätte. Würde ihnen irgendjemand noch Aufträge geben? Wenn man in Not war, dann gingen einem die Leut aus dem Weg, als ob es ansteckend wär, das Unglück.

Nach dem Gottesdienst hatte Agnes so eine Sehnsucht nach ihrem Benno gehabt, dass sie nach Stadelheim rausgefahren war. Zu ihrem Mann wolle sie, hatte sie dem Beamten mitgeteilt, musste aber die Frage nach einer Besuchsgenehmigung verneinen. Nur gelacht hatte er und sie wieder fortgeschickt. So leicht käme man da nicht hinein, wenn man nichts angestellt hätte, hatte er gesagt, und sie solle mit dem Anwalt reden, der könne sich um eine Genehmigung kümmern, aber das könnte eine Weile dauern, bis die da wäre.

Während der ganzen Fahrt zum Krankenhaus hatte Agnes geweint und dann hatte sie ihre letzte Kraft zusammengenommen, um noch den Onkel zu besuchen. Von der Zuversicht, dass der Benno bald wieder freikäme, war ihr an diesem Tag nichts geblieben.

Agnes stand auf und holte sich eine Decke, die sie sich über die Schultern legte. Abends war es doch noch kalt und sie wollte nicht einheizen, um Holz zu sparen.
Sie war froh, dass Korbinian bei einer politischen Versammlung war. Neulich während der Arbeit hatte er ihr seine Politik erklären wollen, aber Agnes fand das alles sehr kompliziert. Da gab es die SPD, aber auch die USPD, die Kommunisten und viele andere kleinere Gruppen. Die einen wollten, dass alles allen gehörte, die anderen forderten steigende Löhne, damit es den kleinen Leuten besser ginge, wieder andere wollten die Regierung abschaffen. Sie kannte sich immer noch nicht richtig aus. Bei ihnen daheim hatte nach dem Krieg erst mal überhaupt niemand wählen wollen. Dass der König nicht mehr da war, das hatte ihnen nicht eingeleuchtet. Einen König konnte man doch nicht so einfach zum Teufel jagen. Der war doch von Gott eingesetzt. Der Pfarrer hatte viel Mühe gehabt, ihnen das alles in der Predigt zu erklären und auch, was sie am besten wählen sollten. Und so hatten sich die einen für die Bayerische Volkspartei entschieden, die anderen für die Bauernpartei, auch wenn sich die Leute gegenseitig versicherten, dass doch in München ein Lump wie der andere und es völlig egal wäre, wem man seine Stimme gäbe.

Ihre Gedanken kehrten wieder zum eigentlichen Problem zurück: Korbinian. Sie wohnten unter einem Dach, und das gehörte sich nicht. Während der Arbeit spürte sie immer wieder seine Blicke und dass er ihre Nähe suchte. Ihr war das unangenehm, und sie versuchte Abstand zu wahren. In der Werkstatt war das möglich, aber in der Wohnung wusste sie nicht, wie sie sich verhalten sollte. Wenn sie sich nach dem Essen sofort in ihr Zimmer verabschiedete, könnte er das vielleicht als Aufforderung ansehen, ihr zu folgen. Was sollte sie dann tun? Könnte sie überhaupt etwas tun? Korbinian war stark, da hätte sie keine Chance … Bisher hatte er nichts dergleichen versucht, aber sie konnte die Angst einfach nicht abschütteln. Wenn nur der Onkel aus dem Krankenhaus wiederkäme. Oder sollte sie den Emmeram bitten, für ein paar Tage zu ihr zu ziehen? Aber er tat eh schon so viel für sie und hatte daheim genug Arbeit. Sie seufzte.

Der einzige Lichtblick war, dass sie übermorgen ihre beiden Mädchen sehen würde. Wie es ihnen wohl die erste Woche bei den Strates ergangen war? Dass sich die Martha recht um sie kümmern würde, glaubte sie ihr, aber ihre Sehnsucht nach den Kindern war riesig. Fast wäre sie schon einmal unter der Woche nach Pasing gefahren, um sich vors Haus zu stellen und zu schauen, ob sie einen Blick auf die Kinder erhaschen könnte. Aber ein Blick würde alles nur noch schlimmer machen, wenn sie sie nicht auch in die Arme schließen könnte und das hätte die Hausherrin sicher nicht erlaubt.

Was würde der Benno sagen, wenn er erführe, dass sie die Kinder weggegeben hatte? Sie fürchtete seine Vorwürfe und wünschte sich zugleich, er möge endlich freikommen.

Agnes sah auf die Uhr, es war schon nach zehn. Korbinian konnte jeden Moment nach Hause kommen, und dann wollte sie bereits in ihrer Kammer sein. Ein betrunkener Korbinian war ihr schon nicht geheuer gewesen, als sie noch zu viert waren. Jetzt war sie allein. Sie würde die Tür zu ihrer Kammer absperren. Sicher war sicher.

34

Es war, als hätte man im Hause Strate einen Schalter umgelegt. Ein völlig neues Leben hatte Einzug gehalten. Nach ein paar Tagen hatten die Mädchen das Flüstern aufgegeben und erhellten mit ihrem Lachen, Singen und Rufen die Dunkelheit, die sich in das Leben des Ehepaares geschlichen hatte. Frau Strate hatte sofort damit begonnen, die Mädchen zu erziehen und ihnen Benehmen beizubringen. Sie hatten schnell begriffen, dass sie sich ihr Bleiben hier verdienen mussten, und versuchten alles, um Frau Strate zufriedenzustellen. Da Martha durch eine ähnliche Behandlung gegangen war und wusste, wie die Kinder sich fühlten, bereitete sie die Mädchen so gut es ging auf die Erwartungen der gnädigen Frau vor: keine Widerworte, wenn das neue Kleidchen kratzte, korrekte Aussprache, artiges Knicksen und Begrüßen.

Mit Freude nahm Martha wahr, dass Frieda und Ilse ihre Nähe suchten. Sie kam dem Altvertrauten wohl am nächsten, bei ihr durften sie einfach so sein, wie sie waren, und wurden nicht zurechtgewiesen.

Die Kinder waren den Strates schon nach wenigen Tagen ans Herz gewachsen, das konnte Martha sehen. Frau Strate stand morgens auf und begann den Tag voller Tatendrang. Martha allerdings hatte den beiden vorher schon beim Anziehen geholfen und ihnen Milch gegeben, weil sie mit dem Frühstück auf die Strates warten mussten. Martha genoss die Zeit, die sie mit den Mädchen allein verbrachte. Ihr offenes Lächeln, ihr Vertrauen und ihre kindliche Freude hatten in Martha eine Seite zum Vorschein gebracht, die sie lange nicht mehr gespürt hatte. Erst hatte sie sich eingeredet, dass sie alles nur für Agnes tat, dass sie nur ihr Versprechen einlöste, ein

Auge auf die Kinder zu haben. Bald aber gestand sich Martha ein, dass sie es um ihrer selbst willen tat. Sie wollte den Mädchen Geborgenheit und Wärme schenken, sie behüten und vor allem Bösen beschützen. Sie wollte es besser machen als bei ihren Schwestern. Lange Zeit hatte sie ihre Schwestern nicht beschützen können, sie hatte sich ja nicht einmal selbst schützen können, vor einem Vater, der sie beschimpfte und schlug und … Nein, diesen beiden Mädchen würde nichts passieren, das ließe sie nicht zu.

Martha kehrte zurück in die Gegenwart. Bei den Strates waren die Mädchen sicher, sie wurden gut behandelt, sie musste sich keine Sorgen machen.

Martha fuhr mit dem Staubwischen fort. Ihre Gedanken wanderten jetzt zu Agnes, die gewiss noch zweifelte, ob es ihren Kindern hier wirklich gut ging. Am Sonntag, wenn sie die Kinder abholte, wollte Martha versuchen, ihr diese Zweifel zu nehmen. Zwar fürchtete sie den Moment, wenn die Kinder zu ihren Eltern zurückkehren sollten, trotzdem tat es ihr leid, dass der Schreiner im Gefängnis saß. Sie war sich sicher, dass die Stöckls ihre Kinder von ganzem Herzen liebten, weshalb sie bei ihnen am besten aufgehoben waren – egal was sie selber oder die Herrschaften sich wünschten.

35

Endlich konnte Wurzer den Weg von seiner Wohnung am Sendlinger Tor bis zum Polizeipräsidium an der Ettstraße zu Fuß zurücklegen, ohne dass er vollkommen durchgefroren im Kommissariat ankam. Wobei ihn dort immerhin den ganzen Winter über ein warmes Büro empfangen hatte. Das vor knapp zehn Jahren fertiggestellte Gebäude war sehr modern und verfügte über eine Heizung in jedem Zimmer. Jedes Jahr musste Wurzer schmunzeln, wenn er ab November bemerkte, dass wieder viel mehr Kollegen schon früh am Morgen durch die Gänge in ihre Büroräume eilten, weil sie ihrem kalten Zuhause entfliehen wollten. Und selbst nach Feierabend ließen sie sich Zeit ... Im Sommer aber schätzten viele die Ermittlungen und Recherchen, für die man vor Ort sein musste – oder eben wollte. Wenn es schön draußen war, wenn die Sonne schien, wenn man die Besichtigung eines Tatorts mit einem anschließenden Besuch in einem nahe gelegenen Biergarten verbinden konnte – eine Mittagspause brauchte schließlich jeder Mensch.

An diesem Morgen im April waren wenige seiner Kollegen anwesend, nur Löffler empfing ihn glücklich triumphierend. Nach nur wenigen Tagen war es ihm am Vorabend gelungen, den Mord in der Au aufzuklären. Löffler hatte den Täter ermitteln können, das wurde er nicht müde zu betonen. Schwer war es nicht gewesen, dachte Wurzer, der ihm den Erfolg allein deshalb nicht gönnte, weil ihm der ständig prahlende Löffler mit seiner Großsprecherei auf die Nerven ging. Sicher hoffte er auf eine baldige Beförderung und verbreitete seine Heldentaten im Präsidium allerorten, vor allem höheren Ortes.

Löffler war, wie Wurzer es ihm aufgetragen hatte, mit einem Bild des Toten durch die Wirtshäuser gezogen, die nahe am Fundort der Leiche lagen. Das dritte Wirtshaus war bereits ein Treffer. Löffler schilderte das Gespräch mit dem Wirt wie eine Befragung allerschwierigster Art.

»Jedes Wort hab ich dem aus der Nase ziehen müssen, jedes Wort! So ein maulfauler Bursche ist mir selten untergekommen. Ich hab ihm dann auch ein bisserl gedroht, dass er mitkommen muss aufs Kommissariat, wenn er sich weiter so sperrt gegen die Ermittlungen – und dann auf einmal ist es gegangen.«

Löffler sah Wurzer Beifall heischend an, aber der nickte nur kurz und ordnete seinen Schreibtisch, obwohl es eigentlich nichts zu ordnen gab. Der Assistent ließ sich davon nicht beirren.

»Er sagt, der Tote sei mit einem anderen Gast in Streit geraten. Die kannten sich offenbar schon. Der Tote war Kommunist und der andere von der USPD, die hatten sich anscheinend schon öfter größere Wortgefechte geliefert in dem Wirtshaus. Aber mei, Pack schlägt sich, Pack verträgt sich, wer denkt da gleich an Mord und Totschlag.«

Wieder machte Löffler eine Pause, um Wurzer Zeit für ein paar zustimmende Worte zu geben. Der aber sagte nichts, sondern überlegte, warum die Sozis und die Kommunisten immer aufeinander losgingen als wären sie die größten Feinde. Und dabei übersahen sie das, was sich da rechts alles zusammenbraute.

»Hören Sie mir überhaupt zu?«, fragte Löffler beleidigt.

»Freilich«, behauptete Wurzer und zwang sich, wenigstens dem Rest der Ausführungen zu lauschen.

»Der Wirt sagte, es wäre bei dem Streit um die Revolution von 1918 und um die Räterepublik gegangen.«

»Mei, des ist doch alles schon längst vorbei«, seufzte Wurzer.

»Der Kommunist hat den ermordeten Ministerpräsidenten Eisner einen weltfremden Deppen genannt, da ist der Sozi aufgestanden und hat ihn am Krawattl gepackt.« Löffler lachte gehässig. »Ich sag es ja ungern, aber in dem Punkt hätt ich dem Kommunisten sogar recht gegeben.«

»Wie heißt er denn überhaupt, unser Toter?«, fragte Wurzer, um die Sache abzukürzen.

»Ja, das war gar nicht so einfach rauszufinden«, antwortete Löffler. »Der Wirt wusste nur, dass der Sozi ihn ›Ferdl‹ genannt hat. Und wie der Sozi hieß, das wusste er gar nicht.«

»Ja, wie es immer so geht beim Ermitteln«, murmelte Wurzer sarkastisch vor sich hin. »Weil die Leut halt kein Namensschild umhängen haben.«

»Besser wär's manchmal«, antwortete Löffler unverdrossen. »Aber ich hab mir gedacht, wenn der Tote dort öfter war, weil der Wirt hat ihn ja vom Gesicht her gekannt, dann gibt's vielleicht auch Stammgäste, die wissen, wie er heißt. Also bin ich auf d'Nacht noch mal hingegangen und hab mit der Fotografie rumgefragt, bis ich einen gefunden hab, der wo gewusst hat: Das ist der Ferdl Leitner.«

»Dann wissen Sie aber immer noch nicht, wie der heißt, mit dem er Streit gehabt hat.«

Löffler schüttelte den Kopf. »Von dem hab ich auch kein Bild gehabt, deshalb war das noch viel komplizierter.«

Wurzer nickte. Die Geschichte schien noch länger zu dauern. Löffler genoss jedes Detail.

»Aber ich hab herausgefunden, dass der Ferdl Leitner in der Au bei seiner Mutter wohnt und bei einer Werkstatt für Automobile arbeitet. Und stellen Sie sich vor, genau dort hab ich den Sozi auch getroffen. Er heißt Toni Krawinkl.«

Löffler legte erneut eine Kunstpause ein, und hoffte auf eine Reaktion seines Vorgesetzten, aber Wurzer spann die Geschichte weiter: »Das waren also Arbeitskollegen. Und der ist einfach in die Arbeit gegangen, als ob nichts wär.«

»Ganz schön kaltblütig, gell?«

»Oder er war's nicht«, brummte Wurzer.

Löffler sah seinen Vorgesetzten irritiert an. »Das glauben Sie doch jetzt selber nicht!«

»Hat er denn schon gestanden?«

»Freilich nicht, das ist ein ganz Ausgefuchster!«

»Was hat er denn zugegeben?«

»Dass er mit dem Ferdl vor die Tür ist, dass sie sich an der Isar geprügelt haben, dass sie sich dann doch wieder vertragen haben und dass er dann heimgegangen ist.«

»Vielleicht stimmt das ja«, stellte Wurzer fest.

»Der Kerl ist wegen schwerer Körperverletzung vorbestraft!«, empörte sich Löffler.

»Haben Sie denn überprüft, ob er wirklich heimgegangen ist?«

Löffler nickte: »Seine Frau hat die Angaben bestätigt. Um zehn Uhr war er daheim, nicht allzu besoffen, hat sie gesagt.«

»War er besonders aufgeregt?«

»Sie hat nichts gemerkt.«

»Und jetzt sitzt der Bursche ein und Sie warten auf ein Geständnis.«

Löffler nickte und lachte hämisch: »Der rückt schon noch mit der Wahrheit raus.«

Wurzer war der Tag jetzt schon verdorben. Wieder so ein Fall, wo man einen Schuldigen gesucht und schnell gefunden hatte. Unwillkürlich kehrten seine Gedanken zum Schreiner Stöckl zurück. Da kam ihm eine Idee.

»Löffler, ich hätte da eine ganz spezielle und delikate Aufgabe für Sie. Grade jetzt, wo Sie mit Ihrem eigenen Fall quasi durch sind und sich bewährt haben.«

Löffler sah den Kommissär mit einer Mischung aus Misstrauen und Überraschung an.

»Meinen Sie das jetzt ernst?«

»Freilich, sonst tät ich es ja nicht sagen«, behauptete Wurzer und überlegte noch schnell, wie er den Auftrag möglichst attraktiv vermitteln konnte.

»Und was soll das sein?«, fragte Löffler immer noch skeptisch.

»Es geht ums Münchner Nachtleben«, antwortete Wurzer und sah an dem Leuchten in Löfflers Augen, dass er den richtigen Ton getroffen hatte.

»Heben wir eines von den Etablissements aus?«, fragte er voller Vorfreude.

»Noch nicht«, log Wurzer. Er sollte wenigstens die Hoffnung aufrechterhalten, dass Löffler ein paar halb nackte Weiber festnehmen durfte.

»Erst mal geht es um Ermittlungen rund um den Stachus«, ergänzte er. Das Leuchten in Löfflers Augen erlosch. »Da sind doch die Perversen unterwegs.«

»Da laufen andere schon auch rum«, antwortete Wurzer. »Ich zum Beispiel geh da jeden Tag vorbei, wenn ich zur Arbeit lauf. Und auf dem Heimweg auch.«

»Könnten Sie dann nicht …«

»Ich komm mit meinen Ermittlungen bei dem Fall in Laim einfach nicht so schnell vorwärts wie Sie in der Au. Da könnte ich schon ein bisschen Unterstützung gebrauchen.«

Wurzer zog ein Bild des ermordeten Privatiers aus seinen Unterlagen. »Es geht darum, ob jemand den Privatier gekannt hat. Und bitte, nichts von Polizei sagen und nicht drohen, einfach nur fragen. Weil, wenn wir drohen, dann sagen sie gleich gar nichts.«

Löffler sah ihn entsetzt an. »Dann muss ich ja so tun, als ob ich einer von denen wär!«

»Mei, Verstellung gehört manchmal zum Beruf«, antwortete Wurzer und freute sich schon auf den abendlichen Einsatz seines Mitarbeiters.

36

Endlich war er da, der Weiße Sonntag. Agnes stand früh auf und ging zur Kirche, nüchtern, wie es sich gehörte, wenn man den Leib des Herrn empfing. Sie betete darum, dass es ihren Kindern beim Anwalt und seiner Frau gut gehen möge; dass sie nicht böse sein mögen auf ihre Eltern, die sie ein weiteres Mal weggegeben hatten, zu ganz fremden Leuten; dass der Benno bald aus dem Gefängnis käme und dass alles so werden könnte, wie sie es sich erträumt hatten. Den letzten Wunsch fand sie fast ein bisschen vermessen, so groß und unendlich weit weg schien er in diesem Moment, wo sie das Gefühl hatte, alles verloren zu haben.

Sie wusste, dass sie nur wenig Zeit mit ihren Kindern haben würde. Drei Stunden statt eines ganzen gemeinsamen Lebens. Das war kaum zu ertragen. In Gedanken hatte sie den Nachmittag schon Dutzende Male erlebt. Die Kinder würden ihr lachend in die Arme fliegen, sie würden sich eine schöne Stelle für ein Picknick suchen, die Schmalznudeln essen, den Kakao trinken und lachen und Spaß haben. In Gedanken war alles so schön und leicht. In Wirklichkeit verspürte sie eine große Unsicherheit. Würden die Mädchen sich über die Schmankerl freuen oder wäre das nichts Besonderes mehr für sie, da es bei Strates jeden Tag so etwas gab? Würden sie überhaupt Zeit mit ihr verbringen wollen? Diese Unsicherheit tat so weh, das konnte sie keinem Menschen sagen.

Nach der Kirche ging Agnes die Tulbeckstraße hinunter bis zur Werkstatt und die Treppe hoch in ihre Wohnung. Die Küche war kalt, seit sie das Holz zum Einheizen sparte. Sie traute sich nicht, die Holzscheite aus der Werkstatt zu benutzen, vielleicht musste sie diese für ein bisschen Geld noch verkaufen. Diese Woche war kein einziger Kunde da gewesen. Korbinian hatte mit ihrer Hilfe die Betten für die Mädchen gebaut und dann mit dem Zuschneiden der Latten für Strates Kassettendecke angefangen. Auch wenn sie ihm ab und zu half, kamen sie nur sehr langsam voran, sodass sie fürchtete, der Anwalt und seine Frau würden nicht zufrieden mit ihnen sein und vielleicht sogar weniger zahlen.

»Morgen, Agnes«, hörte sie Korbinians Stimme hinter sich und zuckte zusammen. »Musst ned erschreckn, bin bloß ich«, sagte er, kam zu ihr, nahm ihr den Eimer aus der Hand und ging schweigend hinunter ins Treppenhaus zum Wasserhahn. Es war anstrengend, die Eimer mit dem Wasser in die Wohnung hochzutragen, aber es war leichter als auf dem Land, wo man draußen im Hof das Wasser aus dem Brunnen pumpen und dann zurück ins Haus schleppen musste. Bisher hatte das auch meistens der Benno gemacht, aber jetzt … Sie verbot sich diese Gedanken. Heute würde sie die Mädchen sehen und darauf wollte sie sich freuen.

Sie begannen schweigend mit dem Frühstück. Agnes fühlte sich von Korbinian beobachtet und wusste nicht recht, wie sie mit ihm umgehen sollte.

»Schmeckt's dir ned?«, fragte er sie, als wären es seine Sachen, die da auf dem Tisch lagen.

»Es ist die Freud auf die Mäderl«, log sie. Eigentlich war ihr nur wieder so übel, dass sie nichts hinunterbrachte. Kurz blitzte der Gedanke auf, dass es ihr am Anfang ihrer beiden Schwangerschaften ganz genauso ergangen war … Sie musste unbedingt einmal in den Kalender schauen …

Das Klappern der Holzfiguren auf dem Tisch riss sie aus ihren Gedanken. Eine Kuh, ein Pferd, ein Schaf, ein Hund, eine Katze, ein bisschen grob gefertigt, aber schon zu erkennen.

»Die Kuh hat dir doch so gut gfalln. Da hab ich mir denkt, dass wir den Mäderl so was mitbringen könnten.«

»Du willst mitkommen?«

Korbinian nickte. »Ich wollt sowieso den Anwalt noch fragn, wann er die Betten holn lasst. Und ihm sagn, dass wir scho an der Kassettendeckn weitermachn.«

»Aber am Sonntag über die Arbeit redn ...«, meldete Agnes Zweifel an, weil sie ihn nicht dabeihaben wollte.

»So fromm haben die mir ned hergschaut«, antwortete Korbinian.

»Für die Betten können wir kein Geld verlangen. Die sind ja für unsre Kinder«, sagte Agnes.

Sie merkte zu spät, was sie da gesagt hatte, und wurde rot. Als sie das wohlwollende Lächeln Korbinians sah, schob sie schnell nach: »Vielleicht kann der Anwalt mir dann auch sagn, was ich machn muss, damit ich endlich den Benno bsuchn kann. Und was er bisher gmacht hat, damit er bald freikommt.«

Korbinian ging nicht darauf ein. »Hast dir scho überlegt, was du mit den Mäderl machn willst?«

»Wenns Wetter schön bleibt, nehm ich eine Decke mit und wir setzen uns an die Würm.«

Korbinian nickte zustimmend. »Ich hab einen Ball, den hab ich vor ein paar Tagen in einer Ecke vom Gollierplatz gfundn. Und die Figurn ... meinst, sie haben eine Freud dran?«

»Freili«, antwortete sie knapp. Sie fand es nett von ihm, dass er an die Kinder gedacht hatte, aber sie fürchtete seine Hintergedanken.

Von Martha erfuhren Agnes und Korbinian, dass die Herrschaften nicht da waren. Gegen fünf Uhr kämen sie zurück, und dann sollten auch die Mädchen wieder da sein. Martha hatte Frieda und Ilse schon ausgehfertig gemacht. Agnes wollte ihre Mädchen in die

Arme schließen, aber sie blieben ihr gegenüber reserviert, machten einen Knicks und gaben ihr die Hand. Die drei Tage an Ostern hatten nicht ausgereicht, dass sie wieder vertraut miteinander waren. Agnes betrachtete die Mädchen und schämte sich dafür, wie fremd ihr die eigenen Kinder waren. Neue Frisuren, neue Kleidung, neue Manieren. Fragend sah sie zu Martha, die ihren Blick auf die Kinder gerichtet hatte, ihnen behutsam über den Kopf strich und sie ermunterte: »Dann geht ihr jetzt mit der Mama ein bisserl raus.«

Martha schaute zu Korbinian und warf Agnes einen fragenden Blick zu. Diesmal wich Agnes ihrem Blick aus und beugte sich zu ihren Kindern hinunter. »Ich hab euch auch was mitbracht.«

Dass Frieda ihre kleine Hand in die von Martha legte, versetzte ihr einen Stich. Vertrauensvoll sah das Mädchen zu der Hausangestellten hoch: »Gehst du ned mit, Martha?«

»›Nicht‹ heißt das hier«, antwortete Martha, wich damit geschickt einer Antwort aus und wurde dem Auftrag gerecht, den Kindern das Bayerische abzugewöhnen.

»Ah, redet man so bei reiche Leut«, mischte sich Korbinian ein und lachte bitter. »Verdrehts ihnen nur recht den Kopf, dass sie sich für was Bessers haltn.«

»Ich tu nur, was man mir angeschafft hat«, widersprach Martha und Korbinian sah sie zornig an. »Das ist ja unser Problem. Dass wir einfachen Leut immer das tun, was uns andre anschaffen. Als ob der Kopf ned zum Denken da wär, sondern bloß, damit's oben ned reinregnet.«

»Gehst du nicht mit, Martha?«, fragte Frieda ein zweites Mal und Ilse fügte leise hinzu: »Ja, bitte.«

Martha sah fragend zu Agnes, die kurz zögerte, dann aber entschlossen nickte. »Wennst Zeit hast, gern.« Sie versuchte, sich ihre Bitterkeit nicht anmerken zu lassen.

Als Martha ging, um sich umzuziehen, sah Korbinian Agnes ärgerlich an. »Ich will die ned dabeihaben!«, flüsterte er, damit die

Kinder es nicht mitbekamen, die gerade ihre neuen Puppen in die Puppenwagen packten.

»Aber die Kinder wollen's«, antwortete Agnes trotzig und hielt seinem Blick stand. Sie verkniff sich die Bemerkung, dass sie ihn auch nicht dabeihaben wollte. Mit Martha würden sie wenigstens nicht so aussehen wie eine glückliche Familie und Korbinian könnte sich nicht als Vater der Kinder aufspielen.

So zogen sie los, die Mädchen sehr langsam mit ihren Puppenwagen, Agnes immer in ihrer Nähe, weil sie die Zeit mit ihnen genießen wollte. Korbinian und Martha liefen mit Abstand hinter ihnen her. Er grantig, weil sein Plan nicht aufgegangen war. Sie verhalten, vielleicht weil sie Agnes den Vorrang lassen wollte, jetzt, wo sie endlich ihre Kinder sehen konnte. Agnes hatte bemerkt, mit wie viel Liebe und Fürsorge sich Martha um ihre Mädchen kümmerte. Es freute sie, es erleichterte sie, Frieda und Ilse in so guten Händen zu wissen, aber sie spürte in jeder Sekunde den Schmerz, dass sie nicht so für ihre Kinder da sein konnte.

Sie waren nicht die Einzigen, die das schöne Sonntagswetter nutzten und sich an der Würm ein Fleckchen suchten und die Decke ausbreiteten. Korbinian hatte den Mädchen seine Holzfiguren geschenkt. Sie spielten eine Weile damit, wandten sich dann aber wieder ihren Puppen zu. Als er den Ball auspackte, war die Freude groß und sie begannen, ihn mit Korbinian hin und her zu werfen.

Agnes und Martha sahen zu.

»Die schönen Kleiderl werden dreckig«, sagte Agnes.

»Dann wasch ich sie halt«, erwiderte Martha.

»Aber die Herrschaften sind bestimmt bös, wenn die Kinder ned sauber zruckkommen.«

Martha sah sie mitfühlend an. »Hast Angst, dass du sie gar ned mehr sehn darfst?«

Agnes nickte. »Bin schon froh, dass du dich so um sie kümmerst.«

»Sie sind auch ganz herzig«, antwortete Martha. »Ein ganz andres Leben ist das, seit sie da sind.«

Agnes schwieg, sah nur auf ihre Kinder und den Gesellen, der sich so sehr um sie bemühte.

»Ich weiß, dass das ned einfach für dich is«, fügte Martha hinzu.

»Wenn halt der Benno wieder da wär.«

Martha sah Agnes mitfühlend an: »Des tut mir alles so leid.«

»Du kannst ja nix dafür«, erwiderte Agnes dankbar. Martha sah sie traurig an.

»Hast noch mal mit dem Herrn Anwalt gredet?«, fragte sie dann.

»Wann denn?«, fragte Agnes verzweifelt. »Ich hab ihn doch die ganze Woche ned gsehn.«

»Kommst morgen früh vorbei«, schlug Martha vor. »Da is er daheim, des weiß ich ganz gwieß.«

Agnes lächelte dankbar. Zum ersten Mal, seit sie in der Stadt war, hatte sie das Gefühl, eine Freundin zu haben.

»Der Gselle gibt sich ja rechte Müh«, bemerkte Martha trocken.

»Ja, er wollt unbedingt mit«, antwortete Agnes und konnte nicht verhindern, dass es wie ein Seufzen klang.

»Spielt er den Vater«, stellte Martha fest.

Agnes nickte: »Ich fürcht, des hätt er gern.«

»Und was machst du?«

»Ich geh ihm aus dem Weg und hoff, dass der Onkel bald wieder da is. Weil wir zwei allein in der Wohnung …«

»Hast Angst vor ihm?« Martha horchte auf.

Agnes schwieg zustimmend. Martha rupfte einen Grashalm aus und kaute darauf herum.

»Die Mäderl scheinen ihn zu mögen«, sagte Agnes, als würde das ihrem Schweigen die Schwere nehmen.

»Des haben sie in der Woch glernt. Dass man zu Fremden zutraulich sein muss, weil niemand andrer da is.«

Agnes senkte den Kopf, beschämt von diesen Worten. Martha bemerkte offenbar, wie weh sie der Schreinersfrau getan hatte.

»Des is ned gegen dich. Sie schaun halt auch, wie sie sich anpassen müssen. Kommen zu fremde Leut, die Mutter und Vater spielen, aber es ned sind. Und wissen ned, ob sie vielleicht wieder gehn müssen, wenns ned brav sind.«

So hatte Agnes das noch gar nicht gesehen. Ihre Kinder hatten sich so schnell an das neue Leben angepasst, weil sie keine Ahnung hatten, was sonst mit ihnen geschah.

»Aber dass sie dich mögen, das kann man sehn«, sagte Agnes.

Martha lächelte und in ihren Augen lag ein Glanz, wie Agnes ihn an ihr noch nicht gesehen hatte.

37

Strate saß in seinem Arbeitszimmer und studierte zum wiederholten Male die Unterlagen zum Fall Stöckl. Er war der jungen Schreinersfrau gestern geschickt aus dem Weg gegangen, indem er mit seiner Frau die Schwiegereltern besucht hatte. Als sie nach Hause gekommen waren, waren Frieda und Ilse wieder da gewesen, und Frau Stöckl bereits gegangen. Die Mädchen hatten leider nicht so viel erzählt, dass seine Neugier befriedigt worden war und auch als er abends mit Martha noch ein Gespräch beginnen wollte, antwortete sie nur kurz angebunden.

»Zu schön«, fand sie die Gedichte von Rainer Maria Rilke und hatte ihn um einen Roman gebeten. »Ich kann nur immer ein Gedicht auf einmal lesen, und das langt mir dann nicht für einen Abend«, hatte sie ergänzt, als sie sein enttäuschtes Gesicht gesehen hatte. Er hatte ihr ein Buch von Adalbert Stifter gegeben, das würde für mehrere Abende reichen. Es musste ja nicht immer Gegenwartsliteratur sein.

Die Mädchen liefen lachend durchs Haus. Sie waren aufgetaut in dieser Woche. Auch Helene war glücklich. Sie liebte es, mit ihnen Puppen zu spielen, spazieren zu gehen, ihnen vorzulesen und das richtige Benehmen beizubringen. Aber alles, was mit Arbeit zu tun hatte, blieb an Martha hängen. Er hatte den Eindruck, dass sie die Anwesenheit der Mädchen ebenso genoss wie seine Frau und er.

Wenn da nur nicht sein schlechtes Gewissen wäre, das ihn jeden Tag mehr plagte. Benno Stöckl saß seit fast zwei Wochen im Gefängnis und er hatte so gut wie nichts für ihn tun können. Der Fall war vor Ostern durch alle Zeitungen gegangen und hatte die

Fälle verdrängt, in denen die Polizei weniger erfolgreich gewesen war. Danach waren andere Themen wieder in den Vordergrund gerückt, nicht zuletzt die immer brutaler werdende Inflation, der Hunger in der Stadt, die Auseinandersetzung mit den Siegermächten, die Reparationszahlungen. Trotz aller Not hatte natürlich auch das Schöne und Elegante seinen Platz in der Stadt: Die Osterbeilagen der Zeitungen hatten sich mit der Mode für die Frau von heute befasst, und in den Kinos liefen Filme, die die Menschen von ihrem Kummer ablenken sollten. Die Welt zerfiel in verschiedene Teile und sie schienen ohne Verbindung nebeneinander zu existieren, dachte Strate.

Er vertiefte sich wieder in die Unterlagen. Es reichte nicht aus, darauf hinzuweisen, dass die Indizien, die zu Benno Stöckls Verhaftung geführt hatten, mehr als dürftig waren. Das waren sie häufiger, als einem lieb sein konnte. Er musste irgendetwas finden, was seinen Mandanten entlastete. Und dabei verdrängen, dass mit der Freilassung des Schreiners die beiden kleinen Mädchen wieder aus seinem Leben verschwinden würden und dieses Haus samt seinen Bewohnern so trist wäre wie zuvor.

Punkt zehn Uhr klingelte es an der Tür. Da er durch das Fenster Martha und die Kinder im Garten sah und seine Frau noch bei der Morgentoilette war, ging er selbst hinunter und öffnete. Agnes Stöckl und Korbinian Rahmhuber standen vor der Tür.

»Kommen Sie doch bitte herein«, sagte Strate und trat zur Seite, um seinen Besuchern Einlass zu gewähren.

»Es geht um die Betten für die Mäderl, weil die sind jetzt fertig. Darüber wollt ich mit Ihnen reden«, sagte Korbinian.

»Und ich wollte mit Ihnen über meinen Mann sprechen«, fügte Agnes in ihrem besten Hochdeutsch hinzu. Strate ging voran und hatte ein ungutes Gefühl.

Das Gespräch über die Betten war schnell erledigt; Strate wollte sie am nächsten Tag holen lassen. Korbinian nickte und trat auf Agnes zu, die schnell einen Schritt zur Seite machte. Strate bemerkte, dass sich die Schreinersfrau nicht wohlzufühlen schien. Lag das an dem bevorstehenden Gespräch oder gab es dafür andere Gründe?

Schnell wandte sie sich Strate zu. »Können wir jetzt über meinen Mann reden?«

»Wennst magst, kannst schon heimfahren«, sagte sie in Korbinians Richtung.

»Des wird doch ned lang dauern«, erwiderte der. »Ich wart draußen.«

Agnes Stöckl nickte ergeben und folgte Strate in sein Arbeitszimmer.

»Leider gibt es nicht viel Neues«, sagte Strate, als er Agnes Stöckl einen Platz angeboten und sich selbst gesetzt hatte. »Ich habe ein ums andere Mal versucht, die zuständigen Stellen von der Unschuld Ihres Mannes zu überzeugen, aber es heißt, es spräche zu viel gegen ihn.«

»Gar nichts spricht gegen ihn«, antwortete Agnes Stöckl mit einer Härte, die Strate überraschte. »Die sind bloß froh, dass sie einen Schuldigen gefunden haben.«

Eigentlich musste er ihr recht geben, aber er wollte weder sein letztes Zutrauen in die Justiz verlieren noch dieses Gefühl mit ihr teilen.

»Wir haben noch Hoffnung«, antwortete er und ärgerte sich selbst über seinen begütigenden Tonfall. Ihr Blick war eher misstrauisch als hoffnungsvoll, weshalb er hinzufügte: »Der Kommissär scheint ja auch von der Unschuld Ihres Mannes überzeugt zu sein und wird weitere Ermittlungen anstellen.«

»Am liebsten würde ich mich selber umhören«, antwortete sie. »Aber ich wüsste gar nicht, wo ich anfangen sollte.«

Und als sie das Kinderlachen aus dem Garten hörte, vergaß sie ihr Bemühen, hochdeutsch mit ihm zu reden, und fügte bitter hinzu: »A Weib alloa is halt a Depp.«

Zu gerne hätte er die Schreinersfrau verabschiedet, bevor Martha mit den Kindern wieder ins Haus ging. Doch gerade, als er mit ihr in der Tür stand, kamen sie aus dem Garten. Frau Stöckl betrachtete ihre Kinder, wagte aber nicht, sich ihnen zu nähern, und blickte sie nur sehnsuchtsvoll an. Der Geselle trat zu ihr und fasste nach ihrem Arm. Strate sah, wie Martha den Gesellen unfreundlich musterte, während Frau Stöckl es nicht einmal zu bemerken schien. »Komm«, sagte er, und die Schreinersfrau ließ sich von dem Gesellen führen, als hätte er ihr etwas zu sagen.

Die Kinder winkten noch, als sie bereits auf ihre Räder gestiegen waren. Strate kehrte mit dem festen Vorsatz ins Haus zurück, in dieser Woche alles zu tun, um den Schreiner freizukriegen. Kaum war er in sein Arbeitszimmer zurückgekehrt, klopfte es an der Tür. Martha trat ein, deutete einen Knicks an. »Entschuldigen Sie die Störung«, sagte sie, »aber ich wollt fragen, ob Sie vielleicht auch noch ein schönes Kinderbuch hätten, das ich den Mädchen vorlesen könnt.«

»Ich glaube, das Vorlesen übernimmt gern meine Frau«, antwortete Strate.

Martha zögerte. »Aber sie fragen grad jetzt danach.«

»Dann müssen die beiden sich gedulden, bis meine Frau Zeit hat«, antwortete er unfreundlicher, als er es beabsichtigt hatte.

Martha senkte den Kopf, knickste dieses Mal etwas tiefer und wollte schon gehen.

»Moment noch«, sagte er und wartete, bis sie sich ihm wieder zugewandt hatte. »Ich habe den Eindruck, dass es Frau Stöckl nicht sehr gut geht«, sagte er.

Martha sah ihn verständnislos an. »Wie soll's ihr schon gut gehen?«

Strate nickte. »Wenigstens ist sie nicht ganz allein, sondern hat den Gesellen, der ihr zur Seite steht.«

Marthas Augen verdunkelten sich. »Ja, wenn man es so sieht«, sagte sie nur und ging, ohne ein weiteres Mal zu knicksen.

38

Agnes hielt gleich vorne an der Himmelfahrtskirche an.
»Wart mal«, rief sie Korbinian zu, der vor ihr fuhr. Er bremste und kehrte um.
»Ich möcht noch mal zruck«, sagte sie. »Mir is was eingfalln.«
Verständnislos sah er sie an. »Soll ich mit?«
Sie schüttelte den Kopf.
»Ja, und was mach ich derweil?«, fragte er.
»Mach heut frei«, schlug sie vor. Und weil er noch zögerte, fügte sie hinzu: »Hast scho so oft mehr gearbeitet, als du gemusst hast, also …«
Korbinian nickte und schwang sich aufs Rad. »Dann bis später.«

Agnes fuhr nicht zum Haus der Strates zurück, so sehr sie sich auch wünschte, ihre Kinder noch einmal sehen zu können, sondern ein Haus weiter. Sie nahm ihr Radl mit in den Garten und lehnte es an einen Baum hinter der Hecke, sodass es vor Blicken versteckt war. Sie klingelte, strich sich noch schnell das Kleid und die Haare glatt und bemühte sich um ein freundliches Lächeln, das ihre Unsicherheit verbergen sollte.

Man sah Minna Mayerhofer an, dass sie nicht sehr erbaut war, die Schreinersfrau zu sehen. Kein Wunder, dachte Agnes, sie hält mich ja für die Frau des Mörders.

»Grüß Gott, Frau Mayerhofer«, sagte Agnes und hörte selbst, wie ihre Stimme zitterte. »Entschuldigen Sie, dass ich Sie stör.«

»Was wollen Sie denn?«

Herzlich klang das nicht. Dennoch tat Agnes alles, um einen netten Eindruck zu machen.

»Es tut mir sehr leid, was mit dem Herrn von Waldfels passiert ist. Aber glauben Sie mir, mein Mann ist unschuldig.«

»Das meinen aber auch bloß Sie.«

»Ich wollt Sie einfach was fragen ... bittschön.«

Sie spürte das Zögern der Haushälterin.

»Sind das Ihre Kinder, die da drüben beim Anwalt rumlaufen?«, fragte die Haushälterin. Für Agnes kam die Frage so überraschend, dass sie zu weinen begann. Das schien das Herz der alten Jungfer zu erweichen und sie bat Agnes herein.

»Jetzt setzen Sie Ihnen erst mal hin«, sagte sie und schenkte ihr ein Glas Wasser ein.

Eine Weile schwiegen beide, bis Agnes sich etwas erholt hatte. Sie erzählte kurz, wie es dazu gekommen war, dass ihre beiden Mädchen jetzt bei den Strates wohnten.

»Wenn man Geld hat, dann kriegt man sogar die Kinder von andern Leuten«, sagte die Haushälterin nur.

»Mit Geld kann man sich doch auch was anderes leisten«, gab Agnes zaghaft zurück, die lieber auf ihr eigentliches Anliegen zu sprechen kommen wollte. »Zum Beispiel so ein schönes Haus oder Dienstboten oder Freunde und Bekannte ...«

»Reden Sie nicht um den heißen Brei herum.«

»Es geht mir um die Damenbekanntschaften.« Agnes hatte sich genau überlegt, wie sie das formulieren wollte.

Minna Mayerhofer schnaubte verächtlich. »Sie haben ja selber gemerkt, dass der Herr von Waldfels eine Freud an hübschen jungen Frauen hatte ...«

»Aber ich hab ihm keinen Anlass gegeben ...«

Die Haushälterin winkte ab.

»Einen echten Weiberer hält das nicht ab«, behauptete sie mit Kennermiene, »den reizt so was eher noch.«

»Ich wollt eigentlich wissen, ob der Herr von Waldfels vielleicht wegen einer Dame mal Ärger bekommen hat.«

Minna Mayerhofers Blick änderte sich, nun sah sie Agnes mit einer Portion Respekt an.

»Auf die Idee bin ich auch schon gekommen«, sagte sie. »Es hat einige gegeben, die Grund dazu hatten, den gnädigen Herrn nicht zu mögen, wenn sie denn rausgefunden hätten, dass ihre Frau mit dem Herrn Schriftsteller ... Sie wissen scho.«

»Würden Sie das denn auch der Polizei sagen?«, fragte Agnes hoffnungsvoll.

»So genau hat mich keiner danach gefragt«, antwortete die Haushälterin fast beleidigt.

»Des ist aber komisch, weil Sie haben ihn doch am besten gekannt.«

»Das können Sie laut sagen«, antwortete Frau Mayerhofer geschmeichelt.

»Und kennen Sie einige der Damen auch mit Namen?«

Die Haushälterin überlegte einen Moment, dann zuckte sie die Schultern. »Was macht's mir, wenn's bekannt wird. Ich bin dann schon weg und es waren ja seine Weiber.«

Sie stand auf und ging aus dem Zimmer. Agnes wartete und betrachtete die laut tickende Standuhr.

Die Haushälterin kam mit einem kleinen, schwarz eingebundenen Büchlein zurück. »Das können Sie haben«, sagte sie großmütig. »Weil übermorgen geh ich. Ich hab was Neues gefunden in Murnau bei einem älteren Herrn, der ist vielleicht ein bisserl ruhiger.«

Agnes schlug das Notizbuch auf. Namen von Frauen, zum Teil nur der Vorname, zum Teil mit Nachnamen, bei einigen stand eine Straße dabei oder auch der Beruf des Mannes.

»Haben wollt er sie alle, aber heiraten keine. Deswegen war das recht praktisch, dass sie alle schon verheiratet waren.«

»So viele?!«, entfuhr es Agnes.

»Ja, das war seine schwache Seite«, antwortete die Haushälterin. »Aber er hat alles genau notiert, damit er nichts durcheinanderbringt. Wär ja auch kein Wunder, bei so vielen Namen«, schnaubte sie.

Agnes war ehrlich bewegt von dem Entgegenkommen der Haushälterin, die sich gerade erhob, denn die Audienz war für sie beendet.

»Ich hab nie geglaubt, dass das Ihr Mann war«, sagte sie. »Der hat ausgeschaut wie ein netter, ehrlicher Mensch. Und wenn man gesehen hat, wie der Sie anschaut – da hab ich schon gewusst, dass Sie zwei zamghörn.«

Agnes wollte ihr danken, brachte aber kein Wort heraus.

»Schauen Sie zu, dass er aus dem Gefängnis kommt und holen Sie sich Ihre Kinder zruck«, sagte die Haushälterin zum Abschied.

Agnes stieg aufs Fahrrad und machte sich auf in Richtung München. Unterwegs ließ sie ihren Gedanken freien Lauf. Sie hatte gehofft, den Namen einer Geliebten zu erhalten. Dass es ein ganzes Notizbuch gab, damit hatte sie nicht gerechnet. Bei einem einzelnen Namen, da hätte sie vielleicht den Mut gefasst und wäre dort vorbeigefahren, hätte sich die Frau angeschaut, mit ihr geredet, versucht etwas herauszufinden. Aber das waren mehr als zwei Dutzend Frauen, das schaffte sie in mehreren Wochen nicht.

Sie hatte erst überlegt, mit dem Buch zu Strate zu gehen, aber aus irgendeinem Grund wollte sie das nicht. Plötzlich kam ihr Oberkommissär Wurzer in den Sinn. Strate hatte doch gerade noch gesagt, dass Wurzer an die Unschuld vom Benno glaubte und weiter an dem Fall arbeitete. Vielleicht hatte Strate ihr nur Mut machen wollen, aber sie wollte ihr Glück wenigstens versuchen und mit dem Kommissär reden. Vielleicht konnte er als Ermittler schneller etwas für ihren Benno tun als der Anwalt. Bisher hatte der Anwalt jedenfalls nichts erreicht.

Der Kommissär musste noch einmal mit Frau Mayerhofer reden, bevor sie wegzog. Wenn sie ihre Aussage wiederholte, dass es genügend Männer gab, die einen Grund hatten, dem Schriftsteller an den Kragen zu gehen, dann konnte das für ihren Benno die Wende bedeuten.

Agnes beschloss, am nächsten Sonntag in der Kirche einen Rosenkranz für die Frau Mayerhofer zu beten. Dass sie es gut hätte bei ihrer neuen Herrschaft und dass der Herrgott ihr vergelten möge, was sie für sie getan hatte.

Auch wenn ihr oft so bang war wegen dem Benno, wegen dem Gesellen, wegen der Kinder – heute hatte sie das Gefühl, etwas erreicht zu haben. Und das machte ihr Mut.

39

Martha freute sich, als Strate ihr den Vorschlag machte, mit den Kindern spazieren zu gehen. Sie waren verwirrt gewesen, nachdem sie ihre Mutter gesehen hatten, die aber gleich wieder gegangen war. Martha hatte beobachtet, wie sie Frau Strate auswichen, wie sie still in ihrem Zimmer saßen und nicht recht wussten, ob sie sich hier noch wohlfühlen durften oder ob sie der Mama damit Kummer machten.

Martha zog den Mädchen die neuen Mäntel an, erhielt von Strate etwas Geld, dann gingen sie los. Frieda und Ilse hielten sich an der Hand und folgten ihr schweigend.

»Setzen wir uns an die Würm und werfen Steine?«, fragte Martha, um sie etwas aufzumuntern. Als Frieda nickte, nickte auch die jüngere Ilse, aber so richtig Freude schienen sie an dieser Beschäftigung nicht zu haben.

Martha hing ihren Gedanken nach, während sie darauf achtete, dass keines der Mädchen zu nah an den Fluss trat. Den Herrschaften ging es besser, seit die Mädchen im Haus waren. Aber es war gar nicht so oft die gnädige Frau, die mit den Kindern spielte, sondern eher der Anwalt. Frau Strate freute sich, dass die Mädchen da waren, aber wenn es ihr zu viel wurde, zog sie sich zurück – und das war immer öfter der Fall. Schnell war ihr das Spiel der Kinder zu laut oder zu wild, oder sie verhielten sich nicht so, wie die gnädige Frau das wünschte. Man merkte, dass sie keine Erfahrung mit Kindern hatte. Sie will nur die schönen Stunden mit ihnen; wenn sie weinen, wenn sie schreien, wenn sie nachts aufwachen, wenn sie sich streiten, dann bin ich zuständig – aber ich bin's gern.

Seit Frieda und Ilse im Haus waren, erlaubte sich Martha mehr und mehr Erinnerungen an ihr Zuhause. Erinnerungen, die sie sich bislang verboten hatte, weil sie zu wehtaten. An die vier kleineren Geschwister, vor allem aber an die drei Mädchen, auf die sie aufgepasst hatte, weil die Mutter so viel arbeiten musste. Der Bruder war meistens mit dem Vater unterwegs, er sollte ja ein rechtes Mannsbild werden und später den Hof übernehmen. Sie wollte sich nur an die schönen Momente erinnern: das Lächeln ihrer Schwestern, wenn sie ihre Hand suchten, das Aneinanderkuscheln in kalten, traurigen Nächten. Sie hatten ihr vertraut und sonst niemandem.

Wo es ging, hatte sie die Kleinen beschützt vor der Grobheit des Vaters, der Frau und Kinder herumkommandierte, anschrie und schlug, abends ins Wirtshaus ging und mitten in der Nacht betrunken heimkam und ausfallend wurde. Sie passte auf, dass er nicht auf die Idee kam, seine Wut und Enttäuschung über das Leben an den Kleinen auszulassen.

Lange hatte sie gebraucht, bis sie weggehen konnte. Erst als der Vater tot war und der Bruder mit der Mutter den Hof weiterführte, da wusste sie, dass sie sich keine Sorgen mehr zu machen brauchte. Der Bruder würde sich um die kleinen Schwestern kümmern, bis sie halbwegs erwachsen waren. Martha hoffte es mehr, als dass sie es wusste, aber sie hatte endlich fortgewollt von dem Hof am Rand von Niederöd.

Sie hatte ein neues Leben in der Stadt angefangen und sie mochte nicht mehr an die Zeit denken, in der ihre Arbeitstage sechzehn Stunden hatten und sie meistens nicht einmal zur Schule gehen konnte vor lauter Haus- und Stallarbeit.

»Kommts, gehen wir weiter«, rief sie den Mädchen zu, die inzwischen die ersten Blumen pflückten, die sie der Mama schenken wollten. »Die Mama kommt erst am Sonntag wieder«, erklärte Martha beim Weitergehen. »Aber die Frau Strate freut sich bestimmt, wenn sie von euch Blumen bekommt.«

Frieda schaute enttäuscht und ließ den kleinen Strauß sinken. Martha konnte gerade noch verhindern, dass sie ihn wegwarf.

»Warum ist die Mama heut nicht dablieben?«, fragte sie und bemühte sich so ordentlich zu sprechen, wie die Herrschaften es von ihnen verlangten. Martha wusste, dass sie die Wahrheit nicht sagen durfte. Dass die Strates es nicht gerne sahen, wenn Agnes sich ihrer Kinder annahm, weil sie sich ja wünschten, dass die Mädchen sich in dem fremden Haushalt eingewöhnten.

»Der Korbinian!«, rief Frieda plötzlich und lief auf einen Mann zu, der ihnen mit dem Radl entgegenkam. Martha erschrak, als sie den Gesellen sah, der gleich abstieg, Frieda hochhob und durch die Luft warf, sodass sie vor Freude jauchzte. Ilse lachte und hängte sich an sein Hosenbein.

»Des is aber schön, dass ich euch treff«, sagte der Geselle und wandte sich an Martha. »Ich geh ein bisserl mit, ja?« Da die beiden Mädchen als Antwort auf diese Frage jubelten, mochte Martha ihm diesen Wunsch nicht verwehren. Es war sicher nicht im Sinne ihrer Herrschaft und auch sie fühlte sich in der Gegenwart des Gesellen nicht wohl, aber ihr fiel kein Grund ein, wie sie ablehnen könnte, zumal die Mädchen nun endlich etwas lebhafter wurden.

»Die Frau Meisterin hat mir für den Rest vom Tag freigebn«, erklärte er, als er sein Radl neben Martha herschob und die Mädchen vorausliefen.

»Ist denn der Onkel noch im Krankenhaus?«, fragte Martha.

»Ja. Ob der noch mal wird, des weiß keiner ...«

Martha sah ihn skeptisch an, und er korrigierte seine Aussage: »Versteh mich ned falsch, er is ein guter Mann, aber eine große Hilfe in der Werkstatt is er mir nimmer.«

Er redet schon, als ob die Schreinerei ihm gehören tät, dachte Martha. Ja, er will eben beides, die Werkstatt und die Frau.

»Vielleicht kommt ja der Meister bald zurück«, sagte Martha und beobachtete seine Reaktion genau. Er biss sich auf die Lippe, zuckte dann die Schulter. »Dazu bräucht's erst mal einen Beweis, dass er wirklich unschuldig is.«

»Ich denk, sie müssen ihm beweisen, dass er's war.«

Korbinian lachte. »Ja, des heißt's immer. Aber die Gfängnisse sind voll mit Leuten, die nix getan haben und trotzdem einsitzn.«

Eine Weile gingen sie schweigend nebeneinander her. Frieda und Ilse kamen zu ihnen, Ilse ließ ihre kleine Hand in Marthas gleiten, Frieda nahm die andere Hand ihrer kleinen Schwester und griff mit der zweiten nach der Hand des Gesellen. Wie eine Familie gingen sie den Weg entlang, der eigentlich zu schmal für die vier war. Am Sonntag noch war es Agnes gewesen, die mit dem Gesellen und ihren Kindern diese Familienidylle gespielt hatte, jetzt war wohl sie an der Reihe, dachte Martha bitter. Korbinian sah Martha an und lächelte erst zaghaft, dann wurde sein Grinsen breiter und schließlich sah er sie unverhohlen anzüglich an. Augenblicklich zog sich in Martha alles zusammen und sie wollte nur noch weg.

»Vielleicht gehen wir besser wieder heim«, sagte sie zu den Mädchen, die sie enttäuscht ansahen. Sie bemerkte den finstern Blick des Gesellen, als sie den Nachmittag so abrupt beendete.

»Dann trink ich halt allein noch eine Halbe im Biergarten bei der Luisenstraße«, sagte Korbinian und wandte sich an die Mädchen. »Wir sehn uns am Sonntag, gell?!«

»Ja!«, freuten sich Frieda und Ilse.

Herausfordernd sah er Martha an. »Die Mäderl freuen sich.«

Sie nickte nur, nahm die Mädchen an den Händen und zog sie mit sich in Richtung Apfelallee. Hatte er sie so angeschaut wie er sonst Agnes ansah? Dachte er wirklich, er könnte es bei der Meistersfrau probieren, und wenn die nicht wollte, gab es auch noch die Martha? Oder war ihm jede recht, solche gab es ja auch. Sie fühlte sich mehr als unwohl. Jetzt verstand sie Agnes' Unbehagen noch besser, und diesem Blick wollte Martha nie wieder ausgesetzt sein.

40

Es wurde schon dunkel, als Wurzer von der Ettstraße aus in Richtung Stachus ging. Es trieb ihn nach der Arbeit nicht wie sonst nach Hause. Gestern hatte es sich zum fünften Mal gejährt, dass sie den Brief bekommen hatten, ihr Ältester sei auf dem Feld der Ehre gefallen. Seine Frau und er hatten noch unter dem Schock der schrecklichen Nachricht gestanden, als bereits der zweite Brief eingetroffen war: Auch der jüngere Sohn war nicht mehr am Leben.

Die letzten Abende hatte er seine Frau immer betend zu Hause vorgefunden. Er konnte nicht nachvollziehen, welcher Trost ihr daraus erwuchs. Wenn es einen Gott gab, dann hätte er diesen Krieg verhindern müssen. Allerdings sprach er diesen Gedanken nicht aus. Es gab zu viele Leute, die darin eine Gotteslästerung gesehen hätten. Obwohl er seiner katholischen Erziehung mittlerweile misstrauisch gegenüberstand, verspürte er immer noch die kindliche Angst, dass einen der Teufel am Genick packen und in die Hölle schleudern könnte. Vor allem als seine Buben gefallen waren, hatte sich schon hie und da der Gedanke eingeschlichen, dass er irgendwo ein Unrecht getan hatte, für das er jetzt bestraft wurde. Die Vernunft sagte ihm, dass es ein Schmarrn war zu glauben, ein Gott könnte schauen, was der Wurzer da auf Erden trieb und ihm zur Strafe die Söhne nehmen. Aber stand es nicht so ähnlich im Alten Testament bei Hiob? Seine Mutter hatte ihm die Geschichte oft erzählt, mit dem Hinweis darauf, dass Gott geben und nehmen könnte.

Ihm und seiner Frau jedenfalls waren die Buben genommen worden. Und wenn Gott es nicht war, hatte er es zumindest zugelassen.

Mit diesen finsteren Gedanken traf er am Stachus ein und sah sich nachdenklich um. Die Männer, auf die er seinen Assistenten Löffler angesetzt hatte, würden sich erst zur vorgerückten Stunde hier einfinden, Kontakte knüpfen und Bekanntschaften suchen. Löfflers Nachforschungen hatten bislang nichts erbracht. Wurzer war sich nicht sicher, ob Löffler seine Anweisungen wirklich ausgeführt hatte. Er ruhte sich auf dem Erfolg aus, den er in der Au gehabt hatte. Der Kommunist war tot, der Sozi, mit dem er im Wirtshaus Streit angefangen und sich draußen geprügelt hatte, saß als dringend Tatverdächtiger im Gefängnis. Wurzer war das, ähnlich wie bei der Verhaftung von Benno Stöckl, ein bisschen zu schnell gegangen und ein bisschen zu einfach erschienen.

Spontan beschloss er umzukehren. Er ging über den Marienplatz durchs Tal hinunter an die Isar. Als er das Wirtshaus betrat, in dem es zum Streit gekommen war, hingen die Rauchwolken tief und die Stimmen der Männer hallten laut durch den Raum.

»Darf ich?« Er zwängte sich an einen Tisch und bestellte ein Bier. Nach ein paar Schlucken, die er schweigend getrunken hatte, wurde er angesprochen.

»Was bist denn so staad, Herr Nachbar?«, fragte ihn der Mann, der neben ihm saß.

»Ich denk grad an den, der wo letzte Woch umbracht worden is, drunten an der Isar, und vorher da herin war.«

»Ja, des is eine schlimme Gschicht«, bestätigte der andere. »Ich war an dem Tag da herin und hab ihn noch gsehn, den Ferdl. Sogar gredet hab ich mit ihm, wir kennen uns scho lang, waren sogar eine Zeit in derselben Fabrik, bevor er lieber an den Automobilen rumgschraubt hat. Und jetzt is er tot.«

»Kennst den auch, der wo's getan haben soll?«

»Der Toni? Freili. Aber wir sagn alle, dass des überhaupts ned wahr sein kann. So einer is der Toni ned.«

»Es is scho mancher im Zorn zum Mörder worden.«

»Ja, aber die zwei haben immer mal wieder politisiert und gstritten, und dann hat's auch mal ein paar Prügel gsetzt, aber umbringen … naa.«

Der Mann schüttelte energisch den Kopf. Wurzer sah auf das leere Bierglas seines Nachbarn. »Magst noch eins? Ich lad dich ein.«

Der Mann nickte dankbar und hob sein Glas, um der Bedienung anzuzeigen, dass sie noch eins bringen möge, dann kam er auf den Fall zurück.

»Ein armer Teufel is tot und den andern haben sie dafür verhaftet. Und die, die's wirklich warn, die habens wieder mal laufn lassn.«

»Wer war's denn wirklich?«, fragte Wurzer und versuchte, sich seine Neugierde nicht allzu sehr anmerken zu lassen.

»Ich denk, der Ferdl und der Toni haben ihre Gschicht ausgrauft drunten an der Isar, dann is der Toni heimgangen. Der Ferdl is wahrscheins bsoffn rumglaufn und hat mit irgendeinem Streit gsucht. Oder er is von selber in die Isar gfalln.«

»Des is aber bloß eine Vermutung.«

»Aber es is eher wahr, als dass es der Toni war.«

»Und wer hat dann dem Toten sein Geld weggenommen?«

Der Mann lachte. »Der Ferdl hat wahrscheins gar keins dabeighabt.« Und weil ihm die Bedienung gerade ein frisches Bier hinstellte, bezog er sie ins Gespräch mit ein: »Gell, der Ferdl hat immer anschreibn lassn.«

»Ja, und zahlen wird die Zech keiner mehr«, antwortete sie und eilte gleich weiter zum nächsten Tisch.

Wurzer wollte schon aufstehen und gehen, als sich einer vom Nachbartisch einmischte.

»Geht's um die Schlägerei letzte Woch?«

Wurzers Gesprächspartner nickte. »Ich glaub ja ned, dass des der Toni war.«

»Und ich weiß es sogar«, antwortete der andere.

Wurzer sah ihn wie elektrisiert an. »Wie kommt's?«

»Ich bin eine Viertelstund nach den beiden gangen und da is der Toni grad heim und der Ferdl hat sich des Blut von der Nase abgwischt.«

»Also hat er noch gelebt!«

»Ja, freili. Er hat halt vor lauter Rausch nimmer recht grad laufn können.«

»Waren Sie schon bei der Polizei, haben Sie das ausgesagt?«, fragte Wurzer wieder ganz der Oberkommissär.

Der Mann lachte. »War doch einer da von denen. Dem hab ich des gsagt.«

Wurzer schluckte. Das würde bedeuten, dass der Löffler entweder eine Zeugenaussage unter den Tisch hatte fallen lassen oder dass er ihr zu wenig Bedeutung beigemessen hatte. Der schnelle Erfolg war ihm offenbar wieder einmal wichtiger gewesen als eine gründliche Aufklärung. Kein Wunder, dass die Polizei in der Bevölkerung einen schlechten Ruf hatte, wenn die Ermittlungen so aussahen. Jetzt blieb ihm nichts anderes übrig, als Farbe zu bekennen.

»Ich möcht Sie bitten, dass Sie morgen früh in die Ettstraße aufs Präsidium kommen«, sagte er zu dem Mann vom Nebentisch.

»Jessas, du bist ja einer von denen!«, entfuhr es seinem Sitznachbarn.

»Ja, und mit der Aussage kriegen wir euren Toni wieder frei«, antwortete Wurzer. Als er merkte, dass der Mann leicht zögerte, fragte er noch einmal nach. »Gibt's noch was?«

»Weiß ned, ob's wichtig is.«

»Lassen Sie das doch mich entscheiden.«

»Ich hab noch gsehn, wie sich der Ferdl aufn Heimweg gmacht und mit ein paar Burschenschaftlern anglegt hat.«

»Also hat er Streit gesucht?«

»Sie haben ihn getratzt und er hat sich gwehrt.«

»Und was ist dann passiert?«

»Ich hab ned zugschaut, ich wollt selber heim.«

»Und dass Sie ihm helfen, des ist Ihnen nicht in den Sinn gekommen?«

»Siehst, so is des. Da sagt man euch was und scho steht man selber mit einem Bein im Gfängnis.«

Wurzer verließ das Wirtshaus mit Namen und Adresse seines Zeugen und den wichtigsten Stichpunkten seiner Aussage. Er hatte so eine Wut auf den Löffler, dass er fast noch zu ihm nach Hause gegangen wäre, um ihm die Meinung zu sagen. Aber er verschob das Vorhaben auf den nächsten Morgen, dann würde ohnehin der Entlastungszeuge auf dem Präsidium erscheinen. Jetzt wollte er nur noch heim zu seiner Frau.

Als er in die Küche kam, sah er Marei mit Agnes Stöckl am Tisch sitzen, die sich sofort erhob, als sie ihn bemerkte.

»Entschuldigen Sie, dass ich einfach so vorbeikomm, aber im Präsidium waren Sie nimmer ...«

»... und da hat Ihnen einfach einer gesagt, wo ich wohn?«, fragte er ungläubig nach.

Agnes sah ihn verlegen an. »Ich hab's auch ganz arg dringend gmacht.«

»Ich hab ihr angeboten, hier auf dich zu warten«, mischte sich Wurzers Frau ein. Der Kommissär sah sie erstaunt an, denn sie wirkte gefasster als an den Abenden zuvor. Der Besuch hatte ihr offenbar gutgetan.

»Setzen S' Ihnen doch wieder hin«, sagte Wurzer und sah auf das Glas Wasser, das vor Agnes stand.

»Sie hat nichts andres wollen«, verteidigte sich seine Frau. »Aber vielleicht magst du ein Bier?«

Wurzer schüttelte den Kopf. Seine Frau nahm ihm den Mantel ab. »Ich lass euch dann allein, es ist ja was Berufliches«, sagte sie noch und verließ den Raum.

»Was gibt's denn Dringendes?«, fragte Wurzer die junge Frau, die ihn immer noch verlegen ansah.

»Ich hab heut mit der Haushälterin vom Waldfels gredet«, sagte sie, »und …«

»Was hat sie denn noch Wichtiges gsagt, die Frau Mayerhofer?«, fragte Wurzer überrascht.

»Sie hat mir ein Bücherl geben, wo der Waldfels seine Liebschaften reingschriebn hat.«

Agnes zog das kleine, schwarze Lederbuch heraus und legte es auf den Tisch. Wurzer starrte es an.

»Warum hat sie mir das denn nicht gegeben?«, entfuhr es ihm.

»Vielleicht is es ihr erst später eingefallen.«

Wurzer war sauer: auf die Haushälterin, auf sich selbst, sogar auf die junge Schreinersfrau, die da in seiner Wohnung saß. Er nahm das Buch und blätterte darin.

»Ganz schön viele Namen …«, murmelte er.

Agnes nickte. »Die Frau Mayerhofer hat gsagt, alle waren schon verheiratet, weil wenn er was mit Ehefrauen angfangen hat, dann musste er sie ned selber heiraten.«

»Auch eine Methode«, brummte Wurzer und blätterte weiter.

»Ich hab mir denkt, dass wenn Eifersucht ein Motiv is, muss es ja nicht mein Benno gwesen sein, weil ich hab ja gar nix mit dem Waldfels ghabt.«

»Sie meinen, eigentlich kommt jeder der Ehemänner infrage …?«

Agnes nickte. Wurzer lächelte sie an: »Sie hätten eine gute Ermittlerin abgegeben.«

»Ich war mit meinem Leben recht zufrieden, bevor das alles passiert is.«

Der Kommissär nickte und warf einen Blick auf die Fotografie seiner beiden Buben. Auch er konnte sich an die Zeit erinnern, als er mit seinem Leben noch zufrieden gewesen war.

»Ich hätt Sie auch gar ned behelligt, wenn's nur eine oder zwei Frauen gwesen wärn«, meinte Agnes, sich entschuldigen zu müssen.

»Dann wären Sie gleich selber hingegangen und hätten die Ermittlungen geführt?«

»Sie haben doch so wenig Zeit.«

»Um einen Unschuldigen freizukriegen, dafür sollt allerweil Zeit sein«, antwortete Wurzer.

Agnes stand auf. »Dann bitt ich noch mal um Entschuldigung, dass ich vorbeikommen bin. Es hätt gwieß auch bis morgen früh warten können, aber es hat mich so ...« Die junge Frau suchte nach dem richtigen Wort. »... druckt«, ergänzte sie dann.

»Ja, das versteh ich«, antwortete Wurzer und stand selbst auf. »Dankschön fürs Bücherl. Und ich kümmer mich drum.«

Ihr offen fragender Blick traf den seinen.

»Versprochen«, fügte er hinzu. »Ich kümmer mich wirklich.«

Als Agnes Stöckl gegangen war, blätterte er noch einmal in dem Notizbuch. Bis er die Frauen alle befragt hatte – das konnte dauern. Er durfte keine Zeit verlieren. Gleich morgen, nachdem er Löffler die Meinung gesagt und den Zeugen aus der Au gehört hatte, wollte er anfangen.

41

Agnes radelte schnell, um niemandem die Gelegenheit zu geben, sie anzusprechen. Sie war erleichtert, dass der Kommissär das Buch jetzt hatte und etwas unternehmen wollte. Sie malte sich aus, wie es wäre, wenn ihr Benno wieder daheim wäre. Sie könnten die Mädchen zurückholen. Ob er sich freuen würde, dass sie Familienzuwachs bekämen? Agnes war sich mittlerweile sicher, dass sie wieder schwanger war. Einerseits freute sie sich, andererseits stand sie noch mehr unter Druck. Wie sollte sie das allein schaffen? Ihr war klar, dass sie nicht mehr lange durchhalten würde. Niemand ließ sich mehr in der Schreinerei blicken. Selbst die Nachbarn schauten weg, als hätte sie die Pest. Wenn einen das Unglück traf, dann taten die anderen Menschen noch genug dazu, dass es nicht besser wurde, dachte Agnes bitter und versuchte, den Gedanken zu verdrängen, mit wie viel Hoffnungen sie damals nach München gekommen waren. Sie radelte um die Theresienwiese herum und schenkte dem Nieselregen keine Beachtung.

Agnes stellte das Radl im Hof ab. Sie sah, dass die Nachbarin den Vorhang ein bisschen zur Seite schob. Was die wohl dachte, wo sie herkam? Sie sah hoch zu ihrer Wohnung über der Werkstatt. Alles dunkel. Das bedeutete, dass Korbinian entweder schon in sein Zimmer gegangen war, das zur anderen Seite raus lag, oder dass er nicht da war. Schlafen würde er sicher noch nicht, dazu war es noch zu früh. Sie ging leise die Treppe hoch und schloss die Tür auf. Es war still. In der Küche war es kalt, das Feuer im Herd war fast ausgegangen. Sie legte ein Holzscheit nach, zog den Stuhl an den Herd, setzte sich und schlang die Arme um den Oberkörper. Ihr

Herz klopfte noch viel zu heftig nach der schnellen Fahrt. Plötzlich fing sie an zu weinen und konnte lange Zeit nicht mehr aufhören. Das Feuer war erloschen und Agnes fröstelte. Sie beschloss, ins Bett zu gehen. Nicht vergessen die Kammer abzuschließen. Irgendwann würde Korbinian heimkommen und sie wusste nicht, was dann geschehen würde.

42

Benedikt Wurzer hatte kaum geschlafen. Ihn plagte das schlechte Gewissen. Irgendwann stand er auf, schürte ein, setzte sich in die Küche und blätterte in dem Notizbuch des ermordeten Schriftstellers. Warum war es ihm nicht selbst gelungen, es der Haushälterin abzuluchsen? War er zu alt für den Beruf geworden? War er nur noch mit halbem Herzen bei der Sache? Er wusste es nicht und die Gedanken quälten ihn.

So viele Frauen ... Alle verheiratet. Ein paar auch mit recht bekannten Männern. Das würden unangenehme Ermittlungen werden. »Diskret!«, würde sein Chef täglich rufen, »Sie müssen diskret vorgehen, Wurzer!« Aber wie, wenn es doch um Ehebruch ging. Wenn mit der Frage nach dem Alibi vom Herrn Regierungsrat gleich die Unterstellung verbunden war, dass er den von Waldfels umgebracht haben könnte.

Die Verbindung zum Privatier aus Laim war damit ebenfalls dahin. Von Waldfels liebte Frauen, und zwar viele. Er hatte es ohnehin schon befürchtet, denn die gerichtsmedizinische Untersuchung hatte ergeben, dass die Wunden von unterschiedlichen Messern stammten. Auch die Verletzung an der Schläfe fehlte. Seine Spekulationen liefen ständig ins Leere.

Er versuchte, Ordnung in seine Gedanken zu bringen und sich einen Plan für den Tag zu machen. Erst einmal wollte er mit dem Löffler reden. Klar und deutlich, aber nicht schreien. Leider brauchte er ihn, sonst käme er mit der Arbeit nicht nach.

Mit der Aussage des Zeugen aus der Au konnte Löffler die Ermittlungen neu aufnehmen und vor allem dafür sorgen, dass der arme Hund wieder freikam, den er hatte einsperren lassen. Und sich um diese Burschenschaftler kümmern. Vielleicht fand man noch einen weiteren Zeugen, der einen von ihnen kannte. Aber er fürchtete, dass die Spur im Nichts endete. Burschen, die nur als Bande stark waren, und mit denen sich niemand anlegen wollte. Da schaute jeder gerne weg.

Und dann sollten sie sich darum kümmern, dass auch Benno Stöckl freikam. Denn ein Motiv hatten plötzlich sehr viele Männer in München. Und alle in diesem Buch hatten mehr Grund dazu als der Schreiner …

Doch es kam alles ganz anders.

»Schon wieder ein Mord.« Mit diesen Worten begrüßte ihn Löffler, als er sein Büro betrat. »Wir müssen nach Pasing raus.«

»Erzählen Sie mir erst einmal, was passiert ist.« Wurzer ließ sich auf seinen Stuhl sinken, er sah seinen Plan für das weitere Vorgehen schon die Isar hinunterschwimmen, oder besser: die Würm.

»Der Tote liegt ganz in der Nähe, wo auch der Schriftsteller gefunden worden ist. Am Bahnhof. Und jetzt halten Sie Ihnen fest: Er ist genauso umgebracht worden.«

Wurzers Erschöpfung nach der kurzen Nacht und die Frustration angesichts der nicht zu bewältigenden Arbeit waren verflogen. Verblüfft sah er seinen Assistenten an.

»Ein Messer als Tatwaffe?«

Löffler nickte, aber man sah ihm an, dass das noch nicht alles war. »Es kommt noch besser. Er hat diese komische Wunde an der Schläfe. Genau wie der Waldfels.«

Der Kommissär war so überrascht, dass er seine Gedanken erst sortieren musste.

»Aber wer's ist, wissen wir noch nicht, oder?«

Löffler schüttelte den Kopf. »Die Meldung ist vor einer Viertelstunde reingekommen, ich war grad erst herin im Präsidium.«

»Wer hat ihn gefunden?«

»Ein Passant, der mit seinem Hund unterwegs war. Der Tote ist ein bisserl abseits vom Weg gelegen. Ob schon länger oder erst ein paar Minuten, des wissen wir auch noch nicht.«

Wurzer stand auf und zog sich seinen Mantel an, den er gerade erst ausgezogen hatte.

»Dann auf nach Pasing.«

Der Assistent nickte und griff ebenfalls nach seinem Mantel.

»Naa, Sie bleiben da, Löffler«, widersprach Wurzer.

»Aber das ist doch unser Fall!«

»Ich hab einen Zeugen einbestellt, den sollten Sie vernehmen. Es geht um den Fall in der Au.«

»Den hab ich doch gelöst«, beschwerte sich Löffler.

»Der Zeuge hat den Toten noch sehr lebendig gesehen, und zwar nach dem Kampf mit dem Arbeiter, den Sie als Mörder haben festnehmen lassen. Er hatte einen Streit mit Burschenschaftlern. Also bittschön …«

Löffler schluckte. Der Kommissär konnte sich nicht beherrschen, noch nachzusetzen:

»Und nach der Befragung fahren Sie wieder in die Au und hören sich um, ob noch jemand anderes mitgekriegt hat, wie der Kopf vom Ferdl Leitner in die Isar gekommen ist.« Damit ging er zufrieden.

43

Agnes war wie immer um sechs Uhr aufgestanden, hatte das Feuer angeschürt und sich einen Tee gemacht. Sie war morgens gern allein in der Küche. Zwar war es noch kalt, aber sie hatte ihre Ruhe, konnte leise für sich ihr Morgengebet sprechen, während sie das Frühstück zubereitete. Die letzten Reste von Emmerams Geschenken wollte sie dem Onkel ins Krankenhaus bringen oder Korbinian geben. Ohne Benno hatte sie keine Freude daran und wegen der Übelkeit immer noch keinen rechten Appetit. Sie hatte den Gesellen in der Nacht nicht heimkommen hören, aber das war auch die erste Nacht seit Bennos Verhaftung gewesen, in der sie tief und fest geschlafen hatte.

Normalerweise hörte sie Korbinian um diese Zeit schon in seiner Kammer. Meist kam er dann in den nächsten zehn Minuten in die Küche und wünschte ihr mit einem Blick einen guten Morgen, der von Tag zu Tag fordernder wurde.

Agnes nahm ihr Flickzeug zur Hand und begann eine Jacke auszubessern. Als sie fertig war, war Korbinian immer noch nicht erschienen. Sie ging zu seiner Tür und lauschte. Als sie nichts hörte, klopfte sie zaghaft, bekam aber keine Antwort. Sie kehrte zurück in die Küche, weil sie nicht recht wusste, was sie tun sollte. Als aber die nächste halbe Stunde immer noch nichts geschah, nahm sie ihren ganzen Mut zusammen, klopfte fester, rief seinen Namen, klopfte noch einmal und ging hinein.

Das Bett war gemacht, die Kammer aufgeräumt. Korbinian war nicht da. Offenbar war er die ganze Nacht nicht da gewesen. Agnes sah sich verwundert um. Das hatte er noch nie gemacht.

44

Wolf Strate war überrascht, als Martha ihm den Oberkommissär meldete. Er musterte den älteren Mann fragend, als er sein Arbeitszimmer betrat.

»Herr Oberkommissär, gibt es etwas Neues in unserem Fall?«

Wurzer redete nicht lange um den heißen Brei herum. »Korbinian Rahmhuber, der Geselle vom Benno Stöckl, ist ermordet worden«, sagte er ohne Umschweife. Strate war so überrascht, dass er sich erst einmal setzte.

Er hatte Zeit, sich von seinem Schrecken zu erholen, denn in diesem Moment trat Martha mit Kaffee und Keksen ein und stellte das Tablett ab. Sie schwiegen, während Martha einschenkte. Als sie gegangen war, fragte Strate: »Was genau ist passiert?«

»Das wenn ich wüsste«, antwortete Wurzer. »Ein Passant hat ihn heute Morgen gefunden, mit einer Kopfwunde an der Schläfe und einem Messerstich im Herz.«

Strate sah Wurzer verblüfft an. »Also genau wie bei Herrn von Waldfels.«

Strate schwieg einen Moment, dann aber fiel ihm etwas ein: »In der Zeitung ist doch nicht erwähnt worden, dass von Waldfels eine Verletzung am Kopf hatte, oder?«

Wurzer nickte: »Da ist bloß gestanden, dass er mit einem Messer erstochen wurde. Und damit scheidet ein Nachahmungstäter aus, weil der hätte das eben gar nicht wissen können.«

»Somit ist klar, dass Herr Stöckl unschuldig ist, denn der wahre Täter ist noch auf freiem Fuß!«, rief Strate.

Wurzer nickte: »Ich hab zwar seit gestern Abend noch anderes

Material, das Ihren Mandanten entlasten könnte, aber das ist jetzt eigentlich wurscht, denn den Mord an seinem Gesellen kann er garantiert nicht begangen haben.«

Strate stand auf und lief in seinem Arbeitszimmer auf und ab. Die Sache regte ihn auf, und seine Gedanken überschlugen sich.

»Aber Herr Rahmhuber ist doch sicher nicht hier in Pasing getötet worden.«

»Doch«, widersprach Wurzer, »und auch gar nicht weit von der Stelle, an der der Waldfels gelegen hat. Deshalb wollte ich Sie fragen, ob der Geselle gestern bei Ihnen war.«

»Ja, das war er!«, rief Strate, der seine Aufregung nicht verbergen konnte. »Er und Frau Stöckl waren hier. Es ging um den Auftrag und … ja, um Herrn Stöckl natürlich.«

»Und dann …?«

»Keine Ahnung. Ich dachte, sie wären wieder zurück nach Hause gefahren.«

»Herr Rahmhuber ist offenbar in Pasing geblieben.«

Strate konnte sich nicht konzentrieren. Sein Mandant kam frei, dessen Geselle war tot, ein Mörder trieb sich in Pasing herum.

Er sollte Martha mit den Mädchen in den nächsten Tagen nicht …

»Martha war gestern noch mit Frieda und Ilse spazieren. Vielleicht hat Frau Stöckl draußen gewartet in der Hoffnung, ihre Kinder noch zu sehen. Und der Geselle war dabei«, fiel es ihm ein.

»Die Kinder der Stöckls leben jetzt bei Ihnen?« Wurzer wirkte sehr erstaunt.

Strate reagierte verlegen. »Es erschien allen die beste Lösung, wenn die Kinder ihr Heimatdorf verlassen und in der Nähe der Mutter leben. Jeden Sonntagnachmittag kann sie etwas mit ihnen unternehmen.«

Wurzer schwieg und nahm einen Schluck Kaffee. Strate hatte das Gefühl, Missbilligung in seinem Gesicht zu lesen.

»Wir hatten das so festgelegt, damit die Kinder sich mit der Eingewöhnung bei uns leichter tun«, setzte der Anwalt nach und ärgerte sich zugleich darüber, dass er sich rechtfertigen wollte. Er hatte fremde Kinder bei sich aufgenommen, welche Absprachen er mit der Mutter traf, das war doch wohl seine Sache.

»Ihr Dienstmädchen war also mit den Kindern draußen«, wiederholte Wurzer.

»Soll ich sie rufen, dann können Sie selbst mit ihr reden.«

Es dauerte eine Weile, bis Martha kam.

»Martha, Sie waren doch gestern noch mit den Mädchen spazieren, nachdem Frau Stöckl und der Geselle gegangen sind.«

Martha knickste und nickte. »Ja, gnädiger Herr.«

Strate sah auffordernd zu Wurzer.

»Haben Sie jemanden getroffen?«, fragte der Kommissär und übernahm die Befragung.

»Ja, den Schreinergesellen«, antwortete sie knapp. Wurzer und Strate sahen sich überrascht an.

»Ich habe gedacht, er und Frau Stöckl wären zurück zur Schreinerei gefahren«, sagte Strate.

»Die Agnes war nicht dabei«, antwortete das Dienstmädchen. »Der Korbinian hat gesagt, dass sie ihm für den Rest des Tages freigegeben hat.«

»Und was machte er dann in Pasing?«, fragte Strate, der selbst merkte, dass er sich schon wieder einmischte.

Martha zuckte die Schultern. »Das weiß ich nicht. Aber die Mädchen haben sich sehr gefreut, dass wir ihn getroffen haben. Weil, er war auch am letzten Sonntag dabei gewesen, als die Agnes die beiden geholt hat. Und er hat recht viel mit ihnen gespielt …«

»Wann war das denn, dass Sie ihn getroffen haben?«, fragte Wurzer.

»So etwa um vier Uhr«, überlegte Martha. »Er hat uns ein Stück begleitet, dann bin ich mit den Kindern wieder heim.«

»Und Sie wissen nicht, was er dann gemacht hat?«

Erneut zuckte das Dienstmädchen die Schultern.

»Kann es sein, dass er Freunde oder Bekannte in Pasing hatte, die er noch treffen wollte?«

»Das weiß ich nicht«, antwortete Martha.

»Wissen Sie denn etwas über den Todeszeitpunkt?«, fragte der Anwalt den Kommissär.

»Auf jeden Fall deutlich später«, antwortete dieser.

»Das bedeutet, dass sich Rahmhuber noch stundenlang in Pasing aufgehalten haben muss«, überlegte Strate.

Wurzer nickte und wandte sich an das Dienstmädchen, das unruhig in der Tür stand.

»Dankschön, das war's erst mal. Vielleicht fallen mir noch ein paar Fragen ein, dann weiß ich ja, wo ich Sie find.«

Martha nickte, knickste und sah noch einmal zu Strate, aber auch er schien sie nicht mehr zu brauchen. Dann entfernte sie sich leise.

Einen Moment waren beide Männer still und hingen ihren Gedanken nach.

»Wer hatte ein Interesse daran, von Waldfels und einen Schreinergesellen zu töten?«, fragte Strate.

»Der Mörder muss beide gekannt haben.«

»Vor allem muss er beide so sehr gehasst haben, dass er sie umgebracht hat.«

»Oder es ist einer, der aus reinem Spaß tötet. Haben wir alles schon gehabt«, überlegte Wurzer.

»Dann war das aber nicht die letzte Tat dieser Art«, fügte Strate hinzu und Wurzer nickte. »Wenn's ein Wahnsinniger ist, dann gnade uns Gott, weil dann kommt noch einiges auf uns zu.«

Wurzer erhob sich seufzend und auch Strate stand auf. »Was machen Sie jetzt?«, fragte er, als er Wurzer die Hand schüttelte.

»Jetzt holen Sie erst einmal Ihren Mandanten aus dem Gefängnis«, antwortete der Kommissär und Strate hatte das Gefühl, dass dieser Gedanke eigentlich von ihm hätte stammen sollen.

»Und ich fahre zur Frau Stöckl und bringe ihr eine schreckliche und eine gute Nachricht.« Wurzer setzte seinen Hut auf. »Vielleicht kann sie mir auch sagen, was ihr Geselle gestern Abend noch in Pasing zu suchen hatte. Sie wird ihn ja gewiss schon vermissen.«

»Ich wünsche Ihnen viel Glück bei den Ermittlungen«, sagte Strate und versuchte noch einen Scherz. »Und da Sie vorhin nach Personen gefragt haben, die beide Ermordeten gekannt haben: Ich gehöre auch dazu.«

»Ja, aber Sie haben kein Motiv«, antwortete Wurzer. »Und wie ein Perverser sehen Sie mir auch nicht aus.«

Strate schluckte.

»Nix für ungut«, sagte Wurzer und ging.

Strate sah ihm einen Moment nach. Von oben hörte er die Stimmen der Kinder und die seiner Frau, die sich offenbar gerade zu ihnen gesellte. Wie sollte er ihr erklären, dass die Mädchen vielleicht bald zu ihren Eltern zurückkehren würden? Denn er war sich sicher, dass die Stöckls Frieda und Ilse holen würden, sobald der Schreiner frei war und sich die Situation einigermaßen entspannt hatte. Strate biss sich auf die Lippen. Er konnte sich über diese Entwicklung des Falles nicht freuen.

45

Wurzer saß in der Trambahn, die ihn von Pasing zurück in die Münchner Innenstadt bringen sollte. Irgendetwas an dem Besuch beim Anwalt störte ihn, er hatte ein komisches Gefühl. Hätte sich Strate nicht ein bisschen mehr freuen müssen, dass sein Mandant nun freikam? Oder verbarg er seine Gefühle so gut vor anderen?

Wurzer zog das Notizbuch heraus. Er blätterte darin und las einzelne Namen und Adressen. Hatte es noch Sinn, in diese Richtung zu ermitteln? Wenn der Geselle und der Dichter wirklich demselben Täter zum Opfer gefallen waren, würde die Lösung seines Falls wohl kaum in diesem Buch liegen. Von Waldfels' Bekanntschaften, die weitgehend der besseren Gesellschaft angehörten, hatten mit ziemlicher Sicherheit nichts mit dem Gesellen eines Schreiners von der Schwanthaler Höh zu schaffen.

Die Wunde an der Schläfe war für ihn ein eindeutiges Signal, dass es sich um denselben Mörder handelte. Dieses Mal würde er bei der Gerichtsmedizin genauer nachforschen. Vielleicht gab diese Kleinigkeit mehr Aufschluss über den Fall als alles andere.

So eine Zeit hatte er bei der Kriminalpolizei noch nicht erlebt. Ein Teil der Kollegen hing an den Morden in Hinterkaifeck fest und war nicht zu beneiden. Und er hatte auch noch keinen seiner Fälle gelöst. So wichtig der Zeuge in der Au gewesen war, um den Verdacht von dem Arbeiter abzulenken, mit dem der Ermordete sich geprügelt hatte, so wenig nützte er, um die wahren Täter zu finden. Und im Fall des getöteten Privatiers in Laim war er auch noch keinen Schritt weiter.

Wurzer steckte das Buch ein und beschloss, sich auf den Mord an Korbinian Rahmhuber zu konzentrieren, zumal er hoffte, damit auch den Mord an von Waldfels aufklären zu können. Gleich würde er Frau Stöckl die gute Nachricht überbringen, dass ihr Mann freikam. Und sich noch ein paar Fragen zum ermordeten Gesellen beantworten lassen.

Wurzer hatte Mitleid mit der jungen Frau, die sich hinsetzen musste, als er ihr die Nachrichten überbrachte.

»Ich weiß jetzt gar nicht, ob ich mich freuen darf oder ob ich erst weinen sollt.«

»Jetzt schnaufen Sie erst einmal gescheit durch«, riet ihr Wurzer und setzte sich zu ihr.

Unruhig sah sie zu ihm, dann zum Hochzeitsbild, zum Kreuz und wieder zu ihm; ratlos, hilflos, überfordert.

»Der Benno kommt wirklich frei?«

Wurzer nickte. »Ich denk noch heut.«

»Und der Korbinian is tot?«

Wieder nickte Wurzer. »Da es offenbar derselbe Mörder war wie beim Waldfels, kann es Ihr Mann nicht gewesen sein.«

»Aber was hat denn der eine mit dem andern zum tun?«, fragte Agnes.

»Das soll doch jetzt nicht Ihre Sorge sein.«

»Aber Ihre Sorge is es scho«, entgegnete Agnes.

»Und Sie haben gewiss genug eigene«, sagte Wurzer.

Sie sah ihn ernst an. »Ich dank Ihnen, Herr Kommissär.«

»Das müssen Sie nicht. Erstens ist es mein Beruf und zweitens: Wenn ich Ihnen ein bisserl hab helfen konnen, hab ich's gern gmacht.«

Sie schwieg einen Moment und Wurzer hatte den Eindruck, als würde sie mit sich ringen, was sie jetzt tun sollte.

»Können Sie mir die Adresse von den Eltern geben?«

»Ja, freilich«, sagte sie, stand etwas zu schnell auf und suchte Halt am Küchentisch.

Wurzer ging mit ihr in die Kammer des Gesellen, sah sich um und blätterte in den Zeitschriften. »Der Herr Rahmhuber war Mitglied der Sozialdemokratischen Partei?«

»Ja, er war auch öfter auf Versammlungen. Ein oder zwei seiner Freunde kenn ich auch mit Namen, wenn Ihnen des was hilft.«

»Freilich, nur her damit.«

Sie notierte die Adresse von Korbinians Eltern sowie die Namen seiner Genossen und reichte ihm den Zettel.

»Wie lang war denn der Herr Rahmhuber bei Ihnen?«

»Wir sind vor einem knappen Jahr nach München kommen. Und weil's dem Onkel bald nimmer so gut gangen is, haben wir ihn eingestellt.«

»Wie war er denn so?«

Agnes überlegte kurz. »Er war sehr tüchtig und fleißig, seine Kammer hat er sauber ghalten, des sehn Sie ja selbst.«

»Eine Freundin hat er nicht gehabt?«

Agnes zuckte die Schultern. »Erzählt hat er uns nix davon. Ich kenn nur die zwei Burschen von seiner Partei.«

»Er war Ihnen bestimmt eine große Hilfe die letzte Zeit«, stellte er sich naiv und sah Frau Stöckl in die Augen. Sie wandte sich von ihm ab und machte sich am Herd zu schaffen.

»Soll ich Ihnen einen Kaffee kochen, Herr Kommissär? Ein echter is es leider ned, aber ...«

»Was war denn mit dem Gesellen?«, fragte er sie eindringlich.

»Nix war, gar nix«, antwortete sie ärgerlich, wandte sich um und sah ihm direkt ins Gesicht. »Und des kann ich auch beschwören.«

»So weit sind wir noch lang nicht«, antwortete Wurzer.

»Ich war wirklich froh, dass er da war, wie der Benno verhaftet worden war. So haben wir wenigstens ein bisserl weiterarbeiten können und ich war ned allein.« Agnes stockte.

»Aber dann ...«, half Wurzer behutsam nach.

»Er hat mich irgendwann so komisch angschaut ...«

Sie redete nicht weiter, deshalb versuchte Wurzer, das Offensichtliche in Worte zu fassen.

»Sie denken, er hatte mehr Interesse an Ihnen als Ihnen lieb war.«

Frau Stöckl senkte den Kopf.

»Sie müssen ja jede Nacht Angst gehabt haben.«

Sie antwortete nicht.

»Hat er Ihnen was angetan?«, fragte Wurzer so vorsichtig wie möglich.

Sie schüttelte den Kopf. »Bin ich jetzt verdächtig, weil ich Angst vor ihm ghabt hab?«

Der Kommissär sah sie verblüfft an. »Auf die Idee bin ich noch gar nicht gekommen!«, erwiderte er. »Könnten Sie denn einem Menschen ein Messer in die Brust rammen?«

»Ich hab's noch ned probiert. Aber wenn ich um mein Leben fürcht oder eine Sauwut hab ... Ich weiß ned, was ich dann tät.«

Diese Frau ist ein Phänomen, dachte Wurzer, als er von der Tulbeckstraße aus über die Theresienwiese nach Hause ging. Sie bringt mich immer auf neue Gedanken. Jetzt denk ich sogar schon drüber nach, ob sie die beiden Männer umgebracht hat. Aber nie hätte sie zugelassen, dass ihr Mann wegen ihr ins Gefängnis kommt. Außerdem hatte sie zumindest für den zweiten Mord ein Alibi. Sie war gestern Abend bei ihm gewesen. Wurzer schüttelte immer wieder den Kopf und übersah die fragenden Blicke der Passanten. Es mochte ja viele böse Weiber geben, einige waren ihm in seinem Berufsleben auch schon untergekommen, aber Agnes Stöckl gehörte ganz sicher nicht dazu.

46

Martha war es gelungen, die Aufregungen des Tages von den Kindern fernzuhalten. Sie war mit ihnen in den Garten gegangen und hatte ihnen vorgelesen, weil die gnädige Frau an diesem Tag zu erschöpft gewesen war. Überhaupt zeigte sich inzwischen, dass die Anwesenheit der Kinder nur für die ersten Tage einen belebenden Eindruck auf die Gnädige gehabt hatte. Inzwischen klagte sie über die Lautstärke, die Unruhe im Haus und darüber, dass sie das Gefühl hätte, die Kinder würden sie nicht mögen.

Die Mädchen waren lieb zu allen, fand Martha. Sie hatten nur Scheu vor der gnädigen Frau, weil sie sich selten sehen ließ und nach einer halben Stunde oft wieder ging, wegen der Kopfschmerzen oder weil sie sich anderweitig nicht wohlfühlte. Dann nahm Frieda die kleine Ilse an der Hand und gemeinsam sahen sie der eleganten Dame nach, die ihr Zimmer verließ. Sie fragten Martha, ob sie etwas Schlimmes getan hätten. Martha versuchte dann, die Mädchen zu beruhigen. Es ärgerte sie, dass die beiden in ihrem Spieltrieb und Bewegungsdrang so eingeschränkt wurden, weil die Dame des Hauses es so wollte. Es gab zwar Momente, in denen Frau Strate zärtlich auf die spielenden Kinder blickte und Martha zuflüsterte, sie könne sich ein Leben ohne diese Engel gar nicht mehr vorstellen, aber das bereitete Martha noch mehr Unbehagen. Zum einen waren die beiden Kinder sicher keine Engel, sondern einfach Kinder, zum anderen sollten sie irgendwann zurück zu ihren Eltern. Und wenn das stimmte, was sie heute mitbekommen hatte, war der Benno endlich frei, und sicher würde das Ehepaar bald vor der Tür stehen und seine Kinder zurückhaben wollen.

Martha wollte nicht darüber nachdenken, was das für sie bedeuten würde. Sie hatte die Mädchen ins Herz geschlossen. Seit die beiden im Haus waren, hatte sie das Gefühl, es gäbe endlich wieder etwas, wofür es sich zu leben lohnte. Die Mädchen brauchten sie und mochten sie, sie liebte es, für sie da zu sein und ihre vielen Fragen zu beantworten. Natürlich dachte sie jedes Mal an ihre kleinen Schwestern, aber es war mehr. Es war eine Verantwortung ohne die Last des Elternhauses, ohne die Düsternis und Finsternis, die dort herrschte.

Wie würde Agnes sich freuen, wenn ihr Mann wieder bei ihr war! Sie hatte Martha so leidgetan: der Ehemann im Gefängnis, der Geselle, der sie bedrängte. Sie hatte jeden Tag darauf gewartet, dass Benno Stöckl wieder freikam, denn wenn er es nicht gewesen war, dann konnten sie ihn doch nicht festhalten, oder? Hoffentlich war in der Zeit nach seiner Festnahme der Agnes nichts Schlimmes passiert. Ob sie dem Benno von den Annäherungsversuchen des Gesellen erzählen würde? Martha hatte das Ehepaar nur kurz zusammen gesehen, bevor der Schreinermeister verhaftet worden war, aber es hatte ihr gereicht zu bemerken, dass sie sich von ganzem Herzen liebten.

Ihre eigenen Eltern waren eine Art Notgemeinschaft gewesen. Es galt, den Hof, das Vieh und die Kinder zu versorgen. Für liebe Worte und ein Lächeln war da kein Platz. Alles und jeder hatte zu funktionieren und wenn nicht, so gab es Prügel. Momente der Entspannung waren selten. Für die Mutter war es das Gebet, für den Vater das Bier. Und dann hatten alle Angst, wenn er getrunken hatte und nicht gleich einschlief.

Mit Frieda und Ilse waren auch die Erinnerungen wiedergekommen, die sie so lange erfolgreich weggedrückt hatte. Was konnte sie nur tun, um endlich das zu vergessen, was sie als Kind erlebt hatte? Sie dachte an das Lied *Schön ist die Jugend*, das sie einmal einen Landstreicher hatte singen hören. Nein, ihre Jugend war nicht schön gewesen. Und sie war erleichtert gewesen, als er weitersang: »… sie kommt nicht mehr.« Das klang wie eine Verheißung; diese Zeit war vorbei und sie würde nicht mehr zurückkommen.

Nachdem sie die Kinder ins Bett gebracht hatte, ging sie in die Bibliothek des gnädigen Herrn. Strate hatte ihr angeboten, sich selbst Bücher auszusuchen. Er hatte ihr gezeigt, wo sie ›unterhaltsame Lektüre‹ fand, wie er das nannte. Sie ging die Reihe entlang und las die Namen der Schriftsteller: Goethe und Schiller, Heine und Fontane, Stifter und Ganghofer, von dem sie ja schon etwas gelesen hatte. Es gab auch Texte von Autoren, die noch am Leben waren, zum Beispiel von Thomas Mann, der hier in München wohnte. Strate hatte ihr erklärt, dass er in langen, komplizierten Sätzen schrieb, aber sie hatte den Ehrgeiz, auch das zu lesen und zu verstehen. Aber vielleicht nicht heute. Sie brauchte etwas, was ihr die Unruhe nahm, was ihr das Gefühl gab, dass die Welt manchmal auch in Ordnung war.

Das Haus war still. Strate war zu einem Herrenabend gegangen. Seine Frau hatte sich bereits früh zurückgezogen. Martha beschloss, die Gelegenheit zu nutzen und sich auch andere Teile der Bibliothek etwas genauer anzusehen.

Im Schrank gleich hinter dem Schreibtisch standen die Bücher, die der Anwalt für seine Arbeit brauchte. Dicke Wälzer, die mit Recht und Gesetz zu tun hatten. Martha zog eines heraus, blätterte darin, verstand kein Wort und schob es zurück.

Die schöne Literatur hatte er in Epochen eingeteilt. Vor 1800, vor 1900 und nach 1900 sowie alphabetisch geordnet. Sie blätterte in einigen Büchern, entdeckte auch Anmerkungen mit Bleistift am

Rande, las sich an dem einen oder anderen Text fest und versuchte sich zu merken, welches dieser Bücher sie demnächst ausleihen wollte.

Verwundert stellte sie fest, dass hinter der Literatur des 20. Jahrhunderts, die noch nicht so umfangreich war, eine zweite Reihe Bücher stand. Martha lauschte einen Moment, ob wirklich niemand da war, nahm behutsam ein paar Bücher heraus und schaute auf die hintere Reihe. Es waren nur wenige Bücher, alle vom selben Autor: Magnus Hirschfeld. *Sexualpathologie* stand auf drei Bänden. *Die Homosexualität des Mannes und des Weibes* las sie auf einem weiteren. Martha wagte keinen Blick in eines der Bücher. Sie war sicher, es ging um etwas Verbotenes, sonst hätte der Anwalt sie nicht hinter den anderen Büchern versteckt.

Martha hatte einmal beim Einkaufen eine Bedienstete aus einem der Nachbarhäuser getroffen. Die hatte ihr beim Heimweg kichernd erzählt, dass sie Bilder von nackten Frauen in der Schublade ihres gnädigen Herrn entdeckt hatte. Das war Martha hier noch nie passiert. Und wenn, hätte sie es sicher nicht weitererzählt. Sie hatte Strate als Ehrenmann kennengelernt, der ihr niemals zu nahe kam und der sie mit Respekt behandelte. Waren diese Bücher seine Art Schmutzbilder? Martha wusste nicht, was sie davon halten sollte, aber es gefiel ihr nicht.

47

Lange Zeit standen sie in der Küche, hielten sich in den Armen und schwiegen. Agnes hatte es bis zuletzt nicht geglaubt. Als ihr Benno dann plötzlich in der Küche stand und sie ansah, war sie so überrascht, dass sie gar nicht recht wusste, wohin mit sich und ihren Gefühlen. Und als Benno sie in den Arm genommen hatte, flossen die Tränen. Sie hätte jeden Tag stundenlang weinen können, aber sie hatte stark bleiben wollen. Sie hatte durchhalten müssen, für Benno, für die Mädchen, für den Onkel und gegen die bedrohliche Nähe vom Korbinian. Das Durchhalten war nun endlich vorbei.

Er sah schmal aus, grau und müde, ähnlich wie nach dem Krieg, als er nachts aufgewacht war und geschrien hatte. Nur stockend und wenige Details hatte er ihr erzählt, aber die waren schlimm genug gewesen.

Jetzt war es zu früh, um vom Gefängnis zu berichten und davon, was diese Stumpfheit in seinen Blick gebracht hatte. Irgendwann würde er es ihr vielleicht sagen, aber jetzt war nur wichtig, dass sie einander wiederhatten. Ewig standen sie so, ohne sich zu rühren. Er roch modrig, nach Kellerloch. Nicht nur die Kleidung, der ganze Mann. Er konnte nichts dafür und es war ihr auch egal, solange er sie nur fest umschlungen hielt. Knochig fühlte er sich an, als ob er seit Langem nichts gegessen hätte.

Nach unendlich langer Zeit lösten sie sich voneinander und sahen sich an.

»Ich möcht baden«, war der erste Satz, den er herausbrachte.

»Magst ned erst einen Kaffee oder was zum Essen?«

Er schüttelte den Kopf. »Ich stink nach Gfängnis, des möcht ich erst loswerden.«

Sie nickte und machte Wasser heiß, während er den Bottich in die warme Küche trug. Ein Bad war immer Luxus, das gab es nur ganz selten, aber heute war alles gut und richtig, was ihn wieder in sein altes Leben zurückbringen würde.

Er saß schon im warmen Wasser, als es nur ein paar Zentimeter hoch war, und sie goss Eimer für Eimer nach, bis es ihm wenigstens über die Hüfte reichte. Er seifte sich ein ums andere Mal ein und schrubbte, als wollte er die alte Haut loswerden.

Früher hatte sie sich manchmal zu ihm gesetzt, obwohl es im Bottich dann arg eng gewesen war, aber dieses Mal grauste es ihr. Nicht vor dem Mann, den sie so sehr liebte, aber vor dem Wasser, in dem der ganze Dreck eines Albtraums schwamm, der nun hoffentlich zu Ende war. So ganz traute sie dem Frieden noch nicht. Als könnte jederzeit wieder der Kommissär in der Tür stehen und ihr Leben kaputt machen.

Sie sprachen nicht viel. Sie schrubbte ihm kräftig den mager gewordenen Rücken. Während er sich abtrocknete, kochte sie Kaffee und deckte den Tisch mit allem, was im Haus war. Von Emmerams Geschenken war noch ein bisschen Gselchtes da. Sie hatte es immer wieder aufgehoben für den Tag, wenn ihr Benno heimkehren würde. Nach Wurzers Besuch hatte sie beim Bäcker frisches Brot geholt, in Erwartung von Bennos Rückkehr. Die Bäckersfrau war eine der wenigen im Viertel, die sie noch grüßte und ihr gut war.

Benno aß und trank nur wenig, er kaute jeden Bissen ganz langsam. Agnes wunderte sich, er war sonst kein schlechter Esser und sie hatte erwartet, dass er die gute Brotzeit in sich hineinschlingen würde. Aber er sah nicht so aus, als ob es ihm besonders schmeckte, eher so, als wollte er es ihr nicht abschlagen, weil sie es doch gut mit ihm meinte. Sie verstand es nicht, fragte aber auch nicht nach. Vielleicht war es noch zu früh, sich über so alltägliche Dinge wie Essen und Trinken zu freuen.

Als sie seine abgelegte Kleidung in den Bottich werfen wollte, um sie im Waschwasser einzuweichen, schüttelte er den Kopf. »Schmeiß es weg«, sagte er. Sie sah ihn fragend an, denn es war eine gute Hose gewesen, mit der er gegangen war.

»Ich zieh's nimmer an, und wenn ich nackert geh«, sagte er. Da nickte sie und warf die Sachen vor die Tür, um sie bei nächster Gelegenheit zu zerreißen und zu verbrennen. Dann setzte sie sich zu ihm.

Er hörte auf zu essen und nahm ihre Hand.

»Der Anwalt hat mir gsagt, die Mäderl sind bei ihm.«

Da brach aus Agnes alles heraus, was sie erlebt hatte, seit er festgenommen worden war: Wie der Onkel krank geworden war; wie sie mit dem Korbinian den Auftrag beim Anwalt weitermachen wollte; die Sorge, dass sich der Verdacht gegen ihn bis Gitting herumsprechen würde; ihre Fahrt nach Hause zu seinen Eltern; die Entscheidung, die Kinder mitzunehmen und Strate und seiner Frau anzuvertrauen. Er hörte aufmerksam zu, nickte ab und zu und nahm einen Schluck aus der Kaffeetasse.

Sie verschwieg ihm, wie sehr sie sich durch Korbinian bedroht gefühlt hatte, das Begehren in seinem Blick und ihre Angst vor der Nacht. Sie erzählte ihm nicht, wie sie vor Angst um ihn fast verrückt geworden wäre, nichts von der Sorge um den Onkel und nichts von ihrer unendlichen Traurigkeit, weil die Kinder bei fremden Leuten lebten. Stattdessen erzählte sie von Martha, die sich so liebevoll um die Kinder kümmerte. Und davon, dass sie wieder guter Hoffnung war. Sie merkte, dass ihre Stimme zitterte, und ärgerte sich, dass sie ihre Gefühle so schlecht verbergen konnte. Zum ersten Mal an diesem Abend veränderte sich Bennos Blick. Er lächelte sie an und sie glaubte, wieder ein Stück von ihrem alten Benno erkennen zu können, der das Gute im Leben sehen konnte.

Er nahm sie an der Hand und führte sie in die Schlafkammer. Sie legten sich im Gewand aufs Bett und hielten sich fest. Er roch nun besser, war ihr zugleich vertraut und fremd.

»Wir holen die Mäderl so bald wie möglich«, sagte er.

»Willst dich ned erst ein bisserl erholn?«, fragte sie und mochte sich selber nicht, als sie hörte, wie vernünftig und kalt das klang.

»Ich möcht ned, dass unsre Kinder bei fremden Leuten sind.«

»Ich hab mir des auch ned gwünscht«, erwiderte sie und hoffte sehr, er würde es nicht als Vorwurf verstehen.

»Ich mach jetzt die Kassettendeckn fürn Anwalt, und vielleicht kriegn wir ja doch noch einen Auftrag von ihm für danach. Und vor allem will ich unsre Kinder sehn.«

Agnes verschwieg ihm, mit welchem Geschick Strate und seine Frau verhindert hatten, dass sie unter der Woche vorbeikam, und ihr eine Besuchszeit am Sonntag eingeräumt hatten. Auch dass sie Frieda und Ilse dann nur drei Stunden sehen durfte, wollte sie ihm jetzt nicht erzählen. Denn sie fürchtete seinen Zorn, und sie wollte diese Stunden mit ihm genießen. Alles andere würde sich schon zeigen.

»Wir sollten den Onkel bald bsuchen«, sagte sie nach einer kurzen Pause. Als er nicht antwortete, merkte sie, dass er in ihren Armen eingeschlafen war. Eine Weile hörte sie seinem Atem zu, genoss seine Nähe und Wärme, bevor sie sich behutsam von ihm löste, ihn zudeckte und hinausging.

Es gab noch so viel zu tun. Sie musste die Sachen vom Korbinian zusammenpacken, irgendwann würde einer von der Familie kommen und sie holen. Außerdem wollte sie die Kammer sauber machen, das Bettzeug waschen. Möglichst bald brauchten sie einen neuen Gesellen, wenn es mit der Schreinerei wieder aufwärtsgehen sollte. Aber der würde nicht mehr bei ihnen wohnen. Die Kammer sollte den Mädchen gehören.

Und hoffentlich war auch der Onkel bald wieder da. Er kannte die Leute von der Schwanthaler Höh, sie vertrauten ihm und mit seiner Hilfe würde schon der eine oder andere Auftrag wieder hereinkommen.

Agnes fürchtete sich vor dem Moment, wenn Benno und sie vor dem Anwalt stehen würden, um die Kinder zu holen. Sie wusste, wie wichtig den Strates die Kinder waren, und hatte Sorge, dass sie sie nicht so leicht wieder hergeben würden. Andere Leute würden die Kinder vielleicht bei den Strates lassen, weil sie es da besser haben könnten, aber das würden sie niemals übers Herz bringen.

Agnes nahm eine alte Holzkiste und räumte die Habseligkeiten des Gesellen hinein. Mit hinein tat sie all ihre Angst der letzten Tage und schämte sich ihrer Erleichterung, dass er nicht mehr da war.

48

Wurzer war froh, den Schreinermeister auf freiem Fuß zu wissen. Ihm war bewusst, dass dem jungen Paar noch eine harte Zeit bevorstand, aber wenigstens waren sie wieder beisammen. Er musste jetzt einen Zweifachmörder suchen. Wo lag die Verbindung zwischen diesen beiden Mordfällen in Pasing?

Löffler trat ein und das Strahlen auf seinem Gesicht verriet, dass er Neuigkeiten hatte. »Den Mörder von Laim, den haben wir jetzt«, verkündete er großspurig. Wurzer schwieg, so etwas sagte Löffler ja nicht zum ersten Mal.

Löffler setzte sich zufrieden und erzählte: »Wir haben einen Hinweis bekommen von einem Mann, der in so einem Arbeiterwohnheim Hausmeister ist. Sie wissen schon, wo die Burschen vom Land ein kleines Zimmer haben unter der Woche, wenn sie hier in der Stadt ihr Geld …«

»Ich weiß schon, was ein Arbeiterwohnheim ist«, unterbrach ihn Wurzer ungeduldig. Löffler ließ sich nicht beirren. »Auf jeden Fall hat er gesagt, dass einer der Burschen anscheinend sehr plötzlich zu Geld gekommen ist. Er hat die andern eingeladen, sich was Fesches zum Anziehen gekauft und ein neues Radl …«

»Dann fahren wir doch gleich hin und schauen uns den Burschen und sein Zimmer an.«

»Hab ich gestern schon mit einem Kollegen gemacht. Sie waren ja nicht da, wegen dem zweiten Mord in Pasing und der Herr Markstein hat gemeint, Gefahr in Verzug …«

»Passt schon«, winkte Wurzer die Rechtfertigung ab.

»Auf jeden Fall haben wir den Kerl noch im Bett angetroffen, weil er sich am Abend vorher hat volllaufen lassen. Er hatte eine Menge Bargeld und eine wertvolle Taschenuhr mit den Initialen des Verstorbenen bei sich. Die Haushälterin vom Privatier hat sie auch schon identifiziert.«

»Was sagt er denn, wo er die Uhr herhat?«

»Die hat er einem auf der Straße abgekauft, behauptet er.«

So was Ähnliches tät ich auch sagen, wenn ich in so einer Lage wäre, dachte Wurzer.

»Aber gestanden hat er noch nicht?« Bis zuletzt wollte der Kommissär an die Unschuld des Verdächtigen glauben.

»Wir nehmen ihn gleich noch mal in die Mangel«, sagte Löffler und lächelte vorfreudig. Wurzer nickte, aber freuen konnte er sich darüber nicht. Er kannte diese Geschichten: armer Bursch vom Land arbeitet in der Stadt; das Geld reicht hinten und vorne nicht; er sieht einen Mann, der so reich ist, wie er sich das in seinem Bauerndorf nicht hat vorstellen können; er überfällt ihn, der wehrt sich, es kommt zu einer größeren Auseinandersetzung und normalerweise gewinnt der Stärkere vom Dorf.

Löffler sah ihn die ganze Zeit an, während er diese Überlegungen anstellte, aber Wurzer sagte nichts. Deshalb stand sein Mitarbeiter auf und ging zur Tür.

»Eins noch, Löffler«, sagte der Kommissär. »Bei dem Fall in der Au hat sich nichts Neues ergeben?«

Löffler schüttelte den Kopf. »Den Verdächtigen haben wir ja schon freigelassen wegen der Zeugenaussage. Und wenn jetzt der Mord in Laim geklärt ist, dann kann ich mich drum kümmern, ob wir einen von den Studenten finden, die mit dem Toten Streit angefangen haben, so wie der Zeuge das beschrieben hat.« Damit ging er.

Wurzer seufzte. Einen Studenten aus einer Studentenverbindung finden, der nicht gefunden werden wollte, weil er möglicherweise an einer schweren Körperverletzung mit Todesfolge beteiligt war, das war doch aussichtslos. Im Zweifelsfall hielten die alle zusammen, wenn sie als Gruppe unterwegs waren. Und was war das Leben eines armen Teufels, der betrunken kommunistische Parolen rief, für solche Burschen schon wert? Was das noch werden soll, fragte er sich und erhob sich etwas schwerfällig von seinem Sitz. In letzter Zeit ertappte er sich häufiger bei dem Gedanken, dass er sich um die Zukunft keine Sorgen zu machen brauchte, denn seine war es ja nicht. In wenigen Jahren würde er in Pension gehen und hoffentlich noch einige Zeit haben, um mit seiner Frau das Leben zu genießen. Freilich, wenn er an seine Tochter und deren Kinder dachte, wollte er schon, dass in diesem Land auf Dauer die gemäßigten Kräfte das Sagen hätten. Sein Bayern hatte kein Talent zur Revolution, dachte Wurzer. Die Leute begehrten auf wegen eines höheren Bierpreises und waren doch leicht zu beruhigen, wenn es genug davon gab. Und die Revolution vor vier Jahren, gleich nach dem Krieg, war zwar leider blutig verlaufen, aber irgendwann war das Schießen wieder vorbei gewesen und die bürgerlichen Parteien hatten das Ruder übernommen. Und so sehr bislang von rechts und links geschrien und agitiert wurde, Wurzer hatte immer noch das Vertrauen, dass letztendlich die Vernunft siegen würde.

49

Strate saß auf der Chaiselongue in seinem Arbeitszimmer, Frieda neben ihm, die kleine Ilse auf seinem Schoß. Er las ihnen das Märchen von Hänsel und Gretel vor. Die Kinder mochten es besonders gern, obwohl sie sich sehr fürchteten, wenn Hänsel und Gretel ganz allein im Wald waren. Er verstand die beiden Mädchen. Ihre Eltern hatten sie zwar nicht ausgesetzt, aber abgegeben, einer Not gehorchend, für die sie zwar nicht verantwortlich waren, was aber die Kinder trotzdem nicht verstanden. Wenn Hänsel und Gretel in den dunklen Wald gingen, fassten sich Frieda und Ilse an der Hand, und hörten ihm gespannt und aufmerksam zu. Er genoss die Aufmerksamkeit, und zwar so sehr, dass es ihn überraschte – und besorgte. In den letzten Tagen hatte er ihnen sehr oft vorgelesen, da seine Frau dazu immer weniger Lust hatte. Er hatte mit ihnen Puppen gespielt und sie heimlich beobachtet. Irgendwann hatte er bemerkt, dass er seine Arbeit vernachlässigt hatte, um mit den Mädchen zusammen sein zu können. Wenn die kleine Frieda ihre Hand in seine legte oder Ilse zum Vorlesen auf seinen Schoß kletterte, bemerkte er ein Gefühl, das er so nicht kannte und das ihn stark verunsicherte. Mit Schrecken musste er sich eingestehen, dass ihn seine Zuneigung zu den Mädchen überforderte; sie schien nach eigener Einschätzung über das natürliche Maß hinauszugehen.

Niemals wollte er von sich aus die Nähe der Mädchen suchen, das hatte er sich geschworen, als er schon bald nach ihrer Ankunft diese Sehnsucht nach ihnen empfand. Aber natürlich kamen sie zu ihm, weil sie dachten, dass er es gut mit ihnen meinte. Häufiger als seine Frau war er für die Kinder da. Nur zu Martha hatten sie noch mehr Vertrauen. Die Kinder bedeuteten ihm zu viel. Nein, das war falsch, dachte er in einer Lesepause, während sie ein neues Märchen heraussuchten. Sie hatten eine Bedeutung für ihn, die sie nicht haben sollten, nicht haben durften. Irgendetwas stimmte nicht mit ihm.

Er und seine Frau hatten aus Liebe geheiratet. Helene war die erste und einzige Frau gewesen, mit der er sich ein gemeinsames Leben hatte vorstellen können. Er liebte sie immer noch, achtete sie, behandelte sie mit Fürsorge, Respekt und liebevoller Aufmerksamkeit, auch wenn sie ihre grauen Tage hatte, in denen sie für ihn und sein Entgegenkommen gar nicht empfänglich war.

Aber er hatte sie nie so begehrt, sie hatte nie diese brennende Sehnsucht hervorgerufen wie diese beiden Mädchen. Wie sehr er sich für seine Gefühle schämte! Bisher hatte er widerstehen können, aber er war nicht sicher, ob er auf Dauer den gebührenden Abstand zu den Mädchen halten konnte, zumal sie selbst ganz unschuldig Geborgenheit bei ihm suchten.

Strate begann zu lesen, doch seine Gedanken schweiften wieder ab. Vor einiger Zeit hatte er sich aus beruflichen Gründen mit den Schriften des Berliner Wissenschaftlers Magnus Hirschfeld befasst. Er hatte einen homosexuellen Mann vor Gericht vertreten, der aus seiner Neigung kein Hehl gemacht hatte und dadurch mit dem Gesetz in Konflikt geraten war. Er hatte sich damals sehr gewundert, wie sich ein Mensch diesem Spießrutenlauf aussetzen konnte, statt wie alle anderen seine Neigung heimlich auszuleben. Es hatte ihm Respekt abgenötigt, zugleich aber war er diesem Mann reservierter begegnet als anderen Klienten. Er hatte ihn nicht einschätzen können, war sich seiner Haltung ihm gegenüber nicht sicher gewesen.

Hirschfeld hatte sowohl zum Thema Homosexualität geschrieben als auch zu anderen Bereichen der Sexualität. Ein fortschrittlicher Mann, dessen Schriften aber selbstverständlich nicht nur auf

Anerkennung stießen, sondern auch abgetan wurden als Produkte eines kranken Geistes, einer abartigen Kreatur.

Als er seine Gefühle für die Kinder mit Entsetzen entdeckt hatte, hatte er die Bücher aus ihrem Versteck geholt und nachgelesen. Er hatte Informationen über seine Neigung gefunden und auch Beschreibungen dieses Verhaltens. In den letzten beiden Nächten hatte er sich gequält, diese zu lesen. Er versuchte, sich davon zu überzeugen, dass er bei Weitem nicht so krank war wie die Personen, von denen in den Büchern die Rede war. Aber es half nichts, er war zutiefst verunsichert.

War seine Frau deshalb so krank geworden, weil er sie zu wenig begehrt hatte in all den Jahren? Hatte sie gespürt, dass in ihrer Beziehung etwas fehlte, dass er ihr einen Teil von sich vorenthielt?

Er hatte Angst vor sich selbst. Er fürchtete, nicht normal zu sein, nein, er war sicher, dass er es nicht war. Zu einem Arzt wollte er auf keinen Fall, sich niemandem anvertrauen. Er wusste nicht, was daraus entstünde. Sie würden ihn vielleicht in eine Anstalt einweisen; Helene würde sich von ihm trennen. Mittellos und allein wäre er dann. Ein Skandal wäre nicht zu vermeiden. Er würde nicht mehr als Anwalt praktizieren können.

Noch konnte er sich an den Gedanken klammern, dass er die Mädchen niemals von sich aus anfassen würde. Er reagierte nur auf ihr Vertrauen, wenn sie zu ihm kamen, blieb selbst auf Abstand und war damit zufrieden, sie zu beobachten. Aber war er sich wirklich sicher, dass ihm auf Dauer eine Liebe aus der Ferne genügen würde? Dass er nicht hier oder da eine Berührung suchte, die nicht mehr statthaft war?

Das Klügste wäre, die Mädchen so schnell wie möglich zu ihren Eltern zurückzubringen. Er wusste das. Aber er wollte es nicht. Zunächst hatte er vor sich selbst damit argumentiert, dass es Helene bestimmt wieder schlechter gehen würde. Irgendwann musste er aber zugeben, dass es ihm nicht um seine Frau ging, sondern um sich selbst. Er wusste nicht, wie er weitermachen sollte ohne diese beiden Mädchen, die sein Leben so viel heller und glücklicher gemacht hatten, mit ihrer Zuneigung, ihrem Vertrauen, ihrer Lebendigkeit – und ihrer Zärtlichkeit.

Er war sicher, dass Agnes und Benno Stöckl bald bei ihm auftauchen würden. Und er merkte, dass ausgerechnet er, der diesem armen, jungen Paar vor zwei Wochen noch so gewogen war, jetzt Gedanken hatte, die dieser Familie in keiner Weise weiterhalfen. Schließlich wusste er, dass Benno Stöckl Geld brauchte, und dass sie ihm weitere Aufträge in Aussicht gestellt hatten. Doch dann würde Stöckl häufig hier sein, Geld verdienen, mehr Kontakt zu seinen Kindern haben und sie letztendlich auch einfordern.

Strate trauerte um den Verlust seiner Integrität, die er immer so an sich geschätzt hatte. Wie konnte er bewusst so schäbig handeln, nur damit die Mädchen bei ihm blieben? Er hatte viel zu wenig unternommen, um Stöckl aus dem Gefängnis zu holen. Ihm hatte es der Schreiner nicht zu verdanken, dass er freigekommen war.

Sie lasen *Der Wolf und die sieben Geißlein* zu Ende und betrachteten die Illustrationen. Obwohl sie das Märchen kannten, stockte Frieda und Ilse immer der Atem, wenn der Wolf ins Zimmer stürzte und sechs der sieben Geißlein fraß. Einmal hatte Ilse zu weinen begonnen. Frieda hatte sie trösten wollen und gesagt, dass die Mama gleich kommt und dann alles wieder gut ist.

Ja, dachte Strate, wenn Frau Stöckl auch nur eine Ahnung davon hätte, mit welchen Augen er ihre Kinder betrachtete, sie wäre sofort da und würde sie holen. Er war der Wolf, der Kreide gefressen hatte, und er konnte nur hoffen, dass sie ihm Steine in den Bauch nähten, sodass er beim Trinken im Brunnen versank. Hieß es nicht auch in der Bibel, dass jeder, der einem Kind etwas antue, es verdient hätte, dass man ihm einen Mühlstein um den Hals hängte und ihn versenkte? Versinken sollte er, für immer …

50

Martha stand im Flur und sah durch den Türspalt in das Arbeitszimmer des Anwalts. Er saß mit den Kindern auf seiner Ottomane. Frieda und Ilse mochten ihn, sie waren gern bei ihm und hörten ihm zu. Wenn Martha keine Zeit für sie hatte, dann liefen sie zu Strate. »Onkel Wolf« nannten sie ihn.

In den letzten Tagen hatte er immer mehr Aufgaben seiner Frau übernommen, die das Interesse an den Mädchen verloren zu haben schien. Er las ihnen vor und spielte mit ihnen, und Martha sah, dass er es genoss. Er wollte, dass es ihnen gut ging und sie glücklich waren. Dennoch ließ Martha die Mädchen ungern mit Strate allein und wenn möglich, immer die Tür zum Spiel- oder Arbeitszimmer offen. Sie wusste nicht, warum ihr das eigentlich schöne Familienbild Unbehagen bereitete. Es war doch nichts dabei, wenn sich der Anwalt liebevoll um die Mädchen kümmerte. War sie eifersüchtig auf die Zuneigung, die er von den Mädchen bekam?

Gerade wollte sie leise davongehen, als der Anwalt die Geschichte beendete. Frieda und Ilse bettelten Strate an, ihnen noch ein Märchen vorzulesen. »Onkel Wolf, lies doch noch ein Märchen mit einem Wolf«, sagte Frieda und lachte über ihr Wortspiel. Ilse lachte mit, ohne es wirklich verstanden zu haben. Strate schüttelte halbherzig den Kopf. »Ich muss jetzt endlich arbeiten, Kinder.«

Frieda schmiegte sich an ihn und lächelte. »Bitte, bitte«, bettelte sie und sah ihn mit großen Augen an.

Strate lächelte ebenfalls und widerstandslos nahm er das Märchenbuch erneut zur Hand.

Da sah Martha den Blick, mit dem er die Mädchen bedachte. Diesen Blick kannte sie und sie hatte gelernt ihn zu hassen. Aus

Strates Augen sprach ein Verlangen, das sie lange Zeit fälschlicherweise als Vaterliebe interpretiert hatte, bis ihr klar wurde, dass das, was sie von ihrem Vater erfahren hatte, entsetzliche Grausamkeit gewesen war. Martha blickte entschlossen auf die Mädchen. Sie würde niemals zulassen, dass den Kindern etwas geschah.

51

Sosehr sich Agnes nach ihren Kindern sehnte, die Eile, mit der Benno nach Pasing wollte, um die Mädchen zu sehen, behagte ihr nicht. Morgen kam der Onkel aus dem Krankenhaus und brauchte sicher ein paar Tage Hilfe und Pflege. Aber das war es nicht allein. Sie hatte Sorge, dass Benno beim Anwalt zu fordernd auftrat. Sie fürchtete, dass er sich diesen Mann, dem sie so viel zu verdanken hatten, zum Feind machte. Benno war nicht gut auf Strate zu sprechen. Er fand, der Anwalt hätte ihn im Gefängnis hängen lassen.

»Ich hab gsehn, was andre Anwält für ihre Leut tun«, sagte er. »Ich hab's mitkriegt, und die andern haben's mir auch erzählt.«

»Aber die hatten bestimmt mehr Geld«, erwiderte Agnes. »Du hast für ihn arbeiten dürfen, er hat dich kostenlos vertreten und er hat unsre Kinder aufgnommen.«

»Hast denkt, ich bleib ewig im Gfängnis?«

Seine Frage spürte sie wie einen Hieb. Sie setzte sich. So tapfer sie auch in den letzten Tagen und Wochen gewesen war, jetzt konnte sie nicht mehr. Sie hatte so viel durchgestanden, so vieles allein aushalten müssen, jetzt war der Benno zurück, und statt dass er ihr zur Seite stand, spürte sie Misstrauen und Kritik daran, wie sie die Dinge gehandhabt hatte.

Benno setzte sich zu ihr und nahm sie in den Arm. »Ich hab's ned so gmeint«, sagte er leise. Agnes glaubte ihm nicht.

Eigentlich hatte sie überlegt, mit ihm über Korbinians Annäherungsversuche zu reden, aber so, wie der Benno sich gerade gebärdete, würde er ihr sogar zutrauen …

Und diesen Verdacht würde sie nicht ertragen.

»Ich möcht einfach noch mal mit dem Anwalt redn«, sagte Benno. »Ob wir ihm ned doch was schuldig sind, was mit der Deckn is, ob jetzt auch bestimmt alles in Ordnung is … Und dann redn wir auch über die Mäderl, weil sehn möcht ich sie.«

Agnes verstand ihn – natürlich. Es gab keinen Tag, an dem sie nicht an sie dachte.

»Ich versprich dir, dass ich ned ungeduldig bin und ned laut werd«, ergänzte er und sie nickte dankbar.

Auf dem Weg nach Pasing hing Agnes ihren Gedanken nach. Als sie am Schlosspark vorbeiradelten, suchte sie die Stelle, an der die Mauer so niedrig war, dass man hineinschauen konnte. Benno hatte mit ihr und den Kindern dort spazieren gehen wollen. Es erschien ihr wie eine Ewigkeit her, dass sie Zuversicht und Vertrauen in die Zukunft gehabt hatte. Nicht nur Benno war verschlossen und misstrauisch geworden, auch sie hatte sich verändert. Sie trug das stete Gefühl mit sich, als könnte das Unglück jederzeit hereinbrechen, als würde der nächste Schicksalsschlag schon um die Ecke warten.

Als Benno nach Hause gekommen war, da war sie so unendlich erleichtert gewesen, weil sie dachte, dieses Gefühl würde jetzt vergehen – aber dem war nicht so. Beide hatten sie das Vertrauen ins Leben verloren, das dem Benno nicht einmal der Krieg ganz hatte nehmen können.

»Benno«, rief sie ihren Mann, der ein paar Meter vor ihr fuhr. Er hörte sie nicht.

»Benno!«, rief sie lauter.

Er bremste ab und fuhr nun neben ihr.

»Ich würd gern eine kleine Pause machn, da vorn auf dem Bankerl.«

Es war die Bank, auf der sie schon einmal gesessen hatten. Er zögerte kurz, dann nickte er: »Freili.«

Sie stiegen ab, legten ihre Räder ins Gras und setzten sich. Sie nahm seine Hand. Er ließ es geschehen, rückte aber nicht näher zu ihr heran. Schweigend sahen sie vor sich hin und Agnes betete, dass alles wieder gut werden möge.

52

»Das sollen die Regensburger selber machen«, hörte Wurzer seinen Vorgesetzten Markstein in den Fernsprecher sagen, als er bei ihm zur Berichterstattung erschien. »Wir können uns nicht um jeden Bauern kümmern, der besoffen in seine eigene Odelgrube fällt.«

Wurzer wartete das Ende des Gesprächs ab und wollte gerade mit seinem Bericht beginnen, als Markstein ihm zuvorkam: »Glückwunsch zur Lösung des Falles in Laim.«

»Dankschön, aber die Hauptarbeit hat der Herr Löffler gemacht«, gab Wurzer zu, dessen Wut auf ihn wieder verraucht war. Markstein lächelte. »Ihre Bescheidenheit ehrt sie. Löffler wäre da nicht so aufrichtig gewesen.«

Wurzer stutzte; er hätte nicht gedacht, dass Markstein Löffler durchschaut hatte.

»Mich drücken noch die zwei Morde in Pasing«, ergänzte er. »Ich hoffe, dass wir da bald vorwärtskommen.«

»Das hoffe ich auch«, antwortete Markstein und musterte Wurzer ernst. »Ärgerlich genug, dass wir zunächst die falsche Person verhaftet haben.«

Nicht meine Schuld, dachte Wurzer, sagte aber nichts.

»Und da denken die Kollegen in der Oberpfalz, wir könnten ihnen Leute vorbeischicken wegen eines toten Bauern«, lachte Markstein. »Als hätten wir nicht schon genug zu tun, gerade auch mit Hinterkaifeck.«

»Was ist denn das für eine Geschichte in Regensburg?«, fragte Wurzer nach.

»Ganz was Unappetitliches«, winkte Markstein ab. »Da haben sie in einem Einödhof in der Früh was aus der Odelgrube rausschauen sehen, einen Fetzen von einem Kleidungsstück. Und wie sie weitergesucht haben, haben sie auch Knochen gefunden. Der Bauer sei vor ein paar Monaten spurlos verschwunden, heißt es.«

»Also handelt es sich bei dem Toten …«

Markstein unterbrach ihn mit einer herrischen Geste. »Alles nur Spekulation – und es geht uns nichts an.«

»Gehen die Kollegen denn von einem Gewaltverbrechen aus?«, fragte Wurzer.

»Sie können es wohl nicht lassen«, antwortete Markstein, aber es klang schon etwas wohlwollender. »Immer auf der Suche nach dem Verbrechen, was?«

Wurzer zuckte nur die Schultern und beschloss, jetzt nicht weiter nachzufragen, aber da sagte Markstein einen Satz, der ihn erstarren ließ.

»Ganz freiwillig wird er nicht in die Grube gegangen sein. Zumal die Kollegen am Schädel eine seltsame Verletzung festgestellt haben.«

»Wo war die? Nicht zufällig an der Schläfe …?«, fragte Wurzer alarmiert nach.

»Doch, als hätte ihn jemand mit einem spitzen Gegenstand geschlagen.«

»Da muss ich hin«, sagte Wurzer und verbrachte die nächste halbe Stunde damit, seinen Vorgesetzten von der Notwendigkeit dieser Dienstreise in die Oberpfalz zu überzeugen.

53

Strate bat die Stöckls in den Salon, wo bereits Kaffee und Kuchen bereitstanden, als hätte er sie erwartet. »Die Kinder sind leider nicht da, sondern mit meiner Frau zu den Schwiegereltern gefahren«, sagte er freundlich lächelnd. »Es tut mir sehr leid, dass Sie die beiden gerade verpassen.«

Er schämte sich dafür, das so eingefädelt zu haben. Er hatte geahnt, dass der Schreiner bald kommen würde. Und er sah, dass Herr Stöckl ihn durchschaut hatte. Er betrachtete ihn mit einem Misstrauen, das er sich als sein Anwalt wohl verdient hatte.

Martha schenkte den Gästen Kaffee ein, lächelte Agnes und Benno herzlich an und zog sich dann zurück. Strate wies auf die Kuchenstücke. »Bitte, bedienen Sie sich.«

Benno rührte sich nicht. Agnes, die die angespannte Stimmung spürte, griff nach seiner Hand.

»Wir haben so viel zu besprechen«, sagte Strate, »da ist es doch besser, wenn die Mädchen nicht dabei sind.«

Benno aber ließ sich nicht beirren. »Ich hab denkt, ich könnt sie wenigstens sehen und bald auch mitnehmen.«

Strate verbarg seinen Schrecken und gab sich überrascht und besorgt. »Finden Sie das nicht etwas überstürzt?«, fragte er und sah dabei vor allem Agnes Stöckl an. »Wollen Sie sich nicht erst wieder einfinden in den Alltag, ins Berufsleben …«

»Ich will vor allem, dass unsre Mäderl bei uns leben«, unterbrach ihn Benno Stöckl.

Strate hatte es sich leichter vorgestellt. Vielleicht sollte er lieber mit Frau Stöckl sprechen und darauf hoffen, dass sie ihren Mann hinterher zur Vernunft bringen würde. Wobei er selbst nicht genau wusste, wie eine vernünftige Lösung in diesem Fall aussehen könnte.

Er musste den beiden etwas in Aussicht stellen, was sie überzeugte. Natürlich hatte er sich auf dieses Gespräch vorbereitet, aber durch die klare Forderung Stöckls gleich zum Auftakt hatte der Schreiner ihn etwas aus dem Konzept gebracht.

»Ich kann Ihr Anliegen sehr gut verstehen«, fing Strate noch einmal an. »Und natürlich sollten Frieda und Ilse bei ihren Eltern wohnen – und das so bald wie möglich.«

Benno Stöckl nickte, seine Frau atmete erleichtert auf.

Strate verlegte sich nun auf einen väterlichen Ton. »Allerdings würde ich Ihnen raten, noch etwas zu warten.« Er sah, dass Benno Stöckl etwas erwidern wollte, und redete schnell weiter: »Sie, Herr Stöckl, müssen sich sicherlich um neue Aufträge und Kunden bemühen. Und da Sie auch keinen Gesellen mehr haben, wird Ihre Frau Sie noch solange unterstützen müssen, bis Sie einen einstellen können. Und Ihr Onkel wird auch nicht jünger ...«

Wieder wollte Benno Stöckl Einspruch erheben, aber der Anwalt fuhr unbeirrt fort: »Ich mache Ihnen einen Vorschlag, der Ihnen hoffentlich weiterhilft.«

»Wie schaut denn Ihr Vorschlag aus?«, fragte Agnes Stöckl, bevor ihr Mann mit seiner rigorosen Haltung die Situation zum Eskalieren brachte.

»Wir hatten ja schon vor dem unglückseligen Tod meines Nachbarn darüber gesprochen, ob Sie nicht noch weitere Arbeiten in unserem Haus übernehmen können.«

Er sah, wie Agnes Stöckl aufatmete, und auch ihr Mann schaute ihn nun etwas weniger zornig an. Er hatte ihren wunden Punkt genau getroffen.

»Dann wären Sie häufiger hier bei uns und könnten Ihre Mädchen auch sehen, Herr Stöckl.« Jetzt wollte er den Sieg heimholen. »Ich habe auch bereits mit ein paar Kollegen und Nachbarn gesprochen«, log Strate. »Ich glaube, der ein oder andere Folgeauftrag könnte sich daraus ergeben.«

Er hoffte, sie damit endlich überzeugt zu haben. Zumindest Frau Stöckl schien auf seiner Seite zu sein. Sie würde ihrem Mann im Anschluss an das Gespräch sagen, dass die Kinder zusätzlich zum Alltag und dem kranken Onkel schon Arbeit machen würden und sie im Moment gar nicht das Geld hatten, sie angemessen zu versorgen.

»Das ist wirklich sehr nett von Ihnen«, sagte Agnes Stöckl leise und demütig. »Freilich braucht der Benno neue Aufträge.«

»Und die wirklich solventen Kunden wohnen nicht im Westend«, setzte Strate nach.

»Ich glaub, wir sollten da erst einmal in Ruhe drüber reden, gell Benno.«

Ihr Mann stimmte zwar nicht zu, widersprach aber auch nicht.

Strate stand auf, um das Gespräch zu beenden und die Stöckls loszuwerden. Zwar erhob sich auch Benno Stöckl, aber dabei sagte er klar: »Ich hätt die zwei doch gern sehen wollen.«

»Sie kommen heute gewiss nicht mehr zurück«, sagte Strate. »Aber morgen oder übermorgen sind sie wieder da.«

Plötzlich kam Strate ein perfider Gedanke. »Vielleicht wollen Sie das Zimmer der beiden sehen, Herr Stöckl?«

Strate sah das Zögern, dann das halbherzige Nicken. Er führte die Besucher hinauf und plauderte dabei scheinbar unbefangen: »Es ist schön, dass jetzt die kleinen Betten da sind, die haben ja noch Ihre Frau und der Geselle gemacht. Wir hatten auch schon überlegt, ob nicht jede der beiden ein eigenes Zimmer haben sollte, aber angesichts dessen, dass sie nicht für immer hierbleiben, wollten wir keine Maßstäbe setzen.«

Strate öffnete die Tür. Benno Stöckl trat nicht ein. Er stand in der Tür und sah auf all die Spielsachen und den Kleiderschrank, auf diesen unermesslichen Reichtum, den er seinen Kindern niemals würde bieten können. Strate war sicher, dass der Schreiner in diesem Moment erkannte, was er den Mädchen nehmen würde.

Benno Stöckl nickte knapp, murmelte eine Verabschiedung und verließ schnell das Haus.

»Der Benno weiß schon, was wir Ihnen zu verdanken haben«, sagte Agnes Stöckl zum Abschied, als ihr Mann längst zum Gartentor hinaus war, und mit den Händen in den Hosentaschen und abgewandtem Blick auf sie wartete.

Strate schüttelte ihr mit einem väterlichen Lächeln die Hand. Als er die Tür geschlossen hatte, lehnte er sich dagegen und schloss die Augen. Ihn überkam eine Mischung aus Erleichterung und Scham. Was hatte er getan?

54

Markstein war nicht von der Dringlichkeit der Mission überzeugt gewesen. Also beschloss Wurzer, das Wochenende zu nutzen, um auf eigene Faust in die Oberpfalz zu fahren. Er wollte mit der Bahn bis Neumarkt fahren und von dort schauen, wie er weiterkam. Ein Polizist der Gendarmerie-Hauptstation würde ihm hoffentlich weiterhelfen können. Im Notfall musste er eben die fünf Kilometer zu Fuß gehen. Oft aber stand ja auch irgendein Gespann am Bahnhof, um jemanden abzuholen oder etwas aufzuladen. Vielleicht könnte er sich dazusetzen. Trotzdem zog er seine festen Schuhe an und ließ sich von seiner Frau die wenigen Dinge, die er brauchte, in einen Rucksack packen. Er wollte nicht als Stadterer erkannt werden, denn ob die sturen Bauern dann noch was erzählten, wagte er zu bezweifeln.

Wurzer hatte zwar die Neumarkter Kollegen verständigt, aber niemand wartete auf ihn. Vor dem Bahnhof stand auch kein Fuhrwerk. So schulterte er seinen Rucksack und ging zum nächsten Bahnbeamten. Der musterte ihn skeptisch.
»Zum Mühlegg-Hof wollen S'?«
Wurzer nickte.
»Wo sie die Leich aus der Odelgrube zogen haben?«
Wieder nickte Wurzer: »Ja, ich bin von der Polizei in München.«
Der Bahnhofsvorsteher lachte ungläubig. »Wenn's überhaupt der Bauer is, dann is er bestimmt bloß neigfallen in seinem Fetzen Rausch. Und keiner hat ihn vermisst.«
»War er so ein ekelhafter Kerl?«

»Wenn der daheim bloß halbert so ekelhaft war wie im Wirtshaus, dann möcht man ned mit ihm unter einem Dach gwohnt haben.«

Bevor Wurzer weiterfragen konnte, kam ein Polizist auf einem Radl um die Ecke, sprang ab und nahm Haltung an.

»Bitte um Vergebung für die Verspätung, ich hab noch einen Diebstahl aufnehmen müssen.«

Wurzer nickte und streckte die Hand aus. »Oberkommissär Wurzer aus München«, sagte er. Der andere aber schlug nicht ein, sondern salutierte noch einmal. »Haberl heiß ich. Kommen Sie bittschön mit.«

Wurzer legte seinen Rucksack auf den Gepäckträger und dann gingen sie los.

»Ich weiß gar ned, warum mein Vorgesetzter Sie extra aus München hat kommen lassen«, sagte der Polizist. »Der Bauer war ein Säufer und dass der seine Odelgrube mit der Schlafkammer verwechselt hat, das kann schon sein.«

»Er hatte aber eine Verletzung am Schädel«, antwortete Wurzer. »Seitlich, an der Schläfe.«

»Jaja, das weiß ich schon«, gab der ländliche Kollege zurück. »Aber wer so besoffen durch die Gegend läuft, und das fast jeden Tag, der haut sich das Hirn schon mal hier oder da an.«

»Erzählen Sie mir doch ein bisserl was über den Mühlegg-Hof«, wich Wurzer aus, weil er mit dem Polizisten nicht seine Ermittlungen diskutieren wollte.

»Ich bin erst vor ein paar Wochen zugezogen, deshalb weiß ich ned so viel«, sagte der Gendarm. »Aber ich hab gehört, dass der Bauer ein Grobian war. Viel hat man im Dorf ned mitgekriegt, was draußen auf dem Hof los war, aber das, was man gesehen hat, das hat den meisten auch gelangt.«

»Was hat man denn gesehen?«

»Dass die Kinder sehr verschreckt waren und recht arm dahergekommen sind, heißt es. Dass man die Bäuerin schon seit Jahren nimmer im Dorf gesehen hat, außer am Sonntag in der Kirch. Da ist sie aber nachher gleich wieder weg und der Bauer ist ins Wirtshaus, bis sie zugesperrt haben.«

Das ist doch hier bei vielen Familien so, dachte Wurzer. Das klang noch nicht außergewöhnlich.

»Er soll ein recht misstrauischer und notiger Hund gewesen sein«, erzählte der Polizist weiter. »Aber wie ich in die Gegend gekommen bin, da war er schon nimmer da. Die meisten haben denkt, dass er abgehauen ist. Und daheim hat ihn anscheinend auch keiner vermisst.«

Der Polizist hatte ihm ein zweites Fahrrad besorgt und so waren sie erst nach Niederöd gefahren. Wurzer war kein geübter Radfahrer, aber vor dem Kollegen vom Land wollte er sich keine Blöße geben und konzentrierte sich fest darauf, nicht umzufallen. Die Erleichterung war groß, als sie den Gasthof erreichten, in dem Wurzer ein kleines Zimmer bezog. Von dort ging es weiter zum Hof, der auf einem kleinen Hügel lag, sodass Wurzer auf den letzten paar Hundert Metern noch einmal so richtig in die Pedale steigen musste. Weit und breit kein anderes Gebäude, der Mühlegg-Hof lag einsam und still außerhalb des Dorfes.

Er stand in der Küche und sah sich um.

»Setzen S' Ihnen doch«, sagte der junge Bauer. Eine vor der Zeit gealterte Frau saß auf der Bank im Herrgottswinkel und sah ihn angstvoll an.

»Sie sind also die Mühleggin«, sagte Wurzer und lächelte, um ihr ihre Angst zu nehmen. Sie nickte, schwieg und verzog keine Miene.

»Wer wohnt denn alles auf dem Hof?«, fragte Wurzer

»Drei kleine Schwestern noch«, sagte der junge Mann. »Seit der Vater nimmer da is, führen wir den Hof miteinand.«

»Wann ist er denn verschwunden?«, fragte Wurzer nach. Er wollte es noch einmal hören.

»Es war im Herbst, so um Erntedank rum, da ist er auf d'Nacht nimmer heimkommen«, antwortete der Bauer.

»Und was haben Sie dann gemacht?«

Der Bauer sah kurz zu seiner Mutter, aber die tat keinen Mucks, und so bestritt er allein das Gespräch.

»Wir haben's erst in der Früh gmerkt, dass er ned da is. Dann bin ich den Weg ins Dorf gangen, ob er vielleicht irgendwo liegen blieben is ...«

Der junge Mann zögerte kurz, dann fügte er leiser hinzu: »... in seinem Rausch.«

»Was haben Sie denn gemacht, wie Sie Ihren Vater nicht gefunden haben?«

»Ich hab im Wirtshaus nachgfragt, weil die haben ja auch Zimmer, vielleicht is er da in einem glegen, aber die haben gsagt, er is gangen, wie sie zugmacht haben.«

Einen Moment überlegte er. »Dann hab ich rumgfragt, ob ihn einer gsehn hat und dann hab ich des dem Gendarm erzählt. Nicht ihm, weil er war ja noch ned da.«

Der Polizist nickte zur Bestätigung.

»Und was ist dann passiert?«, fragte Wurzer nach.

»Nix. Er is ned wiederkommen und keiner hat was gwusst. Und wir, wir haben uns dann hier eingricht«, sagte der junge Mann und warf einen Blick auf seine Mutter, die jetzt wenigstens kurz nickte.

»Und Sie haben auch die Leiche gefunden?«, fragte Wurzer.

»Ned ganz«, korrigierte der Bauer. »Meine Schwester, die Lisa, die hat gsagt, in der Odelgrubn, da schwimmt was. Es hat ausgschaut wie ein Fetzen von einem Gwand. Ich bin dann hin und wollt's mit der Mistgabel rausholen, aber da war was dranghängt, ein Knochen und ein bisserl Fleisch.«

Wurzer schluckte. Er konnte sich ungefähr vorstellen, was von einem Menschen nach ein paar Monaten in der Jauchegrube noch übrig war. Aber die gefühlsarme Schilderung des jungen Mannes irritierte ihn doch sehr.

»Und dann ...?«

»Ich hab mir den Fetzen Gwand angschaut. Hätt scho sein können, dass des vom Vater war.«

»Sie haben also gleich an ihn gedacht.«

»Mei, bei uns kommen wenig Leut vorbei. Und sonst wird auch niemand vermisst.«

Wurzer sah zur Witwe, aber auch sie ließ keine größeren Gefühlsregungen erkennen.

»Dann hab ich die Kathi ins Dorf gschickt, dass die Polizei kommt«, sagte der Bauer. »Und dann haben wir den Rest vom Vater aus der Odelgrubn gholt.«

Wurzer schluckte wieder. Er konnte nicht entscheiden, ob diese Menschen besonders kalt und herzlos waren, oder ob sie einfach versuchten, mit einer schrecklichen Tatsache zurechtzukommen.

»Was denken Sie, was passiert ist?«, fragte er möglichst harmlos.

»Mei, er is halt im Rausch noch heimkommen, aber anscheinend is er dann in die Grubn gstürzt.«

»Und Sie haben davon gar nichts mitgekriegt, Sie und Ihre Geschwister?«

Der junge Bauer schüttelte den Kopf. »Wir haben alle gschlafn. Es war gwieß scho Mitternacht.«

»Kein Schrei, kein Hilferuf, kein Hund, der anschlägt?«

Wurzer sah zur alten Bäuerin, die sicher noch keine fünfzig war, aber die schüttelte den Kopf.

»Vielleicht is es ganz schnell gangen«, mutmaßte der junge Bauer.

»Gut, dann gehen wir mal raus«, schlug Wurzer vor, denn er wollte den jungen Burschen gern ohne seine Mutter vor sich haben.

Der Bauer nickte und folgte ihm gehorsam. Auch der Gendarm stand auf. Wurzer wollte aber auch ihn nicht dabeihaben.

»Könnten Sie bittschön die anderen Hausbewohner holen?«, bat Wurzer ihn. Widerstrebend nickte der Beamte und ließ ihn mit dem Bauern allein.

Gemeinsam standen sie vor der Grube.

»Was haben Sie denn gemacht, wie der Vater weg war?«

»Wir haben die Arbeit neu aufteilt. Und dann is weitergangen wie vorher.«

»Das heißt, es war dann viel mehr Arbeit.«

Der Bauer schwieg, starrte auf die Odelgrube. Wurzer setzte nach.

»Dass Ihr Vater ned einfach war, des hab ich schon gehört.«

»Wenn er bsoffn war, dann war's hart.« Die Stimme des jungen Mannes wurde leiser und brüchiger.

»Und besoffen war er oft, oder?«

Der junge Mann nickte nur.

»Wie war das dann?«

Schweigen.

»Hat er zugeschlagen?«

Schweigen.

»Ich will Ihnen nichts anhängen, aber vielleicht waren ja alle froh, wie er weg war.«

»Ich hab ihn ned umbracht, aber vielleicht hätt ich's scho viel früher tun solln«, sagte er resigniert.

55

Es wurde ein bitterer Abend für Agnes. Stundenlang sprach Benno kein Wort, sondern brummte nur vor sich hin. Da sie am nächsten Tag den Onkel aus dem Krankenhaus abholen würden, beschloss sie, anders als früher, seinen Grant nicht auf sich beruhen zu lassen, sondern die Sache noch an diesem Abend zu klären.

»Benno, was hast?«, fragte sie daher beim Abendessen.

»Des weißt gwieß«, antwortete er.

»Sag's mir trotzdem!«, forderte sie ihn auf.

»Der gibt uns unsre Kinder nimmer!«, rief Benno zornig.

»Geh, Schmarrn«, erwiderte Agnes, obwohl sie insgeheim genau dieselbe Sorge teilte.

»Er hat sie bloß weggschickt, dass wir sie ned holn können!«

»Aber er hat doch recht«, versuchte Agnes sich selbst und Benno zu überzeugen.

»Bei uns is grad alles so durcheinand. Morgen kommt der Onkel heim, wir müssen schaun, dass wir mit der Werkstatt wieder auf die Füß kommen, sonst haben wir nix zu essen für unsre drei Kinder …«

»Ich kann nix dafür, dass sie mich so lang festgesetzt haben in Stadelheim«, unterbrach sie Benno.

»Des weiß ich doch«, antwortete sie und legte ihm die Hand auf den Arm.

»Wie er uns behandelt hat, so von oben herab, als wüsst er besser, was für unsre Mäderl taugt«, sagte Benno noch immer aufgebracht.

»Ich glaub, er hat's nur gut gmeint mit uns allen. Schau, er hat dir ohne Bezahlung gholfn …«

»Ich weiß ned, dass der überhaupts was für mich getan hätt!«, rief Benno und entzog ihr seinen Arm. »Ich hab ihn nur zwei Mal gsehn und jedes Mal hat er mir erzählt, dass er ned viel machn kann, aber der Kommissär noch dran is. Da sag ich lieber dem Kommissär ›Dankschön‹ als dem Anwalt«, bellte es aus Benno heraus. »Der hat ja anscheinend wirklich glaubt, dass ich unschuldig bin.«

Agnes nickte.

Benno stand auf und holte sich ein Bier. »Du hättst ihm die Kinder nie geben dürfen«, sagte er so leise, dass sie erst glaubte, sich verhört zu haben.

Das war der Satz, vor dem sie sich die ganze Zeit gefürchtet hatte. Bislang hatten sie jede ihrer Entscheidungen gemeinsam getroffen, auch die, die Kinder erst einmal in Gitting bei seinen Eltern zurückzulassen. Bislang hatten sie auch gemeinsam die Traurigkeit durchgestanden, solange sie die Schreinerei aufbauten. Aber jetzt standen sie sich gegenüber und machten sich Vorwürfe, als hätte der jeweils andere all das Unglück verursacht.

Aus Agnes brach das ganze Elend der letzten Zeit heraus: Wie sie versucht hatte, alles zu tun, damit er bald freikam, ganz sicher in dem Gefühl, dass ihr Benno unschuldig war; wie sie sich bemüht hatte, mit Korbinian die Schreinerei weiterzuführen: wie sie alles mit dem Anwalt besprochen hatte; wie sie sich Sorgen um die Kinder und das Gerede im Dorf gemacht hatte und froh gewesen war – ja, froh war sie gewesen –, als der Anwalt ihr diesen Vorschlag gemacht hatte; dass es ihr das Herz zerrissen hatte, die Mädchen zu sehen und gleich bei fremden Leuten abgeben zu müssen …

Agnes wollte noch weiterreden, aber vor lauter Schluchzen brachte sie kein Wort mehr heraus. Sie setzte sich, legte die Hände auf den Bauch und weinte sich ihre ganze Traurigkeit heraus. Benno stand hilflos daneben und wusste nicht recht, was er tun sollte.

Nach einiger Zeit rückte er seinen Stuhl neben den ihren, legte den Arm um sie, ihre Hand in seine und hielt sie fest.

»Ich weiß, du hast's auch ned leicht ghabt. Aber wenigstens hat der Korbinian dir gholfn in der Zeit. Ich kann gar ned verstehn, warum er hat sterben müssn«, fügte Benno noch hinzu und zog sie dann fester an sich. So gern wollte sie ihm die Wahrheit über den Gesellen erzählen, aber etwas hielt sie zurück. Was, wenn er ihr erneut einen Vorwurf machen würde? Das könnte sie nicht verkraften. Außerdem wollte sie nicht zugeben, wie erleichtert sie gewesen war, als sie vom Tod des Gesellen gehört hatte. Also schwieg sie.

»Wir müssn zamhaltn, Benno«, flüsterte sie irgendwann. »Sonst sind wir beide verratzt.«

Er nickte und drückte sie noch fester an sich. »Ich hab Angst, dass die Kinder nimmer zu uns wolln, wenn sie erst mal länger beim Anwalt warn«, sagte er. »Da is alles so schön, und die sind so reich …«

»Wir holn uns die Mäderl zruck, und zwar so bald wie möglich«, antwortete sie mit fester Stimme und hoffte, dass es auch genauso kommen würde.

56

Martha quälte ihre innere Zerrissenheit. Die Strates waren so gut zu ihr gewesen: Sie hatten sie eingestellt, als es sonst niemand tun wollte, hatten sie wie einen Menschen behandelt, es ihr an nichts fehlen lassen und ihr sogar die Bibliothek zur Verfügung gestellt. Der Anwalt war immer freundlich und gut zu ihr gewesen, war ihr dabei aber nie zu nahe getreten. Unendlich dankbar war sie ihm dafür gewesen, dass sie endlich aufatmen konnte und sich zum ersten Mal in ihrem Leben sicher fühlte. Die Arbeit ging ihr leicht von der Hand und machte ihr Freude, sie hatte freie Zeit, und niemand tat ihr etwas zuleide.

Sie hatte es geschafft, nicht mehr an ihr Zuhause zu denken, bis die Mädchen kamen und mit ihnen die Erinnerungen, Gedanken und Bilder. Wie sie für alle Geschwister zuständig gewesen war, wie sie die Mutter zu entlasten hatte und wie sie jeden Augenblick gefürchtet hatte, der Vater würde sie wieder schlagen – weil sie etwas falsch gemacht oder weil er einfach Lust dazu hatte. Ihre Mutter, schweigsam und verschreckt, hatte sich nur selten schützend vor ihre Kinder gestellt, weil sie selbst kaum noch Kraft hatte, die Brutalität und Grausamkeit des Mannes zu ertragen, der an ihrer Seite bliebe, bis dass der Tod sie schied.

Wenn Martha in den Wald gelaufen war, weil sie es daheim nicht mehr ertragen hatte, hatte sie sich eine heile Familie erträumt. Eine Mutter, die sie liebte, und einen Vater, der sie vor allem Bösen beschützte.

Genau so eine Mutter, wie Agnes es war. Sie war eine mutige Frau, die die Dinge in die Hand nahm, auch schwere Entscheidungen treffen konnte, und vor allem eine, die ihre Kinder über alles liebte. Das hatte Martha gesehen. So würde sie als Mutter auch sein wollen. Aber dass sie ein Kind bekäme, das möge Gott oder der Teufel verhüten, wer auch immer in ihrem Elend an ihrer Seite war.

Deshalb gehörten Frieda und Ilse zu ihren Eltern und nicht zu den Strates. Obwohl sie die Mädchen vermissen würde, wären sie nur bei ihren Eltern in Sicherheit. Als sie den Blick des Anwalts gesehen hatte, strömten die lange verdrängten Erinnerungen auf sie ein. Der Vater, wie er nachts in ihre Kammer kam, sie ohne ein Wort hinausschleifte und auf das Wimmern der kleinen Schwestern nicht achtete. Wie er sie im Heuboden auf den Ballen drückte und seine Hose öffnete, ihr Entsetzen, hatte sie doch mit Schlägen gerechnet. Aber was dann kam, war schlimmer gewesen als alle Prügel zusammen. Er hatte sie wie einen Gegenstand benutzt, um den es nicht schade war, wenn er kaputtging. Sie hatte nicht gewusst, dass es so etwas gab, sie war doch noch keine zwölf Jahre alt gewesen. Wer hätte ihr das erzählen sollen, wem hätte sie das erzählen sollen?

Danach hatte sie kaum gehen können vor Schmerzen und das Blut rann ihr die Beine hinunter. Die Schwestern waren wach gewesen und sahen ihr verängstigt entgegen. Der Schock hatte sie die Tränen unterdrücken lassen und sie bemühte sich, ganz normal zu sein, legte sich zu ihren Schwestern ins Bett und ließ sich von ihnen wärmen, zog sich zurück in die einzige Zuflucht, die es für sie gab, kuschelte sich an die Schwestern und versuchte, in ihrer Körperwärme das Gefühl von Vertrautheit und Geborgenheit zu spüren.

Sie konnte heute nicht mehr sagen, wie oft der Vater sie geholt hatte, wie sie mit der Angst, dem Ekel, den Schmerzen, ihrer Verzweiflung zurechtgekommen war. Ab diesem Tag hatte sie Männer und Buben mit anderen Augen gesehen und begonnen, sie zu hassen. Dass sie einen schlugen, war das eine, der Mutter rutschte auch manchmal die Hand aus. Aber diese Schmerzen, die konnte einem nur ein Mann zufügen.

Ab sofort gehörten diese Nächte zu ihrem Leben dazu. Mit jemandem darüber zu sprechen, über ihre Scham und ihre Verzweiflung, das kam nicht infrage. Hätte ihr überhaupt jemand geglaubt? Hätte ihr jemand geholfen? Sie hätte weglaufen können, aber wohin? Und was wäre dann mit den kleinen Schwestern gewesen? Wenn der Vater sie nicht mehr gehabt hätte, wäre er über die Kleineren hergefallen. Sie wollte ihnen dieses Schicksal ersparen, sie würde auf sie aufpassen, solange sie konnte. Sie hatte sich geschworen, eine Lösung zu finden, bevor sie für immer weggehen konnte und schließlich hatte sie dafür gesorgt, dass der Vater den Schwestern nicht das antun konnte, was er ihr angetan hatte.

Unendlich groß war ihr Entsetzen gewesen, als sie die Blicke sah, mit denen Strate die spielenden Mädchen betrachtete. Sie kannte dieses Verlangen in den Augen, sie hatte es viel zu oft bei ihrem Vater gesehen. Sie hätte es nie für möglich gehalten, dass ein Mann wie Strate es haben würde, aber sie war eines Besseren belehrt worden. Als sie gesehen hatte, wie die Kinder auf seinem Schoß saßen und er ihnen Märchen vorlas, gab es für sie keinen Zweifel mehr. *Der Wolf und die sieben Geißlein* – wie passend.

Wie der Wolf im Märchen hatte Strate sich verstellt. Er klang verständig, klug, gebildet, wie ein Mann von Anstand und Ehre, aber dahinter steckte ein Mann, wie ihr Vater einer gewesen war.

Auch wenn noch nichts passiert war, da hatte Martha aufgepasst, könnte sie nicht immer in der Nähe sein, um die Mädchen zu beschützen. Und ihre Mutter war nicht da; Agnes wusste nicht, dass ihre Kinder in Gefahr waren.

So wie es ihr gelungen war, ihre Schwestern vor dem Vater zu schützen, so würde sie einen Weg finden, die Mädchen in Sicherheit zu bringen. Sie war nicht mehr das kleine, hilflose Mädchen. Sie war nun eine Frau, die auf sich aufpassen konnte, die sich gegen die Angriffe der Männer wehren konnte. Selbst anderen Frauen hatte sie schon geholfen – und jetzt würde sie Frieda und Ilse helfen.

57

Strate versuchte, Gerichtsunterlagen zu lesen. Viel zu wenig hatte er sich in den letzten Wochen um berufliche Angelegenheiten gekümmert. Zu viele andere Ereignisse hatten ihn in den Bann gezogen. Er konnte sich nicht konzentrieren, immer wieder schweiften seine Gedanken zu Frieda und Ilse, zu ihrem Lachen, ihrem in sich selbst versunkenen Spiel, bei dem er sie beobachten wollte. Er spürte die Sehnsucht, dass sie seine Hand nahmen und zu ihm hochsahen, seinen Wunsch, dass sie sich doch auf seinen Schoß setzen und sich an ihn kuscheln mögen.

Es war klug gewesen, die Mädchen zu den Schwiegereltern zu bringen, sonst hätte der Schreiner sie vermutlich sofort mitgenommen. Zum Glück hatte er die Stöckls überzeugen können, sie vorerst noch bei ihnen zu lassen. Wieder einmal ertappte er sich bei dem Gedanken, was er tun müsste, damit die Mädchen für immer bei ihnen bleiben konnten.

Er sah aus dem Fenster und malte sich aus, wie die Mädchen in der Sonne spielten, während er ein Buch lesen und Kaffee trinken würde. Wie er sie zwischendurch beobachten könnte und wie sie lachend zu ihm kämen und sich an ihn schmiegten. Er merkte sehr wohl, dass seine Frau in diesen Überlegungen nur am Rande vorkam, und auch die Eltern der Kinder spielten keineswegs die Rolle, die ihnen von Natur aus gebührte. Er sah nur noch sich und die Mädchen.

Er hatte Martha nicht kommen hören und erschrak, als er sich umwandte und sie in der Tür stehen sah.

»Ja, was gibt es?«, fragte er unwirsch.

»Ich möchte mit Ihnen sprechen«, sagte Martha forsch.

Strate zog die Augenbrauen hoch, um sein Missfallen kundzutun. »Wollen Sie mehr Geld?«

Martha sah ihn ungläubig an und schüttelte den Kopf.

»Was dann?« Alle Freundlichkeit war aus Strates Stimme gewichen. Er sah sie zornig an.

Martha nahm ihren Mut zusammen, aber Strate wartete nicht, sondern herrschte sie an: »Entweder Sie sagen jetzt sofort, was Sie wollen oder Sie verlassen mein Arbeitszimmer und kommen erst wieder, wenn ich Sie rufe.« Was dachte sich dieses Dienstmädchen eigentlich. Sie sollte dankbar sein, dass er sie nicht hinauswarf.

»Sie müssen die Mädchen heimschicken«, brach es aus Martha heraus.

Strate glaubte, sich verhört zu haben. »Wie bitte?«

Das Dienstmädchen hatte keine Scheu, seine ungeheuerliche Bemerkung noch einmal zu wiederholen.

»Sie müssen die Mädchen heimschicken«, sagte sie sogar noch energischer als zuvor.

»Sie sind hier besser aufgehoben als …«, begann Strate, unterbrach sich aber. »Ich muss mich doch vor Ihnen nicht rechtfertigen! Was erlauben Sie sich!«, rief er wutentbrannt.

Martha zuckte nicht zusammen, sie kam sogar noch einen Schritt näher und hielt seinem Blick stand. »Sie haben den Stöckls die Kinder weggenommen«, äußerte Martha beherrscht.

»Noch ein Wort und Sie können Ihre Sachen packen«, schrie Strate.

Sie sah ihn direkt an, vorwurfsvoll, anklagend und vollkommen frei von Angst und Respekt. Dieser Blick verunsicherte ihn. Warum ließ er sich das von einem Hausmädchen gefallen? Das hatte man nun von seiner Gutmütigkeit und Menschlichkeit!

»Sie tun den Mädchen nicht gut«, fügte sie hinzu und eine Welle von Scham überzog seinen Körper, ohne dass er es verhindern konnte. Hatte sie ihn durchschaut? Konnte es sein, dass ausgerechnet dieses Mädchen vom Land eine Ahnung davon hatte, welche Wünsche und Sehnsüchte ihn heimsuchten? Er hatte sich doch so gut unter Kontrolle gehabt.

»Die Kinder haben es noch nie in ihrem Leben so gut gehabt wie hier«, versuchte er ihren Vorwurf abzuwiegeln.

Er beschloss, es noch einmal auf die freundliche Art zu versuchen, bevor er sie aus dem Haus warf. Denn dass sie seinem Geheimnis so nahegekommen war, verunsicherte ihn und gab ihm das Gefühl, ihr ausgeliefert zu sein. Was war, wenn sie jemandem davon erzählte?

»Martha, was ist in Sie gefahren? Meine Frau und ich schätzen Sie, Sie sind nicht nur ein Dienstmädchen, Sie gehören zu diesem Haus, Sie lesen meine Bücher …«

»Ich hab die Bücher vom Herrn Hirschfeld gesehen …«

Ertappt zuckte er zusammen. »Ich lese diese Werke aus beruflichen Gründen. Denn da habe ich mit Menschen zu tun, die von solchen Abartigkeiten geplagt werden, wie sie Herr Hirschfeld beschreibt«, verteidigte er sich in bemüht sachlichem Ton.

»Die Kinder müssen heim zu ihren Eltern«, wiederholte sie.

»Sie wissen, dass ich den Mädchen niemals etwas zuleide tun würde«, sagte er und merkte erst in diesem Moment, dass er sich versprochen hatte.

»Wenn die Stöckls am Sonntag kommen, dann dürfen sie ihre Kinder mitnehmen«, beharrte Martha.

»Meine Geduld ist zu Ende!«, schrie Strate wie von Sinnen. Er ging zwei Schritte auf sie zu.

Da zog Martha eine Steinschleuder aus ihrer Schürzentasche und brachte sie blitzschnell mit einem Stein in Anschlag. »Noch ein Schritt und ich bring Sie um.«

58

Wurzers Kammer im örtlichen Gasthof war einfach, aber sauber. Die Wirtsleute waren zwar etwas misstrauisch und verhalten ihm gegenüber, behandelten ihn aber mit freundlichem Respekt. Als er allein beim Abendessen saß, überlegte er, was seine Reise nun eigentlich gebracht hatte. Vielleicht hatte er sich doch verrannt. Jetzt, wo er hier saß und sein Bier trank, da kam ihm sein Bemühen, zwischen den Fällen in Pasing und dem toten Bauern eine Verbindung herzustellen, fast lächerlich vor. Der Name Mühlegg war bei den ganzen Ermittlungen bislang nicht aufgetaucht und die Verletzung am Kopf konnte sich der Bauer auch im Rausch geholt haben.

Er versuchte, den Druck auf seiner Seele mit dem Bier hinunterzuspülen. Die Armut auf dem Hof, das karge Leben, die Enge der Stube und das Graue, das der Bäuerin anhaftete, bedrückten ihn. Selbst der junge Bauer wirkte schon zusammengewerkelt, als hätte er vierzig Jahre auf dem Buckel. Aus jeder Ecke war das Elend gekrochen. Er hatte die Mädchen nicht zu Gesicht bekommen, der Gendarm hatte sie gesucht, aber nicht gefunden, und erst dann war dem jungen Bauern eingefallen, dass sie zum Beerenpflücken in den Wald gegangen waren. Er überlegte, ob er morgen noch einmal hingehen sollte, um mit ihnen zu reden. Aber was sollten sie ihm anderes sagen als der Bruder?

Die Gaststube leerte sich nach und nach. Wurzer saß und hatte schon sein drittes Bier vor sich stehen – so viel trank er sonst nie.

Am Ende war er mit dem Wirt allein, der bereits die Stühle an den anderen Tischen hochstellte.

»Wissen S' jetzt mehr, wo S' draußen waren beim Mühlegg?«, fragte der Wirt. Wurzer seufzte. »Viel reden tuns ja nicht, die Leut.«

Der Wirt lachte. »Ich glaub, da hat bis zum Tod vom Alten auch keiner was zum Sagen ghabt. Weil der war schon ein harter Hund.«

»Wie meinen S' das denn?«, wollte Wurzer wissen.

»Was die Leut halt so redn ... Dass er die Kinder gschlagn hat ...«

»Tun das nicht andre Eltern auch?«

»Ja, aber ned grad aso, dass sie nimmer in die Schul können.«

Wurzer sah den Wirt ungläubig an.

»Ich hab's ned gsehn, ich hab's auch bloß ghört.«

»Und wer könnt mir mehr dazu sagen?«, fragte Wurzer nach, der die Ermittlungen nun doch noch nicht einstellen wollte.

»Reden S' doch mal mit dem alten Schullehrer.«

Am nächsten Vormittag machte sich Wurzer auf den Weg durchs Dorf zum Haus des Schullehrers.

»Was wollen Sie denn wissen?«, fragte der Lehrer.

Wurzer schilderte, wie er versucht hatte, mit dem jungen Bauern auf dem Mühlegg-Hof ins Gespräch zu kommen. Der Lehrer lachte leise: »Ja, ein Schwätzer ist der nicht, die Schwestern übrigens auch nicht.«

»Ist es wahr, dass die Kinder recht streng gehalten worden sind?«

Der Lehrer nickte ernst: »Ich glaub, wir wissen gar nicht, was die Kinder mitgemacht haben. Ich hab nur die blauen Flecken und die Striemen gesehen, wenn sie in die Schule gekommen sind. Oft waren sie gar nicht da und ich wusste nicht, können sie nicht mehr gehen vor Schmerzen oder braucht er sie auf dem Hof.«

»Die Kinder waren also nicht regelmäßig in der Schule ...«

Der Lehrer seufzte. »Ich hab einmal versucht, nach der Sonntagsmesse mit der Bäuerin zu reden, aber die ist ja ein einziges Bündel aus Angst.«

Der Kommissär nickte. Das war sie immer noch, obwohl die Ursache ihrer Angst bereits vermodert war.

»Der Hof ist außerhalb vom Dorf, der Mühlegg-Bauer hat zu keinem Kontakt gesucht, die Kinder waren nur zur Schule oder zur Kirche hier im Dorf, sonst immer da draußen. Keiner weiß, was da los war …«, sagte der Lehrer mit einem Unterton, der Wurzer aufhorchen ließ.

»Wie meinen Sie das jetzt?«, fragte Wurzer irritiert nach.

Der Lehrer atmete tief durch. »Ich möchte jetzt nichts Falsches sagen und auch keinen Verdacht auf den Toten lenken, aber eins von den Mädchen hat mal eine Äußerung mir gegenüber getan, da hab ich so das Gefühl gehabt …« Der Lehrer hörte auf zu reden. Wurzer versuchte es mit einem ermunternden Nicken.

»Ja, so ein Gefühl, dass er ihr nicht nur mit dem Riemen oder dem Stecken Gewalt angetan hat.«

»Wissen Sie noch genau, was das Mädchen gesagt hat?«

»Es war so in der Art, dass die Prügel nicht das Schlimmste seien. Und sie war auch irgendwann so verändert, hat mit den Buben überhaupt nicht mehr gesprochen, hat sich noch mehr eingeigelt, ist abweisend und schroff geworden. Nur zu den drei kleinen Schwestern, da war sie lieb. Ich glaub, sie wollte ihnen die Mutter ersetzen, weil die alte Mühleggin, die ja noch gar nicht so alt ist …«

»Moment«, unterbrach ihn Wurzer. »Es sind drei Mädchen, oder?«

»Nein, es sind vier«, korrigierte ihn der Lehrer. »Die Älteste ist verschwunden, gleich nachdem der Vater tot war. Einmal hab ich gehört, wie sie einer Klassenkameradin erzählt hat, dass sie in die Stadt gehen und Dienstmädchen werden wolle. Aber ob sie das geschafft hat, weiß ich natürlich nicht.«

»Und das ist die, von der Sie jetzt gerade erzählt haben, wo Sie denken, dass vielleicht der Vater …«

»Ja, die Martha, das war die Gescheiteste von allen. Und wie die auf ihre Schwestern geschaut hat ...«

Wurzer erstarrte, als er den Vornamen hörte. »Ich kenn eine Martha, die als Dienstmädchen arbeitet, aber die heißt nicht Mühlegg.«

Der Lehrer schmunzelte. »Ja, Bruchmaier wirds halt heißen. Mühlegg ist doch bloß der Hofname.«

59

Wolf Strate stand immer noch Martha gegenüber, die die Steinschleuder in der Hand hielt und ihn kalt musterte. Diese harte Entschlossenheit, die sie auf einmal ausstrahlte, machte ihm Angst. Ihm wurde klar, dass sie diese Waffe nicht zum ersten Mal benutzte.

Ich muss mit ihr reden, dachte er. Vielleicht hilft das, und sie lässt wenigstens die Steinschleuder sinken.

»Sie wollen die Mädchen vor mir beschützen«, sagte Strate mit leiser, aber warmer Stimme. »Aber ich versichere Ihnen, das ist nicht nötig. Was auch immer Sie in meinem Verhalten zu erkennen glauben, so ist es nicht.«

»Lügen Sie mich nicht an«, antwortete sie und umklammerte die Steinschleuder, sodass ihre Handknöchel weiß hervortraten.

»Sie wollen also, dass meine Frau und ich den Stöckls die Kinder zurückgeben«, stieg er in die Verhandlungen ein.

Sie nickte nur knapp.

»Aber das hatten wir sowieso vor«, behauptete er. Als sie nicht antwortete, redete er einfach weiter. »Es ist nur noch zu früh. Die Stöckls müssen sich erst wieder etwas aufbauen nach seiner Haft …«

»Lügen Sie mich nicht an!«, sagte sie noch einmal und hob die Steinschleuder etwas höher.

»Was wollen Sie?«, fragte er und wusste, dass er nicht als Sieger aus diesem Gespräch hervorgehen würde.

60

Martha war überrascht, wie schnell sich der Anwalt auf ihre Bedingungen eingelassen hatte. Sie hatte sich alles ganz genau überlegt. Und sie sah ihm an, dass er keinen Moment an ihrer Entschlossenheit zweifelte und um sein Leben fürchtete. Sie merkte auch, dass er versuchte, mit ihr ins Gespräch zu kommen, um sie abzulenken.

»Haben Sie den Waldfels und den Gesellen getötet?«, fragte er, aber sie antwortete nicht. Er setzte neu an: »Hatten Sie denn kein schlechtes Gewissen, dass der Schreiner unschuldig ins Gefängnis musste?«

»Doch, aber ich hab ihn nicht eingesperrt und ich war auch nicht sein Anwalt«, gab sie zurück, ließ aber ihre Steinschleuder nicht sinken, nahm ihn vielmehr noch genauer ins Visier. »Rufen Sie jetzt Ihre Frau an, sie soll mit den Kindern heimkommen. Und wir zwei packen derweil die Sachen von den Mädchen ein.«

»Und dann lassen Sie mich gehen?«, fragte Strate.

Martha nickte ihm zu und dann schaute sie zum Fernsprechgerät. Strate nahm den Hörer ab und wählte …

61

Angespannt hatte sich Wurzer auf den Weg zur Hauptstation der Gendarmerie nach Neumarkt gemacht, da der Lehrer ihm versichert hatte, in Niederöd würde niemand ein Telefon besitzen. Er musste dringend Strate erreichen, denn er war nun sicher: Martha Bruchmaier hatte nicht nur ihren Vater ermordet, sondern auch Carus von Waldfels und Korbinian Rahmhuber. Den Vater, weil er sie jahrelang gequält hatte auf die ein oder andere Weise – da wollte Wurzer in seiner Fantasie lieber nicht ins Detail gehen. Und aus der Brutalität des Vaters war anscheinend so ein Hass erwachsen, dass sie jedem Mann, der ihr zu nahe kam, etwas antun musste. Bei von Waldfels konnte er sich das nach all den Ermittlungen gut vorstellen. Er hatte ja das Notizbuch mit den zahlreichen Namen der Frauen gesehen. Die waren zwar aus besseren Kreisen gewesen, aber für ein Dienstmädchen zwischendurch war wohl immer noch Platz, dachte der Kommissär. Und entweder hatte Martha mitbekommen, dass sich Korbinian Rahmhuber an Agnes Stöckl herangemacht hatte oder er hatte es bei ihr versucht, vielleicht sogar beides. Er musste Strate sagen, was er wusste. Strate musste Martha festhalten, bis er sie verhaften konnte.

»Bedaure, aber unser Fernsprechgerät ist kaputt«, sagte der Wachtmeister, der in der Polizeidienststelle von Neumarkt Dienst hatte. »Vor drei Tagen haben wir zwei betrunkene Raufbolde für ein paar Stunden hier eingesperrt, damit sie sich beruhigen. Und einer von ihnen hat dabei den Apparat beschädigt. Da war noch keiner da zum Reparieren.«

»Wer könnte denn im Ort ein Telefon haben?«

»Der Doktor hat eins, aber der ist oft unterwegs. Und andere fallen mir gerade nicht ein.«

»Ich probier es, vielleicht erwisch ich ihn«, antwortete Wurzer und wollte schon gehen.

»Halt! Ich kenn noch einen …«, sagte der Polizist.

Gemeinsam gingen sie durch den Ort, bis sie zu einem großen, schön gelegenen Haus kamen. »Der Herr Professor war früher in München und ist dann zu uns rausgezogen«, erklärte der Wachtmeister. »Und dann wollte er unbedingt ein Telefon haben, damit er nicht ganz von der Welt abgeschnitten ist.«

Wurzer nickte nur und klingelte. »Als ob wir hier heraußen keine Welt hätten«, brummte der Wachtmeister noch, als sich schon ein Hausmädchen in der Tür zeigte.

Natürlich war der Herr aus der Stadt gerne bereit zu helfen, nachdem Wurzer ihm kurz geschildert hatte, es gehe um eine dringende Sache. Erst wollte er Strate warnen und ihm dann die Kollegen schicken, damit sie Martha festnehmen konnten.

»Ich bin aus München weg, als die Revolution ausbrach«, erzählte der Gastgeber ungefragt, während sie zum Fernsprechapparat gingen. »Auf dem Land ist man da sicherer.«

Wurzer wollte nicht wissen, warum sich der Herr in die Oberpfalz zurückgezogen hatte, ob er auf der einen oder anderen Seite gestanden hatte, ob er was angestellt oder einfach nur so Angst um sein Leben gehabt hatte. Er hatte anderes im Kopf.

Der Anwalt ging nicht ans Telefon. Wurzer überlegte: Sollte er die Kollegen informieren oder setzte er den Anwalt, seine Frau und die Mädchen unnötiger Gefahr aus, wenn die Kollegen ungestüm vorgingen? Dass mit dem Dienstmädchen nicht zu spaßen war, wusste er jetzt. Sie würde wohl kein weiteres Opfer scheuen, wenn sie merkte, dass sich die Schlinge zuzog.

Andererseits wusste Martha doch gar nicht, dass er ihr auf die Spur gekommen war. Also könnte er zurück nach München fahren und am nächsten Tag beim Anwalt klingeln, ohne einen Verdacht zu erregen. Und dann könnte er Martha sogar selbst festnehmen. Auch ein bescheidener Kommissär brauchte von Zeit zu Zeit ein Erfolgserlebnis.

62

Martha saß im Zug Richtung Süden. Die Grenze nach Österreich hatte sie schon passiert. Strate hatte zu all ihren Anweisungen nur genickt. Sie war sicher, dass er noch heute mit den Stöckls reden würde. Er hatte viel zu viel Angst, dass sie das, was sie über ihn erfahren hatte, preisgeben würde. Selbst wenn man ihm nichts nachweisen konnte. Martha wusste genug, dass Strates guter Ruf dahin wäre und er nicht mehr als Anwalt arbeiten könnte.

Die Kinder kämen zurück zu ihren Eltern, das hatte der Anwalt versprochen. Er würde auch dafür sorgen, dass der Schreiner ein paar Aufträge erhielt. Ihr hatte er Geld geben wollen, aber sie hatte es ausgeschlagen. Sie hatte genug gespart, um ins Ausland zu kommen. In irgendeinem Dorf, das keiner kannte, wollte sie den Sommer über als Bedienung arbeiten. Irgendwann sollte das Ersparte reichen für eine Schiffspassage nach Amerika. Dort würde sie noch einmal ganz neu anfangen …

Sie hatte Strate in Andeutungen erzählt, warum sie ihren Vater getötet hatte, und er hatte verstanden. »Sie wollten Ihre Schwestern vor einem ähnlichen Schicksal bewahren, wie Sie es ertragen mussten.«

In dem Moment war er wieder der aufmerksame, zurückhaltende Mann gewesen, als den sie ihn kennengelernt hatte. Ihm war sofort klar, dass Carus von Waldfels hatte sterben müssen, weil er ihr zu nahe gekommen war. Dass sie Korbinian umgebracht hatte, um Agnes zu schützen, sagte sie nicht. Sollte Strate doch denken, was er wollte …

Sie würde Agnes schreiben und nachfragen, ob die Kinder wieder zu Hause waren. Und sollte sie erfahren, dass Strate die Mäderl behalten hatte, würde sie einen Brief schreiben, in dem sie ihr alles erzählte. Oder sie würde zurückkommen und ihn ebenfalls töten ...

Bei den kleinen Schwestern in Niederöd musste sie sich auch noch melden. Sie hatte sich nicht von ihnen verabschieden können. Vielleicht könnte sie die drei ja nachholen, nach Amerika, weg von daheim, wo es nur eine schreckliche Vergangenheit und keine Zukunft gab.

63

Strates Tür öffnete sich, bevor Wurzer geklingelt hatte. Heraus kamen Agnes und Benno Stöckl, überglücklich strahlend, jeder von ihnen ein Mädchen an der Hand.

»Danke für alles, Herr Anwalt, vielen Dank!«, rief Frau Stöckl zurück ins Haus, bevor sie den Kommissär sah und ihn lächelnd grüßte: »Jetzt is doch noch alles gut worden.«

Wurzer wollte noch nachfragen, aber da winkte Strate ihn schon ins Haus.

»Kommen Sie herein.«

Strate schloss schnell die Haustür, als wollte er das Familienglück der Stöckls nicht länger beobachten.

»Ist Ihre Hausangestellte daheim?«, fragte Wurzer leise.

Strate sah ihn einen Moment schweigend an, dann schüttelte er den Kopf. »Bedaure, aber Fräulein Bruchmaier hat ihren Dienst in unserem Haus beendet und ist bereits abgereist.«

Wurzer sah ihn fassungslos an.

»Sie ist weg? Wohin?«

»Das hat sie leider nicht gesagt.«

»Aber …, aber …« Wurzer konnte sich gar nicht beruhigen. Strate rückte ihm einen Stuhl zurecht, der Kommissär setzte sich und rang nach Luft.

»Zefix«, sagte er leise vor sich hin. »So ein verdammter …« Einen Moment überlegte er, dann sah er den Anwalt fragend an. »Was ist gestern bei Ihnen vorgefallen?«

Strate zögerte.

»Und lügen Sie mich jetzt bittschön nicht an«, fügte Wurzer hinzu.

»Fräulein Bruchmaier hat mir den Mord an ihrem Vater, Carus von Waldfels und Korbinian Rahmhuber gestanden«, antwortete Strate.

»Genau das hab ich gestern auch rausgefunden, droben in der Oberpfalz!« Wurzer raufte sich die Haare. »Warum sind Sie bloß ned an Ihr neumodisches Fernsprechgerät gegangen?!«

»Fräulein Bruchmaier hat mich zu diesem Zeitpunkt bereits mit einer Steinschleuder bedroht. Ich musste ihr versprechen, den Stöckls ihre Kinder bald zurückzugeben, was ich ohnehin vorgehabt hatte, und sie gehen lassen.«

Wurzer sah den leeren Blick des Anwalts.

»Sie haben wirklich keine Ahnung, wo sie hin ist?«

Strate schüttelte den Kopf. »Ich nehme an über die Grenze, so schnell wie möglich.«

Einen Moment schwiegen sie beide.

»Sie hat kein schönes Leben gehabt, bis sie zu Ihnen gekommen ist, Herr Anwalt.«

»Sie hat es mir nicht gedankt.«

»Hat wahrscheinlich gar keinen Glauben mehr an das Gute im Menschen haben können«, murmelte Wurzer und stand auf. »Dann fahr ich jetzt in die Ettstraße, rede mit meinem Vorgesetzten und schreib ein Protokoll.«

»Nicht so schnell, Herr Kommissär. Lassen Sie uns erst noch anstoßen.«

»Darauf, dass mir eine Dreifachmörderin ausgekommen ist?«

»Ich habe sie laufen lassen. Und das dürfen Sie in Ihrem Protokoll ruhig schreiben, dass ein gestandenes Mannsbild wie ich vor einem Dienstmädchen mit einer Steinschleuder Angst hatte.«

»Ein Obstler tät jetzt schon helfen«, nickte Wurzer, und die beiden Männer gingen nach oben.

»Eine Frage hab ich noch«, sagte Wurzer, und Strate hielt auf der Treppe inne.

»Wenn ich gestern Nachmittag noch die Kollegen vorbeigeschickt hätte ...?«

»... dann wäre es für mich lebensgefährlich geworden«, antwortete Strate, und Wurzer atmete erleichtert durch.

Die beiden Männer stießen an und kippten den Schnaps.

Eigentlich hab ich sie mögen, die Martha, dachte der Kommissär. Und ein bisserl bin ich auch froh, dass sie nicht aufs Schafott muss. Aber das sag ich lieber niemandem.

NACHWORT DER AUTORIN

»Woaßt, i hob des oide Glump ois aufn Spitzbodn auffegramt.«
Ins Hochdeutsche übersetzt würde der bayerische Satz lauten: »Weißt du, ich habe die alten Sachen auf den Dachboden geräumt.« Auf Schwäbisch, Fränkisch etc. würde der Satz wieder anders aussehen und klingen, von regionalen Besonderheiten einmal ganz abgesehen, da sich Aussprache und Ausdrücke sogar von Ort zu Ort unterscheiden können.

Wenn es um das »richtige« Bairisch (oder Bayerisch?) geht, kann man vieles diskutieren: Heißt es »Glump« oder »Graffel«? »A bisserl« oder »a weng? »Mädl«, »Mäderl«, »Madl«, »Dirndl« oder »Deandl«?

Wir haben uns bei diesem Roman zum Thema Dialekt und seiner Schreibweise sehr viele Gedanken gemacht. Ich bin meiner Lektorin Tanja Böhm dankbar, dass wir diese Diskussion führen und verschiedene Varianten ausprobieren konnten. Der Weg hat uns von wenig Dialektschreibung zu viel Dialekt und wieder zurück zu weniger geführt. Die Lesbarkeit und Verständlichkeit des Textes sollten stets erhalten bleiben.

Berücksichtigt haben wir, dass die Figuren unterschiedlich viel Dialekt sprechen, je nach Herkunft, Stand und Gesprächspartner. Das Dienstmädchen Martha beispielsweise spricht mit ihrer »Herrschaft« Hochdeutsch, wobei der vermutlich noch gut hörbare Oberpfälzer Akzent nicht schriftlich darstellbar ist. Mit der Schreinersfrau Agnes aus Niederbayern oder dem Gesellen Korbinian aus München hingegen spricht Martha mehr Bayerisch – hier ist in den Dialogen zumindest der Dialekt angedeutet, wobei die Feinheiten der einzelnen regionalen Ausprägungen leider auf der Strecke bleiben.

Auch Agnes spricht mit ihrem Mann Benno, dem Gesellen, dem Onkel Fritz, ihren Schwiegerleuten oder Martha mehr Dialekt als mit dem Anwalt Strate oder Oberkommissär Wurzer. Dieser wiederum redet mit seiner Frau und »einfachen« Leuten etwas mehr Bayerisch, bei seinem Vorgesetzten und den Mitarbeitern bemüht er sich um Hochdeutsch.

An einigen Stellen finden sich einzelne Ausdrücke oder Schreibweisen, die den Dialekt zumindest ansatzweise wiedergeben sollen: »des« statt »das«, »is« statt »ist«, »scho« statt »schon«, »ned« statt »nicht«.

Der besseren Lesbarkeit zum Opfer fielen aber »i« statt »ich«, »ois« statt »alles«, »guad« statt »gut« usw., zumal dann auch andere Wörter entsprechend hätten verändert werden müssen: »Bua« (»Bub«), »Kuah« (»Kuh«), »Ruah« (»Ruhe«), »koa« (»keine«), »kloa« (»klein«) etc. Das wäre wohl doch in einzelnen Dialogpassagen auf Kosten der Lesbarkeit und des Leseflusses gegangen. Auch auf viele Apostrophe haben wir aus diesem Grund verzichtet.

Von dieser selbst gesetzten Regel gibt es ein paar Ausnahmen: wenn die Figuren etwas sagen, was unmittelbar von Herzen kommt. Das gilt für die kleine Frieda, wenn sie sagt: »Mir ham a Muich kriagt.« Oder für Agnes, wenn sie bitter konstatiert: »A Weib alloa is halt a Depp.«

Dass die angewandte Schreibweise den Oberpfälzern, Niederbayern oder Oberbayern nicht immer gerecht werden kann, werden Sie selbst feststellen. Die Anwendung ist manchmal unlogisch oder inkonsequent, so wie es die Sprache und das Sprechen auch sind.

Der Dialekt erlaubt laut Hugo von Hofmannsthal keine eigene Sprache, aber eine eigene Stimme. Ich wollte meinen Figuren diese Stimme geben und hoffe, dass es auch gelungen ist.

Ihre Lotte Kinskofer